刘青海 著

图书在版编目(CIP)数据

唐诗十讲 / 刘青海著 . —北京：北京大学出版社，2023.1
ISBN 978-7-301-33300-6

Ⅰ.①唐…　Ⅱ.①刘…　Ⅲ.①唐诗—诗歌欣赏　Ⅳ.① I207.227.42

中国版本图书馆 CIP 数据核字（2022）第 160363 号

书　　名	唐诗十讲 TANGSHI SHIJIANG
著作责任者	刘青海　著
责 任 编 辑	徐文宁　李冶威
标准书号	ISBN 978-7-301-33300-6
出版发行	北京大学出版社
地　　址	北京市海淀区成府路 205 号　100871
网　　址	http://www.pup.cn　新浪微博：@ 北京大学出版社 @ 培文图书
电子信箱	pkupw@qq.com
电　　话	邮购部 010-62752015　发行部 010-62750672 编辑部 010-62750112
印 刷 者	天津光之彩印刷有限公司
经 销 者	新华书店 660 毫米 ×960 毫米　16 开本　18.75 印张　218 千字 2023 年 1 月第 1 版　2023 年 1 月第 1 次印刷
定　　价	68.00 元

未经许可，不得以任何方式复制或抄袭本书之部分或全部内容。
版权所有，侵权必究
举报电话：010-62752024　电子信箱：fd@pup.pku.edu.cn
图书如有印装质量问题，请与出版部联系，电话：010-62756370

目录

第一讲　宫怨　宫墙内的爱怨 / 001

第二讲　咏物　秋日蝉声 / 023

第三讲　田园　诗意栖居 / 051

第四讲　山水　浓淡相宜 / 089

第五讲　边塞　慷慨悲声 / 119

第六讲　送别　骊歌声声 / 157

第七讲　爱情　朦胧的胜境 / 181

第八讲　悼亡　真情独白 / 205

第九讲　音乐　写声的艺术 / 233

第十讲　思妇　相思与怨别 / 267

后记 / 294

第一讲 宫 怨

宫墙内的爱怨

㊂㊁

  宫怨诗，顾名思义，是一种怨辞。中国古代的宫廷，佳丽三千，能够得帝王眷顾的总是少数，得宠之后能够一直不失宠的，更是少之又少。这些女性生活在后宫，她们的生活和情感的希望，只能寄托在君王身上，并且大抵是要落空的。宫怨诗，就是表现宫中女性（主要是后妃）对君王的相思幽怨的诗歌。像中唐王建的《宫词》组诗，以表现宫廷里的日常生活场景为主，严格来说，不属于宫怨诗的范围。由于思和怨的对象都是至高无上的君王，所以特别讲究措辞的宛转和含蓄；相比之下，闺怨诗（以表现闺中的少女怀春或少妇思念远人为主的诗歌）没有这样的忌讳，要更活泼一些。

  宫怨诗的传统，至迟可以追溯到西汉班婕妤的《怨歌行》。班婕妤是班固的祖姑，汉成帝初年被选入后宫，封为婕妤，故称班婕妤。后来赵飞燕姐妹入宫，她作《怨歌行》，以"常恐秋节至，凉飙夺炎热"的团扇自比，抒发了对失宠的忧惧。班婕妤之后，后宫的女子从未断绝，这种对失宠的忧惧以及失宠后的寂寞幽怨，当然也从未断绝过。不过，后宫之中，能够像班婕妤这样以文才自达者，毕竟是屈指可数。所以从六朝到唐代的宫怨诗，大抵都是由（男性）文人拟作，属于代言体。中国古典文学中"以男子作闺音"的现象，在宫怨诗中是很典型的。班婕妤《怨歌行》、武则天《如意娘》这样由宫廷女性自我抒情的作品，在宫怨诗中属于别调。

一

宫怨是唐诗的重要主题。初唐时，宫怨诗最值得注意的作品，是武则天的《如意娘》：

> 看朱成碧思纷纷，憔悴支离为忆君。
> 不信比来常下泪，开箱验取石榴裙。

武则天（625—705）是并州文水（今山西省文水县）人，性巧慧，善权术。14岁时，她应征入宫，成为唐太宗李世民的才人。25岁时，太宗驾崩，武则天削发感业寺。一年后被唐高宗李治召入宫，拜昭仪，进号宸妃，31岁被册立为皇后。高宗苦于风疾，百司奏事，时时让武后决断，常称旨，于是参预国政。后来武后多次上书言天下利害，收买人心，高宗又年高苦疾，武后更当权，高宗不能辖制。高宗后悔，阴谋废后，因事情泄露，未能成功。武后遂垂帘，与高宗一起听政，高宗号天皇，武后号天后，天下之人谓之"二圣"。高宗驾崩的第二年，中宗李显即位，尊武则天为皇太后，太后临朝称制。同年，废李显，改立李旦为睿宗，又废李旦，自称帝，改国号曰周，这一年武则天60岁。神龙元年，武则天传位于皇太子李显，十一月卒，谥曰"则天顺圣皇后"。

历史上的武则天，是一位雄才大略的政治家，大唐王朝近半个世纪的实际统治者。不过，她以女子之身，不但临朝理政，还以武周取代李唐，这触犯了封建社会男尊女卑、君臣大义的伦常纲纪，朝野的批评和抵制一直没有断过。"初唐四杰"之一的骆宾王，在《为徐敬业讨武曌檄》中，就把武则天描写成了一个十恶不赦的女魔头：

>   伪临朝武氏者，人非温顺，地实寒微。昔充太宗下陈，尝以更衣入侍。洎乎晚节，秽乱春宫。密隐先帝之私，阴图后庭之嬖。入门见嫉，蛾眉不肯让人；掩袖工谗，狐媚偏能惑主。践元后于翚翟，陷吾君于聚麀。加以虺蜴为心，豺狼成性。近狎邪僻，残害忠良；杀姊屠兄，弑君鸩母。神人之所共疾，天地之所不容。犹复包藏祸心，窥窃神器。君之爱子，幽之于别宫；贼之宗盟，委之以重任。（陈熙晋《骆临海集笺注》卷十）

骂她是红颜祸水，先后侍奉太宗李世民、高宗李治，陷李氏父子于不义。这一点，当然不值一驳，毕竟造成"聚麀"这一事实的主导，不是武则天，而是高宗。下面"杀姊屠兄，弑君鸩母"的指责，也多与事实有出入。据《新唐书》所载，武则天读到"一抔之土未干，六尺之孤安在"句时，惊问是谁写的，叹道："宰相安得失此人！"可见其胸怀广阔，求才若渴。她死后立无字碑，千秋功罪，任人评说，更是表现了一代伟人的宽阔胸襟。

武则天还是一个诗人。《全唐诗》其名下存诗四十七首，多为郊庙乐章，如《唐享昊天乐》等，很可能是臣下代作；另有五七言应制诗，如《从驾幸少林寺》等；以及《腊日宣诏幸上苑》《如意娘》两首七绝，属于比较个人化的写作。其中《如意娘》最为知名，《乐府诗集》卷八十《近代曲辞二》录此首，并引《乐苑》说："《如意娘》，商调曲。唐则天皇后所作也。"

《如意娘》从内容上看，不过是一首普通的宫怨诗，抒写一个女子对于"君"的相思。细读则颇有情致。比如，以"看朱成碧"写相思之深，就很巧妙。"看朱成碧"，一般理解为一种视觉上的恍惚和错觉。出现视错觉的原因可能是生理的，如李白"催弦拂柱与君饮，看朱成碧颜始红"（《前有樽酒行二首》其二），是形容酒酣耳热之际的眼花；也可能是心理的，如人在极度的思念下感觉发生变异而致，故南朝（梁）齐王僧孺《夜愁示诸宾》：

> 檐露滴为珠，池冰合成璧。
> 万行朝泪泻，千里夜愁极。
> 孤帐闭不开，寒膏尽复益。
> 谁知心眼乱，看朱忽成碧。

这首诗收在梁代总集《玉台新咏》中。《玉台新咏》为徐陵编选，一般认为主要是为宫中贵人消遣而编选的，所选的诗歌也是以表现男女之情的艳体为主。武则天十四岁入宫，《玉台新咏》应该也是她的日常读物。"看朱成碧思纷纷"，显然由"谁知心眼乱，看朱忽成碧"概括而出，但更有表现力。这是爱情的一个恍惚，是思念到了极致的表现。先说"看朱成碧"，再揭出其中的原因——"思纷纷"：因为相思，神情恍惚。第二句"憔悴支离为忆君"，更进一步：因为相思，憔悴支离。憔悴是外在的容颜受损；而支离则是内在的分崩离析，"看朱成碧"正是这种分崩离析的产物。结合第三句"不信比来常下泪"，则可知此处之所以看朱成碧，实在是因为泪眼朦胧。

后两句"不信比来常下泪，开箱验取石榴裙"，是一个设喻，是对自己相思情深的一个新颖表达。我近来常落泪不止，拭不胜拭，只能任凭眼泪洒落。你要是不信，可以验看我箱中的石榴裙，上面还残留有斑斑点点的泪痕。明明是盼望对方因怜惜而心意回转，前来探看，却出之以负气的口吻，多少的宛转曲折。与之相比，《古诗十九首》"泪下沾裳衣"就朴实得多了。从"不信比来常下泪"到"开箱验取石榴裙",当石榴裙上的泪痕被验看,被"信(任)"的也就不仅是"比来常下泪"的事实,还有女子的相思憔悴、深情不悔。由"不信"而"验取"的假设里,是有着果决和刚烈的,符合传说中想要用鞭子、铁锤和匕首来为太宗驯服烈马的武才人的个性。相比之下,李白《长相思》"昔日横波目,今成流泪泉。不信妾肠断,归来看取明镜前",就柔情缱绻得多了。但《如意娘》毕竟是宫怨,它倾诉的对象是君王,所以这个"刚",它仍是柔中之刚。相较而言,像中唐孟郊《怨诗》:"试妾与君泪,两处滴池水。看取芙蓉花,今年为谁死。"虽然是代言体,却体现出民歌特有的直致和决绝。显然,无论是从内容还是艺术上来讲,《如意娘》都是一首比较典型的宫怨诗,明代的杨慎对此诗极为欣赏,将它列为神品(周珽《唐诗选脉会通评林》)。

让情人验取石榴裙上相思的眼泪,实在是别出心裁。可为什么一定要是石榴裙呢?这首先要明确诗人笔下的"石榴裙"究竟何指。一般认为,石榴裙就是红裙,其色如石榴花。我们看唐诗中的"石榴裙":

眉黛夺将萱草色,红裙妒杀石榴花。

(万楚《五日观妓》)

眉欺杨柳叶,裙妒石榴花。

(白居易《和春深二十首》其二十)

红粉青蛾映楚云,桃花马上石榴裙。

(杜审言《戏赠赵使君美人》)

很显然,"桃花"和"石榴"都是形容颜色的。桃花马,是形容马的毛色以白为主而杂以点点的红，如同朵朵桃花；石榴裙呢，则是像石榴花一样明艳的红裙。

根据现有的文献，"石榴裙"这个意象，最早出现于南朝萧梁时代，并且往往和"芙蓉带""葡萄带"对举或连用：

风卷蒲萄带，日照石榴裙。

（何思澄《南苑逢美人》）

交龙成锦斗凤纹，芙蓉为带石榴裙。

（萧绎《乌栖曲》）

可见它最初是一个"宫体"的意象，主要用来表现女性的妖娆之态。吴声西曲兴托取喻的手法，如以葡萄、石榴寓意多子，芙蓉谐音"夫容"，在此也有突出的表现。唐诗延续了宫体诗的这个传统，我们看前引唐代诗人写到"石榴裙"的，也都是酒筵歌席上的歌儿舞女。当然，这并不是说唐代宫廷女性就不穿石榴裙，从唐代张萱所画的《虢国夫人游春图》中就可以看出，玄宗亲封的虢国夫人（杨贵妃三姐，嫁裴氏）身上所穿着的就是石榴裙。事实上，服装的流行风气，往往都是从宫廷中开始，然后再流行于民间的。石榴裙自然也不例外。

石榴裙和眼泪又有怎样的关联呢？这是因为红罗裙的颜色很娇嫩，沾上水渍容易玷污。白居易特别喜欢表现宴席上酒水洒落到红裙上的细节：

移舟木兰棹，行酒石榴裙。

（《官宅》）

> 烛泪夜粘桃叶袖,酒痕春污石榴裙。
>
> （《府酒五绝·谕妓》）

> 钿头云篦击节碎,血色罗裙翻酒污。
>
> （《琵琶行》）

"血色罗裙"就是"石榴裙"。红色沾水后那一块儿会特别鲜艳,干涸之后,因为色差,酒渍仍很明显。泪水滴上去也是同样的效果：

> 新落连珠泪,新点石榴裙。
>
> （鲍泉《奉和湘东王春日诗》）

> 其奈钱塘苏小小,忆君泪点石榴裙。
>
> （刘禹锡《乐天寄忆旧游,因作报白君以答》）

所以即便眼泪干了,石榴裙上仍可见泪痕点点。

如果再想得深一点,还有一个关于"红泪"的故事：

> （魏）文帝所爱美人,姓薛名灵芸,常山人也。父名郃,为酂乡亭长,母陈氏,随郃舍于亭傍。居生穷贱,至夜,每聚邻妇夜绩,以麻蒿自照。灵芸年至十五,容貌绝世,邻中少年夜来窃窥,终不得见。咸熙元年,谷习出守常山郡,闻亭长有美女而家甚贫。时文帝选良家子女以入六宫,习以千金宝赂聘之,既得,乃以献文帝。灵芸闻别父母,歔欷累日,泪下沾衣。至升车就路之时,以玉唾壶承泪,壶则红色。既发常山,及至京师,壶中泪凝如血。
>
> （[前秦]王嘉《拾遗记》卷七）

"红泪"当然是传奇,其实就是"胭脂泪"。女子双颊涂抹胭脂,泪沿颊下流,时带胭脂之色,故美之曰"红泪"。或者当时胭脂的使用还不是那么普及,故时人传以为奇。根据明人李时珍《本草纲目》卷十五的记载,胭脂有四种,其中"一种以山榴花汁作成者,郑虔《胡本草》中载之"。郑虔是盛唐人,多才多艺,诗、书、画皆妙,被玄宗誉为"郑虔三绝"。他任广文馆博士时,和杜甫交好,杜甫有一首《醉时歌》就是写给他的,诗中称赞他"先生有道出羲皇,先生有才过屈宋。德尊一代常轗轲,名垂万古知何用。"他的《胡本草》早佚,唐末段公路《北户录》卷三"山花燕支"条云:

> 郑公虔云:石榴花堪作烟支。代国长公主,睿宗女也,少尝作烟支。弃子于阶,后乃丛生成树,花实敷芬。(《丛书集成初编》本)

从上下文的逻辑来看,公主用的是石榴的果实部分,故将石榴籽丢弃。且根据现代的科学分析,石榴花所含的红色素是水溶性的花青素,并不能作为染料使用。故此段引文中的"石榴花",当从宋人曾慥《类说》卷十三、明人陈耀文《天中记》卷五十二所引,作"石榴"为是,"花"字是衍文无疑。也就是说,在唐代,石榴果实的汁液是可以用来制作胭脂的。这种技术,至迟在梁代开始就在宫廷内流传了。故当时的诗人,将此种以石榴果实染成的红裙,称为石榴裙。如此,则石榴裙并非是泛指红裙,而是特指与石榴相关的某种红。当然,这是题外话了。

一种广为流传的看法认为,这首诗是武则天在削发感业寺后思念高宗时所作。清代周容在其《春酒堂诗话》中却认为,此诗绝非武则天所作，并斥之为鄙俚：

> "不信比来常下泪，开箱验取石榴裙。"此必非武后诗，好事者丑而拟之。武后何许人，乃肯拟《杨白花》耶？况较之《杨白花》又鄙俚甚。友人曰："君欲作梁公耶？奚烦为之湔洗！"

这里提到的杨白花，相传是北魏灵太后的情人。据《南史·列传第五十三·王神念传》，武都人杨白花，少有勇力，容貌瑰伟。灵太后逼通之。杨白花惧及祸，率其部曲奔梁，易名杨华。太后追思不能已，为作《杨白花歌辞》，使宫人昼夜连臂蹋足歌之。其辞曰："阳春二三月，杨柳齐作花。春风一夜入闺闼，杨花飘荡落南家。含情出户脚无力，拾得杨花泪沾臆。秋去春来双燕子，愿衔杨花入窠里。"灵太后早年曾为尼，北魏宣武帝召入掖庭，立为后，其经历与武则天有相似之处，故周容有此联想。这样说来，周容实际上认为这首诗是武则天为她的情人薛怀义而作，但觉得太有伤风教，所以加以否认。但我认为，周容的看法是不符合事实的，也不合乎武则天的性格。从前文的分析可知，《如意娘》是从传统的宫怨诗发展而出的，作为早年的作品，也反映出武则天的个性。我们不能因她后来的形象，而质疑她早年的诗作。

二

盛唐诗人王昌龄和李白都善于写宫怨,留下了许多脍炙人口的名篇佳作,将宫怨诗的艺术推向了高峰。

唐代的宫怨诗,以五七言绝句为主,其中大部分采用乐府代言体。例如李白的《玉阶怨》:

> 玉阶生白露,夜久侵罗袜。
> 却下水晶帘,玲珑望秋月。

玉阶,指的是玉石砌成或装饰的台阶,这里代指宫殿。玉阶怨,即宫怨。题为《玉阶怨》,诗就从"玉阶"发咏:玉阶上白露已生,伊人久立,不觉罗袜被露水沾湿。则其期待颙望之久,可以知矣!终至失望而转入室中,然仍立于水晶帘底,望玲珑之月色。然非望月也,实望幸也!仍不甘心于希望之落空。亦见空房之中,无一物可安顿其因思念君王而难以宁静之心。如此而写怨,正是"不着一字、尽得风流"的典范。

"玉阶生白露",写出秋夜。"生"字尤其浑成,它内隐着一个从无到有的过程:秋夜的露水,一点点地,逐渐聚拢在玉阶之上,沾湿了玉阶上伫立颙望之人的罗袜。同样是一个过程,"海上生明月"是愉悦、宁静的,而"玉阶生白露",则是寂寞、煎熬的。"侵"字亦有意味。罗袜被露水濡湿,内心也仿佛抵挡不住这袭人的秋寒。后世词句,如"风入罗衣贴体寒"(冯延巳《抛球乐》),所表现的正是此种微妙之感。

《玉阶怨》是乐府旧题。李白这首与谢朓《玉阶怨》为同题之作。

谢诗云："夕殿下珠帘，流萤飞复息。长夜缝罗衣，思君此何极？"已极浑成。太白取其意而不用其象。"流萤飞复息"是黄昏之景，萤火明灭的微光，适照见深宫的冷落和寂寥。谢朓以"流萤飞复息"写失意宫人百无聊赖的心态，太白则用"玲珑望秋月"拟之。师其意而易其语与象，知此则诗之用为无穷矣！

这首诗的境界，由"玉阶""白露""水晶帘""秋月"等一系列冷光感的意象构成，具有一种透彻玲珑、"光明洞澈"（李白《上安州裴长史书》引述都督马公赞语）之美。而对深宫幽怨之人内心的表现，都是通过夜深伫立、下水晶帘、望秋月等一系列行动来加以表现的。虽然没有对人物形貌的具体刻画，但这样的写法其实是更加高明的，具有一种传神写照之美。

李白乐府体七绝的代表作是《长门怨》二首：

天回北斗挂西楼，金屋无人萤火流。
月光欲到长门殿，别作深宫一段愁。

（其一）

桂殿长愁不记春，黄金四屋起秋尘。
夜悬明镜青天上，独照长门宫里人。

（其二）

前面我们说过，玉阶指代宫殿，所以"玉阶怨"就是"宫怨"。这一首《长门怨》也是如此。"长门"是"长门宫"的省称，是汉武帝的陈皇后被罢黜后居住的宫殿，在后世就成为冷宫的代称。所以这两首《长门怨》都是写陈皇后的。诗中"金屋""长门宫"用的都是关于陈皇后的典故。

陈皇后小名阿娇，是汉景帝的姐姐（汉武帝即位后封长公主）的爱女。据《汉武故事》，幼年时的胶东王（后即位为汉武帝）曾经表示，如果能娶阿娇为妻，要营造一座"金屋"给她住：

> （胶东王）数岁，长公主嫖抱置膝上，问曰："儿欲得妇不？"胶东王曰："欲得妇。"长主指左右长御百余人，皆云不用。末指其女问曰："阿娇好不？"于是乃笑对曰："好！若得阿娇作妇，当作金屋贮之也。"

这就是著名的"金屋藏娇"故事。但即使有年少时的情义在，阿娇也确实被立为皇后，后来她也未能逃脱后宫女子色衰爱弛的命运，最终还是失宠被废，退居于长门宫：

> 初，武帝得立为太子，长主有力，取主女为妃。及帝即位，立为皇后，擅宠骄贵，十余年而无子，闻卫子夫得幸，几死者数焉。上愈怒。后又挟妇人媚道，颇觉。元光五年，上遂穷治之，女子楚服等坐为皇后巫蛊祠祭祝诅，大逆无道，相连及诛者三百余人。楚服枭首于市。使有司赐皇后策曰："皇后失序，惑于巫祝，不可以承天命。其上玺绶，罢退居长门宫。"（《汉书·外戚传》）

长门宫也由此成为冷宫的代称。

前一首"天回北斗挂西楼，金屋无人萤火流"，还是从谢朓"夕殿下珠帘，流萤飞复息"脱化而出——同样是以宫殿为背景，用流萤来点染宫殿的荒凉冷落。李白这一首以耿耿星河为背景，境界阔大,"回"字见出斗转星移、时光流转;并且在"金屋无人萤火流"一句之中,将宫殿的华丽(金屋)与处境的冷落(无人萤火流)并置,写尽陈阿娇从得宠到失宠的一生,对比极为强烈。中唐诗人刘方平《春怨》"纱窗日落渐黄昏,金屋无人见泪痕",就从李白此句脱化而出,同样也用对照,然无此种惊心动魄。后两句"月光欲到长门殿,别作深宫一段愁",月亮本是无情之物,却因将照长门殿而生愁,以自然物之多情,反衬帝王之无情,造语极为自然。整首诗无一字及怨,而哀怨自深,读者可于言外得之。

  第二首仍用对照之法。"桂殿长愁不记春,黄金四屋起秋尘"两句,写出阿娇失宠之后的处境:僻处长门宫,终日愁闷,曾经居住的金屋,更是四壁尘满,一片荒凉。"春"代表过去,是青春正好,韶华正盛,君王宠幸,金屋藏娇,多少青春欢乐!"秋"是现在,青春已逝,欢爱成空,冷宫独处,愁情满怀。"夜悬明镜青天上,独照长门宫里人",所不变者唯有明月,如一面明镜,高悬青天,照见人间哀乐。诗人不说"照见",却说"独照",正从愁深不寐的"长门宫里人"眼中写出。无限哀怨,也于"独照"中见出。后来苏轼《水调歌头》"转朱阁,低绮户,照无眠",《洞仙歌》"绣帘开,一点明月窥人。人未寝,欹枕钗横鬓乱",都是由此化出,也将"独照"之意给点明了。

三

盛唐诗人中，李白与王昌龄在七绝一体上相互争胜。在以七绝写宫怨方面，李白有《长门怨》，王昌龄有《长信秋词》：

奉帚平明金殿开，暂将团扇共徘徊。
玉颜不及寒鸦色，犹带昭阳日影来。

长信，即长信宫，是汉成帝的母亲王太后所居住的宫殿，又称东宫。班婕妤是在汉成帝即位时选入后宫的，"始为少使，蛾而大幸，为婕妤，居增成舍"（《汉书·外戚传》）。失宠后，在长信宫奉养王太后，以图自保。据《汉书·外戚传》，"婕妤退处东宫，作赋自伤悼"，赋中有"奉共养于东宫兮，托长信之末流，共洒扫于帷幄兮，永终死以为期"这样的表白，言辞是很凄楚的。婕妤，同"婕好"。所以这一首《长信秋词》，是代退居长信宫的班婕妤抒写内心的哀怨的。班婕妤《怨歌行》有"常恐秋节至，凉飚夺炎热"这样的表白，所以题中的"秋"也暗示失宠被弃捐之意。

"婕妤"之号，始于汉武帝，"视上卿，比列侯"，在当时的后宫之中，位分仅次于皇后、昭仪。成帝被立为太子之后，他的生母王氏（王莽之姑）就是先被立为婕妤，三日后立为皇后的。班婕妤在后宫风光十余年，一旦赵飞燕姊妹入宫，她就和许皇后"皆失宠，稀复进见"。但这时候，尚未经历祝诅案①，她对成帝尚未绝望，这

---

① 据《汉书·外戚传》，鸿嘉三年（公元前18年），"赵飞燕潜告许皇后、班婕妤挟媚道，祝诅后宫，詈及主上。许皇后坐废。考问班婕妤，婕妤对曰：'妾闻"死生有命（转下页）

从她创作的《怨歌行》①中可以看出来：

> 新裂齐纨素，皎洁如霜雪。
> 裁为合欢扇，团团似明月。
> 出入君怀袖，动摇微风发。
> 常恐秋节至，凉飙夺炎热。
> 弃捐箧笥中，恩情中道绝。

根据《文选》注引《歌录》曰："《怨歌行》，古辞。然言古者有此曲，而班婕妤拟之。"可见《怨歌行》是一首古乐府，我们现在读到的是班婕妤所拟的歌词。诗中班婕妤以团扇自比，后四句"常恐秋节至，凉飙夺炎热。弃捐箧笥中，恩情中道绝"，充满了对失宠的忧惧，正是她在退居长信宫之前心态的写照。而不久以后，她终究迎来了她生命中的秋天，以及被弃捐的命运。

"奉帚平明金殿开，暂将团扇共徘徊"两句，写出班婕妤退处长信宫的不甘和自怜。"奉帚"句是实写：天刚破晓，宫门开启，我持帚洒扫庭除。这一场景来源于班婕妤自伤赋中"奉共养于东宫兮，托长信之末流，共洒扫于帷幄兮，永终死以为期"数句。"奉帚"一词，盖概括"奉供养""洒扫"诸语而出，已见于南朝梁吴均《行路难》"班姬失宠颜不开，奉帚供养长信台"、柳恽《独不见》"奉帚长信宫"等，并非王昌龄独创。"暂将"句则是虚写，出于诗人的想象。

（接上页），富贵在天"。修正尚未蒙福，为邪欲以何望？使鬼神有知，不受不臣之诉；如其无知，诉之何益？故不为也。'上善其对，怜悯之，赐黄金百斤。"其后班婕妤为避祸，请求侍奉王太后，退处长信宫。

① 《文选》《乐府诗集》作"怨歌行"，《玉台新咏》《文选注》作"怨诗"。

题曰"秋词",秋天"凉飙夺炎热",而且天刚破晓,此时更为凉爽,就常理而言,是用不着团扇了。但这首秋词是代班婕妤所拟的,她曾以团扇自比,也因此,失宠于君王的班婕妤与被弃捐于秋日的团扇之间,是有着一种命运的连接的。故而这里"暂将团扇共徘徊",其实是班婕妤的顾影自怜,仿佛鸾鸟对镜起舞,看见的、怜惜的都是自己,其中有对命运的不甘。后两句固然巧妙,可若论为班婕妤传神写照,第二句亦不逊色。

"玉颜不及寒鸦色,犹带昭阳日影来"两句,是代班婕妤抒其哀怨:我的容颜还比不上寒鸦,毕竟寒鸦还能飞入昭阳宫,沐浴昭阳宫的日影。"昭阳"指的是赵飞燕的妹妹赵合德居住的"昭阳舍"(《汉书·外戚传》)。言下之意,是说君恩如日月普照,奈何只照昭阳宫,不照长信宫!"玉颜"和"寒鸦"对照,"昭阳宫"和"长信宫"对照,无一字言怨,而怨自在其中。晚唐孟迟(一作赵嘏)诗《长信宫》"自恨身轻不如燕,春来还绕御帘飞",与此同一机杼。相较而言,寒鸦和宫中美人的容色,二者对照更加强烈,也更容易引起读者对宫人之不幸的同情。

月亮是宫怨诗中的重要意象。因为帝王的临幸在晚上,深宫中,陪伴那些失宠的女子的,除了身边的宫女,也就是这一轮明月了。王昌龄和李白是好友,他的宫怨诗《西宫春怨》中,月亮的意象和李白又有怎样的不同呢?

> 西宫夜静百花香,欲卷珠帘春恨长。
> 斜抱云和深见月,朦胧树色隐昭阳。

西宫,指君王嫔妃的住处。《公羊传》僖公二十年:"西宫者何?小寝也。"古代天子、诸侯所居之宫称为寝，位居中央的称大寝，位于东西两侧的称内寝、小寝。云和，乐器名，一说是山名，这里是"云和弦"的省称，指云和山之美材所制作的精良乐器，如云和琴、云和瑟、云和筝、云和琵琶等。李白《玉阶怨》是全用烘托，光亮冷清的环境烘托出抒情主人公的寂寥，甚至玲珑秋月与深宫玉人之间，也有一种对应的关系。王昌龄这首宫怨则造意更深，从题目到内容，全用对照。"西宫夜静百花香"，这样香气浮动的美好夜晚，却是"欲卷珠帘春恨长"，这是一转。"欲卷珠帘"，本想要在这月下弹奏一曲，但见月色深照，宸游所在的昭阳宫隐在朦胧树影中，勾起无限"春恨"。

四

李益以七绝见长，虽为中唐诗人，其七绝仍带盛唐风格。这在其边塞七绝上有典型的表现。李益宫怨诗较少，也具有类似的特点。如《宫怨》：

> 露湿晴花宫殿香，月明歌吹在昭阳。
> 似将海水添宫漏，共滴长门一夜长。

首二句写宫殿秋夜之景：秋露盈盈，花香浮动，月光下的昭阳殿中传出歌吹之声。这是受宠承恩的快乐，却是从失意者眼中写出的："在昭阳"三字已暗伏一个"怨"字。后二句写失宠者的愁恨：只有滴不尽的宫漏，捱不尽的长夜。长门宫的长夜难尽，正与昭阳宫的春宵苦短形成鲜明对照。后三句纯从听觉着眼，歌吹之声是以乐写哀，而宫漏之声则是以哀形乐——只不过，此刻承恩的昭阳宫人，只会觉得这宫漏滴得太快了。南朝《读曲歌》："打杀长鸣鸡，弹去乌臼鸟，愿得连冥不复曙，一年都一晓。"这是欢娱恨夜短，希望夜长如年，正与此诗相反。

宫怨的抒情主人公，是一个在宫墙内等待被临幸的女人，即便是有幸得到君王的垂青，也仅仅是君王众多临幸对象中的一个，而且随时有可能因失宠而被打入冷宫。所以她们的心，可以说永远都处于一种不安定之中。李商隐的《宫辞》，巧妙地将这样一种心态揭示出来：

君恩如水向东流，得宠忧移失宠愁。
莫向尊前奏《花落》，凉风只在殿西头。

歌者啊，你不要在尊前演奏《花落》，因为君恩所到之处，鲜花盛开，一片繁华。那令花朵凋零的凉风，在殿西头，在那没有歌管的寂寂冷宫。显然，在李商隐这首诗中，花、水和凉风都是隐喻，各自关联着宫女的青春、君王的荣宠和失宠。语带冷嘲，在以哀怨为主的宫怨诗中是比较特殊的。

李商隐之后，杜荀鹤《春宫怨》也是唐代宫怨诗的名篇：

早被婵娟误，欲妆临镜慵。
承恩不在貌，教妾若为容？
风暖鸟声碎，日高花影重。
年年越溪女，相忆采芙蓉。

"婵娟",指的是女子美好的容貌和体态。"早被婵娟误",一个"误"字,可谓全篇之眼。少女因为貌美才被选入宫,本以为可以凭借美貌得到君王的宠幸,哪知道"承恩不在貌",所以对镜慵妆。后四句写出深宫的寂寞:"风暖鸟声碎,日高花影重",怡人的春色更衬托出宫中生活的冷清,只有不断地咀嚼着入宫前在故乡越溪采莲的欢乐,以打发这年年岁岁的寂寞。"早被婵娟误",这一"误"就是终生啊!

唐末于濆《宫怨》,是一首乐府体的五言古诗:

> 妾家望江口,少年家财厚。
> 临江起珠楼,不卖文君酒。
> 当年乐贞独,巢燕时为友。
> 父兄未许人,畏妾事姑舅。
> 西墙邻宋玉,窥见妾眉宇。
> 一旦及天聪,恩光生户牖。
> 谓言入汉宫,富贵可长久。
> 君王纵有情,不奈陈皇后。
> 谁怜颊似桃,孰知腰胜柳。
> 今日在长门,从来不如丑。

这首诗向汉魏乐府的叙事传统复归,刻意采用乐府叙事的口吻,叙述一位娇养的商家之女,因美貌被选入宫,得到君王的眷顾,却又因皇后的妒忌而被打入冷宫的故事。在宫怨诗的传统中,陈皇后向来是被同情的对象。实则据史书记载,她是因骄横,最终被打入冷宫的,所以李白《白头吟》有"此时阿娇正娇妒,独坐长门愁日暮"之句。本篇"君王纵有情,不奈陈皇后",正为那些因陈皇后而失宠的女性写照。结以"今日在长门,从来不如丑",其意略同于"承恩不在貌",揭示出长门宫才是宫中女子共同的归宿。此中大有《红楼梦》所谓"千红一窟,万艳同悲"之意。

第二讲 咏物

秋日蝉声

☞ ☜

咏物诗，顾名思义，就是以外物为表现对象的诗作。诗的本质在于抒情言志，诗人咏物，其目的也不在于表现"物"本身，而是要借这个"物"来表现诗人自身的遭际和情感，所以往往采用托物言志的方法。另一方面，诗人不直接抒情言志，而是借助"物"来抒情言志，说明这个中介物，在某一个具体的点上有助于表现诗人的情志。所以，一首成功的咏物诗，既要体物入微，又要传神写照。

唐代咏物诗从汉魏六朝发展而来，是唐诗的重要主题。"物"类无穷，诗人吟咏的对象也无穷。花草树木、虫鱼鸟兽、雾露风云、笔墨纸砚、簪珮钗环等，都在诗人吟咏之列。我们今天主要选取唐代三首咏蝉诗为代表，窥斑见豹，希望借此对唐代咏物诗的艺术风格和审美价值有一初步的了解。

一

蝉是一种古老的昆虫。殷商青铜上的蝉纹，透露出上古三代时期对蝉的认识已经形成特定的文化。蝉，方言也称蜩。扬雄《方言》就说："蝉，楚谓之蜩。"上古诗歌中，蝉的出现总是伴随着它不容忽视的鸣声。例如《诗经》中，"四月秀葽，五月鸣蜩"（《豳风·七月》）、"如蜩如螗"（《大雅·荡》）、"菀（wǎn）彼柳斯，鸣蜩嘒嘒"（《小雅·小弁》），都是从听觉来加以表现的，而且都称为"蜩"。《楚辞》

中则蝉和蜩杂见,如"蝉翼为重,千钧为轻"(屈原《卜居》)、"燕翩翩其辞归兮,蝉寂寞而无声"(宋玉《九辩》),"林不容兮鸣蜩,余何留兮中州""微霜兮眇眇,病殀兮鸣蜩"(王褒《九怀》)。可见扬雄的话也不一定全对。又淮南小山《招隐士》:"王孙游兮不归,春草生兮萋萋。岁暮兮不自聊,蟪蛄鸣兮啾啾。"蟪蛄,也是蝉的一种。

庄子是楚人,《庄子》一书的寓言中,多次出现蜩的身影。最著名的例子,当然是《逍遥游》中蜩与学鸠一起嘲笑鹏的那一刻:鹏"水击三千里,抟扶摇而上者九万里",蜩和学鸠却很是不以为然:"我决起而飞,抢榆枋,时则不至,而控于地而已矣。奚以之九万里而南为?"显然,蜩和鹏分别是小和大的代表。

《外篇·达生》痀偻承蜩的寓言,是为了发明独特的处身之道:

仲尼适楚,出于林中,见痀偻者承蜩,犹掇之也。

仲尼曰:"子巧乎?有道邪?"

曰:"我有道也。五六月累丸,二而不坠,则失者锱铢;累三而不坠,则失者十一;累五而不坠,犹掇之也。吾处身也若厥株拘,吾执臂也若槁木之枝,虽天地之大,万物之多,而唯蜩翼之知。吾不反不侧,不以万物易蜩之翼,何为而不得!"(王先谦《庄子集解》外篇第十九)

痀偻,就是驼背。这位驼背人捕蝉的惊人绝技,是从刻苦磨炼中得来。他在捕蝉时,专心致志,全神贯注,就好像身体是木桩(厥,本作"橛")和树根(株),拿着竿子的胳膊就像是一根枯树枝,不为外物所动,这才获得捕蝉的成功。同样的故事,《列子》中也有记载,可为《庄子·外篇》不全出于庄子本人的一个佐证。痀偻者承蜩做什么用呢？可能是用来食用。《礼记·内则》："爵、鷃、蜩、芝栭（灵芝与木耳）、菱（菱角）、椇（拐枣）、枣、栗、榛、柿、瓜、桃、李、梅、杏、楂、梨、姜、桂。"可见，至晚在汉代，蜩已经与爵（雀）、鷃（鹑的一种）一样，为先民所食用。

我们在户外看到的蝉，都是它的成虫。在变成成虫之前，幼虫一直居住在黑暗的土壤中（时间可长达20年），靠吸食树根的汁液维生。当蝉的蛹状幼虫从土里钻出来，羽化为成虫，它会蜕去外壳，成为蝉。只有雄蝉才会鸣叫，这是它在求偶，吸引雌蝉进行交配，不久就死去了。就算是不交配的雄蝉，它高声鸣叫的日子也只有短短两周时间。

蝉的幼虫从黑暗的地下一跃而出，蜕去旧壳，脱化为蝉，在阳光最明亮的仲夏到初秋不断歌唱。从黑暗跃入光明，由旧的生命脱化为新的生命。故《史记·屈原列传》赞美屈原："自疏濯淖汙泥之中，蝉蜕于浊秽，以浮游尘埃之外，不获世之滋垢，皭然泥而不滓者也。"以蝉为喻，赞美屈原出污泥而不染的高洁品性。所以在后世的诗歌中，蝉总是与高洁的品性联系在一起。

《庄子·齐物论》注意到蝉从幼虫到成虫这种生命状态特殊的变化，用它来指代影子和形体之间似是而非的关系，由此对道的本体进行追问：

> 罔两问景曰："曩子行，今子止，曩子坐，今子起，何其无特操与？"景曰："吾有待而然者邪！吾所待又有待而然者邪！吾待蛇蚹、蜩翼邪！恶识所以然？恶识所以不然？"（王先谦《庄子集解》内篇第二）

"景"是影子,"罔两"是影子边缘的单薄阴影。蝉的幼虫化为成虫时脱下的外壳叫作蝉蜕,《庄子》中称为"蜩甲""蜩翼",景(影子)之所以时坐时起,随人俯仰,是因为它有待于形体,故不能自主;而形体之所以时坐时起,也是因为它有所待,故不能自主。那怎样才能自主呢?是否就像蛇脱旧皮、蝉蜕旧甲一样呢?这种追问,无疑是极富哲学意味的。后来王褒《九怀》:"济江海兮蝉蜕,绝北梁兮永辞。"张衡《思玄赋》:"欸神化而蝉蜕兮,朋精粹而为徒。"这一类叙述,都是《庄子》对生命观思考的延续。

立秋三候,第一候凉风至,第二候白露降,第三候寒蝉鸣。寒蝉是秋天的节候。《古诗十九首》"明月皎夜光"篇:

> 明月皎夜光,促织鸣东壁。
> 玉衡指孟冬,众星何历历。
> 白露沾野草,时节忽复易。
> 秋蝉鸣树间,玄鸟逝安适。
> 昔我同门友,高举振六翮。
> 不念携手好,弃我如遗迹。
> 南箕北有斗,牵牛不负轭。
> 良无盘石固,虚名复何益。

这一篇秋天的歌诗中,自然也少不了鸣蝉的身影。蝉在地面上的生命很短暂。很快,它就在秋风秋雨中走完了生命的最后一程。来年五月"蜩始鸣"时,那些在夏日高树上鸣叫的已不再是从前的旧影,故秋蝉之鸣听起来总觉格外的凄厉。

二

咏物诗讲究以我观物，以物来为我写照。"人心不同，各如其面"（《三国志·蜀书》），反过来，同一个物，因为灌注了不同的诗心，所以也会呈现出不同的面貌。今天我们首先要读的，是唐初诗人虞世南的咏物诗《蝉》：

> 垂緌饮清露，流响出疏桐。
> 居高声自远，非是借秋风。

虞世南（558—638）是由陈、隋入唐的诗人，也是著名的书法家。他少年时与兄世基同受学于吴顾野王十余年。文章师法当时的大家徐陵，风格婉缛，"陵自以类己，由是有名"。徐陵还将侄女嫁给了虞世基。陈灭，兄弟俩一起入隋，一个辞章清劲，一个文风赡博，都是名重当时的才子，时人将他们比作吴亡之后入晋的陆机、陆云兄弟。两兄弟文章虽出一门，为人却不太一样。隋炀帝爱才，但世南峭正，不为炀帝所喜，故为官十年终不获迁。世基则因佞敏得炀帝重用，日益贵盛，妻妾被服拟王者，而世南仍俭朴如前。宇文化及将炀帝杀了，欲杀世基，"世南抱持号诉请代，不能得，自是哀毁骨立。从至聊城，为窦建德所获，署黄门侍郎"。李世民灭窦建德，世南从其还京，为"王府十八学士"之一。与唐太宗论历代帝王得失，能直言善谏，唐太宗曾说："朕与世南商略古今，有一言失，未尝不怅恨，其恳诚乃如此！"（《新唐书·虞世南传》）

在世人眼中，虞世南首先是个书法家，然后才是个诗人。其实,无论是书法还是诗歌,都是虞世南精神境界的外化。我们看这首《蝉》,虽然是咏物,实是虞世南地望清华、人品高贵的写照。

绥,是古人结在颔下帽带的下垂部分。蝉的头部有伸出的触须(古人认为它是蝉的细嘴,用来饮食清露),下垂的形状像是帽带(冠缨,古代官帽打结下垂的部分),故云"垂绥",暗示诗人身份高贵。首句写蝉的形状与食性,居高饮露,品性高洁。古代常以"冠缨"指代贵宦,"饮清露"双关为官要清廉,暗指作者品性高洁。次句写蝉声之远传。"流响"状蝉声清越,暗示君子的高标逸韵。一个"出"字,使人感受到蝉鸣的响度与力度。梧桐本是高大树木,一个"疏"字,更显出其高耸挺拔的风姿,既照应了首句的"饮清露",又自然引出后面的议论。古人写蝉,从《诗经》中的"菀彼柳斯,其鸣喈喈"开始,到西晋陆机《拟明月何皎皎》中的"寒蝉鸣高柳",以及柳永《少年游》词中"高柳乱蝉嘶",多写其鸣于高柳,此独言其鸣于疏桐。柳树和梧桐,作为蝉的栖身之所,本无不同。但梧桐在中国文学里向来具有特殊的象征意味,乃凤凰栖身之所。《诗经·大雅·生民》"凤凰鸣矣,于彼高冈。梧桐生矣,于彼朝阳",郑笺云:"凤凰之性,非梧桐不栖,非竹实不食。"蝉声出于疏桐,更觉其人地望清华。诗人将"贵"与"清"统一在"垂绥饮清露,流响出疏桐"的形象中。此两句表面写蝉,实则是人格化的描写。而在高树上长鸣的蝉,自然与在草间墙角鸣叫的蟋蟀等昆虫,地位身份,自不相同。

"居高声自远,非是借秋风",是全诗的点睛之笔。一般人认为,蝉声远传是由于借助了秋风的传送;诗人则强调是由于"居高"而自能致远。在这一议论中,蕴含着一个哲理:身居高位、品性高洁之人,并不需要假托外在的凭借,自能名声远扬。这也是诗人自我形象的艺术写照。这里的"秋风"，和《红楼梦》中薛宝钗咏柳絮的"好风凭借力，送我上青云"所指是一样的。"居高声自远，非是借秋风"，显示出出身世家大族的虞世南的自信。诗人强调的是人格的美，人格的力量，正如曹丕《典论·论文》所说："不假良史之辞，不托飞驰之势，而声名自传于后。"两句中的"自"字、"非"字，一正一反，相互呼应，表达出对人的内在品格的热情赞美和高度自信，体现出一种雍容不迫的风度气韵。唐太宗多次称赏虞世南的"五绝"（德行、忠直、博学、文词、书翰），并赞其直言善谏、高洁耿介曰："群臣皆如虞世南，天下何忧不理！"诗人笔下人格化的"蝉"，也正是诗人的自况。所以清代学者李锳《诗法易简录》说："咏物诗固须确切此物，尤贵遗貌得神，然必有命意寄托之处，方得风人之旨。此诗三四品地甚高，隐然自写怀抱。"

就写法而言，前代咏蝉诗不少，但多是从其声音入手，如"鸣条噪林柳，流响遍台池。忖声如易得，寻忽却难知"（江总《咏蝉诗》）、"端绥挹霄液，飞音承露清"（范云《咏早蝉诗》）、"流音绕丛藿，余响切高轩"（萧子范《后堂听蝉》）等。沈德潜说："咏蝉者每咏其声，此独尊其品格。"（《唐诗别裁》卷十九）这首诗能够一问世就传诵不衰，道理也在于此。相比之下，像"饮露非表清，轻身易知足"（褚云《赋得蝉》），就显得很平庸了。

尽管虞世南开启了咏蝉诗新的法门，却曲高和寡。后世作者往往还会从最平常的写法入手，所以也就难以逃脱被世人平常视之的命运。例如，唐代诗人雍陶的《闻蝉》：

一树蝉声入晚云，几回愁我亦愁君。
何年各得身无事，每到闻时似不闻。

南宋诗人杨万里的《初秋行圃》：

落日无情最有情，遍催万树暮蝉鸣。
听来咫尺无寻处，寻到旁边却不声。

三

骆宾王是浙江义乌人，生于唐太宗贞观初年（用傅璇琮之说），是彻底的唐代人。他早慧，七岁能赋诗："鹅，鹅，鹅！曲项向天歌。白毛浮绿水，红掌拨清波。"二十四岁中第，被选为道王府属。道王李元庆是高祖李渊的第十六子，他在宾王入府后的第七个年头去世，宾王不得不另谋出路。他曾上诗吏部侍郎裴行俭，请求从军自效。次年返京，与王勃、杨炯、卢照邻一时齐名，号曰"四杰"。四杰同时参加吏部选。据说吏部侍郎李敬玄为"四杰"延誉，而裴行俭则贬损之，谓"炯虽有才名，不过令长；其余华而不实，鲜克令终"（张说《赠太尉裴公神道碑》），后来杨炯为盈川令，王勃溺水而死，卢照邻不堪病痛投水自杀，骆宾王不知所终，果如其言。其实裴行俭很欣赏他，曾辟他为掌书记，他因母老辞谢。不久母亲过世。

高宗仪凤三年（678年），骆宾王服母丧毕，除服，为长安主簿。"数上书言天下大计，后嬰怒，诬以法，逮系狱中"（胡应麟《补唐书骆侍御传》）。入狱的罪名，据说是贪赃。次年秋，闻大赦诏，作《在狱咏蝉》。出狱后，入裴行俭幕，从军定襄，北讨突厥。次年军还，葬母于义乌故山，除临海丞，鞅鞅不得志，一年后，弃官而去。

中宗嗣圣元年（684年）二月，武后命中书令裴炎、中书侍郎刘祎之、羽林将军程务挺勒兵入宫，废刚即位的中宗李显为庐陵王。立豫王李旦为帝（即睿宗），居别殿，武后临朝称制，改元文明。程务挺与骆宾王是裴行俭府中旧僚，荐举贤良方正，宾王辞，不愿为武后效力，可见他在政治上是倾向于李唐的。这当然和他早年担任道王府属官有关系。九月，改元光宅，"故司空李勣孙柳州司马徐敬业伪称扬州司马，杀长史陈敬之，据扬州起兵，自称上将，以匡复为辞"（《旧唐书·则天皇后本纪》），署宾王为府属，为敬业传檄天下，斥武后罪。后读之微哂，至"一抔之土未干，六尺之孤安在"，遽问侍臣："此语谁为之？"或以宾王对，后曰："宰相之过，安失此人！"（《旧唐书·李勣传附敬业传》）骆宾王还有《在军登城楼》："城上风威冷，江中水气寒。戎衣何日定，歌舞入长安。"可见他是把自己的命运完全和李唐天下融为一体的，并且对未来充满了信心。

十二月，敬业败，宾王亡命，不知所踪。（《新唐书·文艺传》）或说他遁入灵隐寺为僧，见《唐才子传》卷一：

> 后宋之问贬还，道出钱塘，游灵隐寺。夜月，行吟长廊下，曰"鹫岭郁岧峣，龙宫隐寂寥"，未得下联。有老僧燃灯坐禅，问曰："少年不寐而吟讽甚苦，何耶？"之问曰："欲题此寺而思不属。"僧笑曰："何不道'楼观沧海日，门对浙江潮'？"之问终篇曰："桂子月中落，天香云外飘。扪萝登塔远，刳木取泉遥。云薄霜初下，冰轻叶未凋。待入天台寺，看余渡石桥。"僧一联，篇中警策也。迟明访之，已不见。老僧即骆宾王也。传闻桴海而去矣。

其实宋之问与骆宾王是故交，骆宾王集中《在江南赠宋五之问》《在兖州饯宋五之问》《送宋五之问得凉字》等诗,都是写给宋之问的,并不是像故事中所写的那样,彼此全不相识。且两人年纪相差大约十五六岁,也不可能是一"老僧"一"少年"。

《在狱咏蝉》是骆宾王在狱中闻赦所作,诗前有小序,本身就是一篇优美的散文,也可以帮助我们理解诗人的创作意图:

> 余禁所禁垣西,是法曹厅事也,有古槐数株焉。虽生意可知,同殷仲文之枯树;①而听讼斯在,即周邵伯之甘棠②。每至夕照低阴,秋蝉疏引,发声幽息,有切尝闻。岂人心异于曩时,将虫响悲乎前听?嗟乎!声以动容,德以象贤,故洁其身也,禀君子达人之高行;蜕其皮也,有仙都羽毛之灵姿。候时而来,顺阴阳之数;应节为变,审藏用之机。有目斯开,不以道昏而昧其视;有翼自薄,不以俗厚而易其真。吟乔树之微风,韵资天纵;饮高秋之坠露,清畏人知。仆失路艰虞,遭时徽纆,不哀伤而自怨,未摇落而先衰。闻蟪蛄之流声,悟平反之已奏;见螳螂之抱影,怯危机之未安。感而缀诗,贻诸知己。庶情沿物应,哀弱羽之飘零;道寄人知,悯余声之寂寞。非谓文墨,取代幽忧云尔。(陈熙晋《骆临海集笺注》卷四)

在囚禁骆宾王的狱所墙垣外,有几株苍老的古槐,夕阳照着扶疏而低垂的枝叶,树上有蝉,鸣声清幽凄切。刘勰《文心雕龙·物色》

---

① 《晋书·殷仲文传》:"仲文因月朔与众至大司马府,府中有老槐树,顾之良久而叹曰:'此树婆娑,无复生意!'"

② 《诗经·召南·甘棠》是赞美召伯的。传说召伯代周文王巡行南土,憩息于甘棠(即棠梨)树下,后人因相戒不要损伤这树。

说:"情以物迁,辞以情发。一叶且或迎意,虫声有足引心。"诗人闻蝉鸣而触衷肠,写下了《在狱咏蝉》这首诗:

> 西陆蝉声唱,南冠客思侵。
> 那堪玄鬓影,来对白头吟。
> 露重飞难进,风多响易沉。
> 无人信高洁,谁为表予心。

开头两句点题,句法上是对偶,写法上是起兴,分别从蝉和己两方面写起。白露既降,秋风萧瑟,活跃在盛夏的蝉,度过了生命的辉煌期,已临近它生命的终点,鸣声似乎格外的凄切。而诗人身陷囹圄,从昔日的朝廷命官变成阶下囚,也走上了人生的末路,闻此凄凉蝉鸣,怎能不涌起浓重的人生如寄之感呢?诗歌的语言十分自然洗练,每一个字都是千锤百炼,又如同脱口而出。"南冠客思侵","南冠"二字用典:

> 晋侯观于军府,见钟仪。问之曰:"南冠而絷者,谁也?"有司对曰:"郑人所献楚囚也。"使税(脱)之。召而吊之。再拜稽首,问其族,对曰:"伶人也。"公曰:"能乐乎?"对曰:"先人之职官也,敢有二事?"使与之琴,操南音……公语范文子,文子曰:"楚囚,君子也。"(《左传·成公九年》)

交代出作者的身份和被囚的特定处境。"客思"则是呼应首句的"西陆蝉声":秋日里蝉声悲哀的鸣叫,让诗人意识到自身的处境。什么样的处境?生不逢时的处境,末路飘零的处境,被命运捉弄的处境,而这样的处境让他深感人生如寄，感到人生不过是一段注定要无望而终的旅程。一个"侵"字，将诗人在蝉声的悲鸣中逐渐加深的人生虚无感揭示出来，用字极为警策。我们仿佛可以感受到，寒意是如何一点一点由蝉声侵入诗人的心灵，让他难以自持。

如果说首联是传统的"感物起兴"，也就是叶嘉莹所说的感发，那么，次联则是从感发到了直接的象喻，从"己"着笔，从自己感受的角度写蝉的外形、蝉的悲鸣。一句说蝉，一句说自己，用"那堪"和"来对"构成流水对，把物我联系在一起，表达了对于生命中所背负之重压一种难以承受的无力感。诗人曾数次讽谏武则天，以至下狱。大好的青春在历经政治上的种种磨难之后已经消逝，头上增添了星星白发；而现在身处高墙之下，看到这高唱的秋蝉两鬓乌玄，不禁感物伤怀，有时光流逝、功业未成之叹。并由此回想到自己少年时代，也何尝不如秋蝉的高唱，而今却壮志难酬，而夙愿已空。在这十个字中，诗人运用比兴，把凄恻的感情，委婉曲折地表达了出来。"白头吟"是乐府曲名。据《西京杂记》，"司马相如将聘茂陵人女为妾，卓文君作《白头吟》以自绝，相如乃止"。其辞云：

> 皑如山上雪，皎如云间月。
> 闻君有两意，故来相决绝。
> 今日斗酒会，明旦沟水头。
> 躞蹀御沟上，沟水东西流。
> 凄凄重凄凄，嫁娶不须啼。
> 愿得一心人，白首不相离。
> 竹竿何嫋嫋，鱼尾何簁簁。
> 男儿重意气，何用钱刀为。

诗人这里巧妙地运用了典故，一语双关，以卓文君自比，暗示执政者辜负了诗人对国家的一颗忠爱之心。同时赋予了典故新的更深的含义，意在言外，含蓄曲折。总之，此联是由我及物，写我时又紧紧扣住物来写，物我相应，互为表里，心物交融。古人常用蝉鬓来形容女子的鬓发。崔豹《古今注·卷下·杂注》："魏文帝宫人有绝所宠者，有莫琼树、薛夜来、陈尚衣、段巧笑四人，日夕在侧。琼树乃制蝉鬓，缥缈如蝉翼，故曰蝉鬓。"这里反用。玄鬓，黑色的蝉翼如同鬓发，这里代指蝉。

颈联从蝉着笔，写蝉的生态及环境，实为借蝉喻己。"露重""风多"，既实写蝉所处的季节特点，又比喻自己所处的社会、政治环境。"飞难进""响易沉"，既是刻画蝉的形象，同时也喻写自己内心的痛苦：前者喻政治上不得意，仕途受阻，欲诉无门，屈原《离骚》所谓"吾令帝阍开关兮，倚阊阖而望予"；后者喻言论上受压制，有志难酬，心迹难明。两句对仗工稳，句句咏蝉，句句喻己。蝉与己，浑融为一，寄托遥深，自然无痕。

尾联主要写己，直抒胸臆，明确表达希望得到援救、昭雪冤狱的愿望，点明主旨。秋蝉高居树上，餐风饮露，有谁相信它不食人间烟火呢？这不正像诗人品性高洁，不为时人所了解，相反还被诬陷入狱吗？"无人信高洁"之语，也是对坐赃的辩白。然而，正如屈原《离骚》所说，"世混浊而不分兮，好蔽美而嫉妒"，导致"黄钟毁弃，瓦釜雷鸣"（《楚辞·卜居》），谁来替诗人雪冤呢？"卿须怜我我怜卿"（冯小青《怨》），只有蝉能为我而高唱，也只有我能为蝉而长吟。这样，自然之物"蝉"又与人格化身"己"相契合。

骆宾王在诗序中说："情沿物应，哀弱羽之飘零；道寄人知，悯余声之寂寞。非谓文墨，取代幽忧云尔。"这寥寥数句，实可视为一篇创作论。他强调咏物诗的创作，要处理好"情"和"物"的关系："物"是写作的对象，"情"才是诗歌表现的主体。作为对象的"物"，必须灌注主体之"情"，其应如响；而对"情"的表达，又不能脱离"物"的本身，虚空乱道。以《在狱咏蝉》为例，句句写物（蝉），也句句写诗人沉冤不白之情、高洁不群之志，可以说完美地诠释了"情沿物应"的诗学内涵；艺术上突破齐梁形似写物、缺少个性的弊病，能够取物之神，物我之间浑融无迹，堪称咏物诗的绝唱。

四

李商隐是晚唐诗人。他出身寒微，幼年丧父，负枢归乡，"四海无可归之地，九州无可倚之亲"（《寄裴氏姊文》），从小就备尝人世艰辛。文宗大和年间，令狐楚爱其文，聘入幕中，亲授骈文，并让他和自己的儿子一起读书应举。开成二年（837年），李商隐在令狐楚的儿子令狐绹的帮助下进士及第。但就在这一年，令狐楚过世。第二年春天，李商隐入王茂元幕中，并娶了他最小的女儿为妻。当时党争激烈，令狐绹被视为牛党的要人，而王茂元则被视为倾向于李党，李商隐娶王氏被视为"背恩"行为，从此为令狐绹所不满。处于这样一种复杂微妙的政治旋涡当中，加之个性清高孤介，李商隐一直沉沦下僚；他曾考中博学鸿词科，复审时因"背恩""无行"之恶名而被除名，在朝中仅任秘书省校书郎（正第九品上阶）、正字（正第九品下阶），以及闲冷的太学博士（正第六品上阶），而太学博士的位置还是他向令狐绹陈情之后得来的。从大和三年（829年）入幕府，到大中十二年（858年）去世的三十年中，有二十年辗转于各处幕府，最后一次入幕是在梓州，其间他的妻子王氏病故，子女寄居长安，给他的心灵致命的一击。从此他似乎在做诗人的同时也成了一个佛教徒，诗歌的创作也不同于从前。

咏物诗是李商隐诗歌的一大端。而《蝉》诗则堪称咏物诗的绝调，同时也是李商隐这一类怀才不遇、仕途飘零的士子的写照：

> 本以高难饱，徒劳恨费声。
> 五更疏欲断，一树碧无情。
> 薄宦梗犹泛，故园芜已平。
> 烦君最相警，我亦举家清。

首联闻蝉鸣而起兴。"高"指蝉栖高树，兼指品行高洁；蝉在高树吸风饮露，所以"难饱"，这又与作者曲高和寡、怀才不遇的身世之感暗合。"徒劳恨费声"，也是物我双写。蝉因"恨"而鸣，但这哀鸣是徒劳的，并不能使它摆脱困境；诗人也有许多不平之气，想要借助诗文来抒发，但这并不能改变他在现实中的处境。这里其实包含一种很重要的文学思想，即韩愈所说的"不平则鸣"：

> 大凡物不得其平则鸣。草木之无声，风挠之鸣。水之无声，风荡之鸣；其跃也或激之，其趋也或梗之，其沸也或炙之。金石之无声，或击之鸣，人之于言也亦然，有不得已者而后言。其歌也有思，其哭也有怀。凡出乎口而为声者，其皆有弗平者乎。（韩愈《送孟东野序》）

李商隐是深受韩愈这种"不平之鸣"说的影响的，认为文学是"物不得其平"的产物，所以他的诗歌，表现的多是愁恨悲伤之情。如《谢先辈防记念拙诗甚多，异日偶有此寄》云："夫君自有恨，聊借此中传。"又《杜思勋》云："刻意伤春复伤别，人间惟有杜司勋。"他还有一首无题诗《一片》："一片琼英价动天，连城十二昔虚传。良工巧费真为累，楮叶成来不直钱。"也就是说，他虽然在文学创作上颇有成就，其诗文作品如同由连城美玉雕刻而成的楮叶，虚耗才华和生命，但在现实中并不能借此实现报负。总之是怀才不遇，所以他才会对蝉"徒劳恨费声"深表同情。

次联从"恨费声"展开，引出"五更疏欲断"，而用"一树碧无情"反衬，把现实中不得志的感情推进一步，达到了抒情的顶点。寒蝉秋夜孤吟，直至五更（凌晨三点到五点），其声渐疏欲断，其所栖身之碧树，却漠然无动于衷。这里接触到咏物诗的另一特色，即无理得妙。蝉声的"疏欲断"与树叶的碧，两者本无关涉，可是作者却责怪树"无情"。这看似毫无道理，但无理处正见出作者的多情。这样的写法，从杜诗就已经有了，其《蜀相》以"映阶碧草自春色，隔叶黄鹂空好荫"来反衬诗人自身对于诸葛亮的无限深情。后来宋人姜夔《长亭怨慢》"阅人多矣，谁得似、长亭树。树若有情时，不会得、青青如此"，也由此变化而出。"疏欲断"既是写蝉，也是寄托自己的身世遭遇。就蝉说，责怪树的无情是无理；就寄托身世遭遇说，"一树碧无情"，大而言之，是指社会环境的冷酷；小而言之，是所托庇者的冷漠无情，又是合乎人情的。

上面是写物，物中有我；接下去则是写我，我中有物。"薄宦梗犹泛，故园芜已平。"诗人辗转各地，为人幕僚，是小官，俸禄微薄，所以称薄宦。经常在各地流转，好像大水中的木梗到处漂流。这里用了土偶木梗的典故：

有土偶人与桃梗相与语。桃梗谓土偶人曰："子，西岸之土也，挺子以为人。至岁八月，降雨下，淄水至，则汝残矣！"土偶曰："不然！吾西岸之土也，残（一作"土"）则复西岸耳。今子东国之桃梗也，刻削子以为人。降雨下，淄水至，流子而去，则子漂漂者将何如耳？"（《战国策·齐策三》）

在李商隐之前，骆宾王最爱用此典，用"泛梗""漂梗"来象征自己的漂泊生涯，如"旅行悲泛梗"（《晚憩田家》）、"旅魂劳泛梗"（《边夜有怀》）、"似舟漂不定，如梗泛何从"（《浮槎》）、"漂梗飞蓬不自安"（《从军中行路难》）、"旅思徒漂梗，归期未及瓜"（《晚度天山有怀京邑》）等皆是。李商隐骈文学初唐四杰，"薄宦"句也许受到宾王的影响。思乡怀土是人之常情，更何况处于这样一种不安定的生活之中。"田园将芜胡不归"（陶潜《归去来兮辞》），家乡田园里的杂草和野地里的杂草已经连成一片了，作者的思归之心就更加迫切。这两句看似和上文的咏蝉无关，实则是有关联的。"薄宦"同"高难饱""恨费声"联系，小官微禄，所以"难饱""费声"。经过这一转折，上文咏蝉的抒情意味就更明白了。就意象而言，"梗犹泛"的比喻，是有感于蝉抱枝栖梗而生的。如徐干《于清河见挽船士新婚与妻别诗》："冽冽寒蝉吟，蝉吟抱枯枝。枯枝时飞扬，身体忽迁移。"就将新婚的妻子比作抱枝之蝉，而丈夫则是那一根飞扬的枯枝。"故园芜已平"，亦双关蝉自栖高树，幼虫时所居之树下洞穴已为丛生之杂草所湮没，欲归不可。

末联"烦君最相警，我亦举家清"，又回到咏蝉上来，用拟人法写蝉。"君"与"我"对举，咏物和抒情密切结合，而又呼应开头，首尾圆合。蝉的难饱正与我也举家清贫相应；蝉的鸣叫声，又提醒我这个与蝉境遇相似的小官，想到"故园芜已平"，不免勾起赋归之念。

钱锺书评论这首诗说："蝉饥而哀鸣，树则漠然无动，油然自绿也。树无情而人有情，遂起同感。蝉栖树上，却恝（jiá，漠然）置之；蝉鸣非为'我'发，'我'却谓其'相警'，是蝉于我亦'无情'，而我与之为有情也。错综细腻。"钱先生指出不仅树无情而蝉亦无情，进一步说明咏蝉与抒情的错综关系，对我们理解这首诗是有帮助的。

咏物诗，贵在"体物为妙，功在密附"（《文心雕龙·物色》）。这首咏蝉诗，被朱彝尊誉为"传神空际，超超玄著，咏物最上"（《李义山诗集辑评》卷上），不为过誉。古人鉴画，有能品、逸品、妙品、神品之分。依我之见，上述三首咏蝉诗，虞世南之作，独尊品格，身份自高，为逸品；骆宾王之作，炉锤入妙，为妙品；李商隐这首，一气喷薄，最为神品。

这首诗的写作时间，根据"薄宦梗犹泛，故园芜已平"数句，可知诗人寄迹于幕府，漂泊沉沦，欲归不能，应该是作于后期佐幕之时。刘学锴《李商隐诗歌集解》据末句，认为"作于汴幕的可能性较大。梓幕时已'无家与寄衣'矣，固不特'举家清'也。李商隐大中三年（849年）岁末至徐州卢弘止幕，六月随其至汴州。次年卢弘止卒，李商隐罢幕归京，时妻子王氏已卒，所以诗中有"无家与寄衣"（《悼伤后赴东蜀辟至散关遇雪》）之句。冯浩系于大中五年，大体不误。"五更疏欲断，一树碧无情"，冯浩《玉谿生诗集笺注》卷二认为指李商隐向令狐绹"屡启陈情而不之省"，虽不必定指，但诗中是镕铸了此种经历和感受的。

李商隐和令狐绹的关系，确实是关乎李商隐仕途和个人情感的重要问题。大中二年,李商隐选盩厔县尉,回长安,作京兆府掾;令狐绹召拜考功郎中(从五品上阶),寻知制诰、充翰林学士。大中三年,令狐绹拜中书舍人,充翰林学士承旨,寻权兵部侍郎知制诰,极得宣宗信用(次年十一月即同平章事,达到了他仕途的顶峰):

> 令狐赵公,大中初在内廷,恩泽无二,常便殿召对,夜艾方罢,宣赐金莲花送归院。院使已下,谓是驾来,皆鞠躬阶下。俄传吟曰:"学士归院!"莫不惊异。金莲花,烛柄耳,惟至尊方有之。(《唐摭言》卷十五"杂记")

李商隐以故交身份写了一些诗歌给令狐绹,委婉地请求提携,而遭漠视。大中三年重阳日,以屡次陈情未果,李商隐有诗怨令狐绹:

> 李义山师令狐文公。大中中,赵公在内廷,重阳日义山谒不见,因以一篇纪于屏风而去。诗曰:曾共山公把酒卮,霜天白菊正离披。十年泉下无消息,九日樽前有所思。不学汉臣栽苜蓿,还同楚客咏江蓠。郎君官贵施行马,东阁无因更重窥。(《唐摭言》卷十一"怨怒")

"山公"指山简,《晋书》谓其镇襄阳,"优游卒岁,唯酒是耽",以比令狐楚。令狐楚卒于开成二年(837年),到大中三年已十二年,此取整数。前四句谓在重阳日,回忆"将军樽前,一人衣白"(《奠相国令狐公文》)的旧日知己之情。后四句谓自令狐楚离世,令狐绹官阶日贵,不肯荐贤,以致才士不得进用,只能如楚客屈原一样,吟咏"览椒兰其若兹兮,又况揭车与江蓠"这样失意愤懑的诗句。苜苜乃外国之草，汉使仍采归，种之于离宫，这里比喻为朝廷简拔人才；令狐绹以义山异己之故，而排摈不用，故曰"不学汉臣栽苜蓿"。又江蓠，较椒兰、揭车更等而下之，喻令狐绹。"郎君"指令狐绹，见《唐摭言》卷四"师友"。汉制，两千石以上官员可以任其子为郎。所以后世门生故吏就美称师长之子弟为郎君。李商隐师事令狐楚，自居门生，所以称令狐绹为郎君。"东阁"用公孙弘开东阁以延宾的典故，比令狐家府邸。此后不久，李商隐应梓州卢弘止幕，年底启程。大中四年（850年）十一月，令狐绹从权知兵部侍郎知制诰终于升至相位。一方面是故人荣升高位，对自己弃之不顾；另一方面是自己沉沦下僚，而求告无门。在这样的情况下，李商隐写了这首蝉诗。

五

上面我们讲了三首唐人的咏蝉诗，同样都是咏物，其所咏之物都是秋蝉，却能够各出机杼，同为诗坛名篇。可以说，后世的咏蝉诗，无出其右者了。对此，清人施补华在《岘佣说诗》中有一个总评，很是概括：

三百篇比兴为多，唐人犹得此意。同一咏蝉，虞世南"居高声自远，端不借秋风"，是清华人语；骆宾王"露重飞难进，风多响易沉"，是患难人语；李商隐"本以高难饱，徒劳恨费声"，是牢骚人语。比兴不同如此。

这里就提出一个咏物诗的比兴问题。这样一个比兴是哪儿来的呢？凭空产生的吗？不是，比兴都有悠久的传统，这样才能够触发读者的同感。下面我们就来回顾一下蝉在文人诗赋中的传统形象。

汉魏以来，许多文人曾作赋称颂蝉的美德。如班昭《蝉赋》："伊玄虫之微陋，亦摄生于天壤。当三秋之盛暑，陵高木之流响。融风被而来游，商猋厉而化往。吸清露于丹园，抗乔枝而理翮。"如果说班昭所写还停留在对蝉的天性的褒扬上，那么到了三国时代曹植的笔下，则已大大地人格化了。曹植《蝉赋》："唯夫蝉之清素兮，潜厥类乎太阴。在盛阳之仲夏兮，始游豫乎芳林。实淡泊而寡欲兮，独怡乐而长吟。声嗷嗷而弥厉兮，似贞士之介心。内含和而弗食兮，与众物而无求。栖高枝而仰首兮，漱朝露之清流。"称颂蝉具有清素、淡泊、忠贞、耿介的品格。西晋陆云《寒蝉赋并序》则称赞蝉有五种美德："夫头上有绥，则其文也；含气饮露，则其清也；黍稷不食，则其廉也；处不巢居，则其俭也；应候守时，则其信也；加以冠冕，则其容也。君子则其操，可以事君，可以立身，岂非至德之虫哉！"以蝉之形貌、习性，比附人的美德，称赞蝉具有文、清、廉、俭、信五种美德。从此，本属"微陋"之物的蝉，在文人心目中完美起来，成为高洁人格的化身。受到士人美化的蝉，其实正是对象化了的士人自身，是士人自身道德人格的外化。

诗歌中写到蜩蝉，《诗经》之后，较早的当属宋玉《九辩》："燕翩翩其辞归兮，蝉寂寞而无声。"继之以古诗十九首之"秋蝉鸣树间，玄鸟逝安适"，潘岳《河阳县作》之"鸣蝉厉寒音，时菊耀秋华"。寒蝉之鸣不但报告了秋天的到来，与白露、秋风、大雁一起组成了一幅萧瑟的秋景图，而且还触动文人的身世家国之思，但这种感触更多表现在赋中，蝉和悲秋的志士、清高的君子的形象在诗歌中的重合，一直要等到唐代，到我们前面提到的虞世南。

除上面三首诗之外，古诗中涉及蝉的一些佳作尚多，却不限于咏物了。如清人冯煦《剑州闻蝉》诗：

列柏西台寂不鸣，九天风露特凄清。
剑南雨过延新爽，始得疏林第一声。

唐以后最著名的咏蝉之作，当数南宋词人王沂孙的《齐天乐·蝉》，则是用蝉来寄托自己深切的故国之思：

一襟余恨宫魂断，年年翠阴庭树。乍咽凉柯，还移暗叶，重把离愁深诉。西窗过雨。怪瑶佩流空，玉筝调柱。镜暗妆残，为谁娇鬓尚如许？
铜仙铅泪似洗，叹携盘去远，难贮零露。病翼惊秋，枯形阅世，消得斜阳几度。余音更苦。甚独抱清高，顿成凄楚。漫想熏风，柳丝千万缕。

南宋亡后，葬在绍兴的高宗等六代皇帝的陵墓被元僧杨琏真伽所盗发，后妃尸骨也被翻出，和牛马骨混在一起。诗人唐珏、林景熙暗地联系当地人收骨埋葬。王沂孙、周密、张炎、唐珏等十四人，用龙涎香、白莲、莼、蟹、蝉五个题目做了许多词，编为《乐府补题》一卷。清人周济、厉鹗、王树荣都以为不是单纯的咏物，而是因掘陵这一暴行而发。因为对统治者的暴行不敢实指，所以用咏物的方式来寄托他们的情感。当时村中有人拾得坟中皇后发髻，咏蝉词可能指此。

上片以"宫魂"二字点题。"宫魂"，代指"蝉"，典出五代马缟

《中华古今注》:"昔齐后忿而死,尸变为蝉,登庭树嘒唳而鸣,王悔恨。故世名蝉为齐女焉。"诗人利用这个传说,谓齐女化蝉之后,年年栖身于翠荫庭树之间,或哽咽于寒枝,或哀泣于密叶间,仿佛在倾诉离愁。秋雨送寒,意味着蝉的生命将尽。不料雨后的蝉声却格外清亮高亢,有如玉佩相击,玉筝弹奏,仿佛看见玉人(齐女)款款而行,环珮叮咚,玉指纤纤,在筝柱间移动。此时此刻,明镜黯淡,残妆不理,又为谁修饰蝉鬓呢?

下片"铜仙"三句,用金铜仙人典故,切蝉之"饮露"。汉武帝时,建造手持承露盘的金铜仙人于建章宫。魏明帝时,诏令拆除,"宫官既拆盘,仙人临载,乃潸然泪下",李贺遂作《金铜仙人辞汉歌》有"空将汉月出宫门,忆君清泪如铅水"之句。今承露盘既远,蝉饮何物?病翼枯形,只余几个黄昏。抱此将亡之身,其鸣倍觉凄苦。处高饮露,清高自许,不料造化无情,竟遭此心酸悲楚之结局,只能空自追忆盛夏柳丝摇曳的美好时光。

六

现代诗中写蝉的作品,似乎没有写蟋蟀的多。

台湾诗人周梦蝶(1921—2014)号称"诗坛苦行僧",有一首《咏蝉》诗,写的是蝉鸣声中的禅意:

空着肚子
却唱得如此响,
难道,这就是因为

这就是所以么？

从稚夏到深秋
从无到有到非有非非有：
透骨的清凉感啊，
这次第，怎一个知字了得！

从"无"到"有"，从"有"到"非有"，再从"非有"到"非非有"，看上去似乎只是语词的游戏，实则涵括了生命从无到有，再从生到死（非有），最后归入大化（非非有）的过程。这种观念和表达，显然和传统老庄哲学有很深的渊源，也受到佛教中观派的影响。至于"这次第，怎一个知字了得"，将李清照《声声慢》词的末句"这次第，怎一个愁字了得"改易一字，不但巧妙地将蝉的别名"知了"二字嵌入句中，而且也引发我们的幽思：诗人在这秋蝉鸣声中，究竟领悟了什么呢？是《庄子·大宗师》所说的古之真人"不知说（yuè）生，不知恶（wù）死"的真谛么？

冯至（1905—1993）在昆明西南联大写下了27首十四行诗，辑成《十四行集》，其中第二首就写到蝉，是一首李广田所谓"沉思的诗"。最后几分钟，让我们一起读这首现代的咏蝉诗，它是新的，又似乎仍植根于《庄子》的寓言中：

什么能从我们身上脱落，
我们都让它化作尘埃：
我们安排我们在这时代
像秋日的树木，一棵棵

把树叶和些过迟的花朵
都交给秋风,好舒开树身
伸入严冬;我们安排我们
在自然里,像蜕化的蝉蛾

把残壳都丢在泥里土里;
我们把我们安排给那个
未来的死亡,像一段歌曲,

歌声从音乐的身上脱落,
归终剩下了音乐的身躯
化作一脉的青山默默。

第三讲 田园

诗意栖居

○8 ○3

　　魏晋以后，诗逐渐成为中国文学最主要的创作形式，同时也是士大夫最重要的文化传统。一方面，士大夫是诗歌的作者；另一方面，诗歌也深刻地影响到文人的生活，让他们开始在现实生活中追求一种诗意。晋宋之际的陶渊明（365—427）选择隐居田园，和刘宋初年谢灵运（385—433）的漫游山水都是这种追求的典型代表。由陶渊明开创的田园诗传统，和谢灵运开创的山水诗传统在盛唐诗人王维、孟浩然那里合流。从陶渊明到王、孟，乃至中唐的韦应物，他们的田园诗追求对现实的超越，体现出人与自然的和谐，是在大地上的诗意栖居。

一

　　陶渊明是东晋人，少年时也很有一番建功立业的理想。他在《杂诗》其五中写道："忆我少壮时，无乐自欣豫。猛志逸四海，骞翮思远翥。荏苒岁月颓，此心稍已去。"陶渊明年轻时也曾渴望离开家乡，奋翅高飞，实现自己的四海之志。他从二十九岁出为州祭酒，此后几度出仕都不如意。随着岁月流逝，雄心壮志也有所销磨。四十一岁那年，他去离家很近的彭泽县做了县令，发现自己仍无法适应当时官场上的虚伪风气，终于放弃对功业的追求，毅然辞官回到故乡浔阳郡柴桑（今江西九江），余生都隐居于此，所以在当时人看来，陶渊明首先是一个隐士。他的生平事迹也见载于正史的《隐逸传》。

中国最早的隐士是伯夷和叔齐，他们是商朝末年一个叫孤竹国的小国的王子。伯夷和叔齐反对暴力，不满于周武王用武力讨伐商纣王。等到武王建立周朝，天下归顺，伯夷、叔齐不肯食周粟，隐居于首阳山，采薇为食，最后饿死。战国时期的庄子，终生隐居不仕，所以《庄子》中记载了许由、渔父、伯夷、叔齐等一系列带有隐逸色彩的人物形象，他们往往具有超迈绝俗的精神境界，游离于政治之外，对统治者采取不合作的态度，对现实的认识比较清醒，客观上扮演着批评者的角色。儒家是主张建功立业的，对政治有一种积极的态度，但也不反对隐逸。孔子说："邦有道，则仕；邦无道，则可卷而怀之。"（《论语·卫灵公》）"卷而怀之"即退隐。孟子说："穷则独善其身，达则兼济天下。"（《孟子·尽心上》）可见在先秦，隐逸是一种相当普遍的思想。

真正的隐士，往往怀抱利器（才能），但为坚持自己的志节，不出来做官。东汉的严子陵和光武帝刘秀曾经一起游学。后来刘秀做了皇帝，严子陵就躲起来，光武帝几次征召他出仕，他都不肯，终身隐居于家乡富春山。严子陵以布衣的身份平交天子，光是这份不屈的志节就让天下的士人神往，所以他的名声很大。因此，朝廷格外想招揽像他这样的隐士，因为他们一旦入朝，朝廷就可以宣称自己的统治"天下归心"。陶渊明就受过这样的征召，但他没有接受，所以他的朋友颜延之哀悼他的文章称他为"陶征士"，所谓"征士"，就是被征召而不肯出仕的隐士。隐逸也是诗歌的重要主题。《诗经》中的《考槃》篇，据说写的就是一位隐士。《楚辞》中则有《招隐士》篇。文人诗对隐逸主题的表现，陶渊明是最早的开辟者，所以钟嵘《诗品》称他为"隐逸诗人之宗"。

陶渊明归隐的主要原因，是要保持自己的人格，追求自由、真率的人生。这种追求完全是精神性的。他在归隐后写作的诗歌多以田园生活为主，向读者展现了一幅自然、淳朴的田园画卷。陶渊明的田园诗，自然风景的美好和诗人自身对自由、真率人生的追求同样动人，二者水乳交融，创造出陶渊明独有的境界，展现出自然美、人格美和艺术美的多重境界，其魅力至今不衰。金代诗人元好问《论诗三十首》其四说："一语天然万古新，豪华落尽见真淳。"陶渊明的田园诗，景真、情真、事真，最终体现为一种真淳的风格，是真和美的统一。陶诗中的田园生活是诗意的栖居。

中国古代是一种农耕文明。在古老的周代就已经产生了像《诗经·豳风·七月》这样的农事诗。但此后一直到魏晋，诗歌史上几乎再也看不到类似的作品。其中一个重要的原因，或许是汉代以后采诗的传统失落了，这些民间的歌唱没有保存下来。汉末开始，文人逐渐成为诗歌创作的主体，他们属于士阶层，不事农业生产，农村生活和田园风光没有进入他们的视野。陶渊明的出现打破了这样的局面。他在归隐之后，创作了大量的田园诗。他的田园诗主要表现田园风光和人情的淳朴，风格质朴，境界高远，表现出自然的意趣和超迈的人格，为古典诗歌开辟了新境界。

陶渊明田园诗的代表作是《归园田居》组诗，一共五首。东汉张衡有《归田赋》，诗题中的"归园田"可能有取于此。"归田""归园田""归园田居"，都是从仕途（官场）引退，回到故园。其一云：

少无适俗韵，性本爱丘山。
误落尘网中，一去三十年。

> 羁鸟恋旧林，池鱼思故渊。
>
> 开荒南野际，守拙归园田。
>
> 方宅十余亩，草屋八九间。
>
> 榆柳荫后檐，桃李罗堂前。
>
> 暧暧远人村，依依墟里烟。
>
> 狗吠深巷中，鸡鸣桑树巅。
>
> 户庭无尘杂，虚室有余闲。
>
> 久在樊笼里，复得返自然。

诗的前六句作一段，叙述"归园田居"的原因，重点在一个"归"字上。开头从自己的天性说起，"少无适俗韵，性本爱丘山"是渊明自陈，本无适俗之情，而有丘山之爱。东晋士大夫常以玩赏自然来标榜其自然真率的人格，这在当时是一种风气。渊明在《始作镇军参军经曲阿作》中有"弱龄寄世外"的自叙，可见他自幼就有一种对"世外"（世俗之外）的向慕。但陶渊明不同于时流的地方，在于他是将田园视作安身立命之所，以田园为自己人生的真正归宿和全部的身心所托。这里的"归"，是原本就托身心于此，中间为饥寒所迫，才离开家乡，出去做官；但当时政局形势复杂，官场上有许多陋习，令他深以为耻，不得已又弃官归田。"误落尘网中，一去三十年"两句，就是对自己出仕又归隐这一段经历的概括，语气是很沉痛的。一个"误"字，以及将出仕的种种比作罗网，可见诗人感到的束缚和内心的不自由。而这离开故园后的"三十年"，没有一天不是在罗网中度过的，自然也没有一天不渴望挣脱这一罗网，重新赢得身心自由，如同笼中鸟眷恋林中的旧巢、池中鱼思念藏身的深渊一样。言下之意，就是自己如今归田，正如同鸟返旧林，鱼回故渊，已经伏下末联"久在樊笼里，复得返自然"了。

接下来十二句，具体描写田园风景和诗人的生活，充分表现了诗人归田而居的内心喜悦。诗人是带着对仕途的回忆来体验田园的，所以展现在眼前的田园生活，虽然和离开前应该并无太大不同，但对于"觉今是而昨非"（陶渊明《归去来兮辞》）的诗人来说，却呈现出全新的面貌。诗人可以说是带着一种失而复得的心情，来印证自己在漫长的"罗网"生涯中对田园的渴望的。

"开荒"两句写实，就章法而言，是一种过渡，呼应开头两句。诗人开垦荒地，自食其力。相比做官，对一般人来说，这应该是更辛苦的事。而且在士大夫的观念里，读书人以后是要做官的，耕种是农民的事。所以，陶渊明说自己归田是"守拙"。"拙"与"巧"相对，守拙就是自己缺少"适俗"的机巧，又不想改变，而是持守自己的本性。

说"开荒"只是点到为止，下文很自然地转入对田园生活本身的描写。诗人满怀喜悦地指点，地几亩，屋几间，树几株，花几种，对偶整齐而富于变化，构图完整并错落有致。这里远离尘世喧嚣，当黄昏来临，村落上空升起袅袅炊烟，只闻得深巷中鸡鸣犬吠之声。这真是一个世外桃源，让我们很自然地联想到诗人在《桃花源记》中描写的那个理想国："土地平旷，屋舍俨然，有良田美池桑竹之属。阡陌交通，鸡犬相闻。"诗人在这里耕作，生活，没有世俗应酬之事，心头充盈着闲适的愉悦！也许正因为如此，这些乡村中最寻常的景致——田地、茅舍、树木、炊烟、鸡犬鸣吠，在诗人的笔下，是如此动静得宜，宁静美好。农耕社会，日出而作，日落而息，万物各从其性，任其自然，这是符合渊明"自然"的理想的，《桃花源诗》"相命肆农耕，日入从所憩"，"荒路暧交通，鸡犬互鸣吠"，正是对这种理想的表述。渊明的这首诗,"开荒南野际"六句近乎"日出而作","暧暧远人村"四句则关联"日落而息",正是田园生活最典型的场景。而黄昏时劳作归来的满足与宁静,本来就是诗意生发之处,《诗经·王风·君子于役》中就有"日之夕矣,羊牛下来"的描写。"暧暧远人村,依依墟里烟"两句,和下面"狗吠深巷中,鸡鸣桑树巅"一起,表现的正是从黄昏到入夜的归园田居之景。陶渊明《归园田居》组诗如"晨兴理荒秽,带月荷锄归","日入室中暗,荆薪代明烛",也多是黄昏时劳作归来的田园之景,都暗合着他的桃源理想。就艺术的审美而言,这几句诗也是有声有色,写出了乡村生活宁静中又蕴含着活力之美:袅袅炊烟中,农人劳作归来,鸡鸣犬吠的喧闹之后,重归于黄昏的宁静。而诗人的心,也因为摆脱了尘网("远人")而获得久违的自由,和万物同归自然的怀抱,因此发出"久在樊笼里,复得返自然"的慨叹。这里的"远人村",不当读作"远处人家之村庄",而应该理解为"远离人间的村庄"。"远人村",即远人之村。"远"作动词用,用法犹《论语·中庸》"道不远人"之"远"。这里的人,犹"人境"之"人",特指世俗社会的人事烦扰,这是陶诗特有的一种用法。"远人村"即远离人事烦扰的村落,指的是渊明当时的居处"园田居",而非"园田居"远处的村落,也就是极其偏僻荒远的村庄。我最近专门写了一篇小文章《"暧暧远人村"新说》讨论这个问题,发表在《中国典籍与文化》2022年第2期,感兴趣的同学可以找来看,这里就不展开了。

"户庭无尘杂,虚室有余闲"这两句,和组诗其二"白日掩荆扉,虚室绝尘想"一样,既是对田园生活的实写,亦即《五柳先生传》中所说的"环堵萧然,不蔽风日";也暗指心境的澄净空明,关联着

《庄子·人间世》"虚室生白"。心地洞彻光明，故能领悟人生的真谛。所以很自然地引出末二句"久在樊笼里，复得返自然"。这是对全篇，也是对自己选择归隐生活的一个有力的总结，有一种如释重负的轻松和愉悦！诗人离开故园"三十年"，经历了许多复杂的人事和内心的矛盾之后，终于回到田园，也回归了自己的天性，如同笼中鸟、池中鱼回到了大自然，心情是何等的自由自在。而诗人对于自然和田园的热爱，也在其中了。

除了表现田园风光的优美之外，陶诗也写到农业生产的艰辛，如《归园田居》其四写到除草这种劳动：

> 种豆南山下，草盛豆苗稀。
> 晨兴理荒秽，带月荷锄归。
> 道狭草木长，夕露沾我衣。
> 衣沾不足惜，但使愿无违！

"草盛豆苗稀"，地里的野草比豆苗要多，造语颇为诙谐。诗人早晨去地里除草，日落后才背着锄头回家，田埂上草木的露水将衣服都沾湿了。但诗歌的主旨，不在表现劳作的辛苦，而是写出一种愉快：南山下草盛苗稀的豆田，黄昏时洒落的明月清辉，窄路边草尖上盈盈的露水，都从荷锄归来的诗人眼中写出，既新鲜，又美好。它们共同构成了诗人晚归的背景，也提醒着他已经回到了自己朝思暮想的田园，回归了自己的本性，"无违"于自己的本"愿"。诗中洋溢着对田园生活的热爱和"复得返自然"的喜悦，这是陶渊明田园诗的主调，也成为后世田园诗的传统。

陶诗为诗歌树立了自然天成的艺术典范。如《读山海经》其一：

> 孟夏草木长，绕屋树扶疏。
> 众鸟欣有托，吾亦爱吾庐。
> 既耕亦已种，时还读我书。
> 穷巷隔深辙，颇回故人车。
> 欢然酌春酒，摘我园中蔬。
> 微雨从东来，好风与之俱。
> 泛览周王传，流观山海图。
> 俯仰终宇宙，不乐复何如。

四月草木茂盛、枝叶扶疏。鸟儿有托身之所，人也同样的安然。耕种已毕，正是农闲，门无车马，正好读书。到园中摘一点菜蔬下酒，微雨凉风也来助兴。此时随意翻阅《穆天子传》《山海经图赞》这样的闲书，俯仰之间，神驰宇宙，其乐如何！这样的生活，当然非普通农人所能有，而是作为士大夫的陶渊明所独有的田园之乐！

义熙四年（408年）夏，园田居遭了火灾，沦为废墟，渊明一家困居于河港中的舫舟之上，最终搬到栗里南村居住，并在这里度过了自己的余生。《移居二首》，应该就是搬到南村不久所作的。"南村一带，颇有一些跟渊明一样隐迹田园的士人"（钱志熙《陶渊明传·栗里南村文士群》），陶渊明称为"素心人"，也就是本心淡泊、不慕荣利的人。渊明与他们志趣相投，时常来往，忙时耕种，闲暇则谈经论史，"奇文共欣赏，疑义相与析"（《移居》其一），还在春秋佳日相携登高赋诗。其二云：

> 春秋多佳日，登高赋新诗。
> 过门更相呼，有酒斟酌之。
> 农务各自归，闲暇辄相思。

> 相思则披衣，言笑无厌时。
> 此理将不胜，无为忽去兹。
> 衣食当须纪，力耕不吾欺。

在晴朗的好日子登高作诗，有酒就招呼邻里同饮，有农事赶紧料理，闲下来彼此惦念，惦念了立刻披衣相访，有说有笑不知疲倦——诗人将南村生活的种种信笔写出，有一种兴高采烈的喜悦。劳动的充实，登高作诗的愉悦，呼朋饮酒之乐，邻里交往的任情适意，都从笔端流出。末四句虽是谈"理"，却是从诗人的日常生活中悟出来的，说得亲切，无一毫说教之病。"衣食当须纪，力耕不吾欺"，是说力耕可以满足衣食之需，也隐含"一分耕耘，一分收获"之意。但如果仍然在尘网中奔走，则不能有此种满足。

陶渊明在他的时代，主要是一位隐士而非诗人。所以他的好朋友颜延之在他死后作哀悼他的诔文，也称他为"陶征士"。颜延之与谢灵运、鲍照并称"元嘉三大家"，是著名的诗人，他在文中却是一个字都没有提渊明的诗歌创作，可见渊明的诗歌在当代的寂寞。大约一百年后，钟嵘《诗品》按照艺术成就高下给五言诗人排座次，将陶诗列为中品，可以说是很看得起他了。同时代的萧统编选《文选》，选录了多首陶诗。萧统还为陶渊明编集并作序，对陶渊明的人品和诗歌艺术都评价极高。《诗品》和《文选》在当时和后世都影响很大，其后陶渊明的诗人身份和诗歌艺术价值以及在诗歌史上的地位也越来越高。

大约从唐代开始，陶渊明的田园诗开始得到诗坛的重视，有许多人在创作上取法于他。初唐诗人王绩是陶渊明最早的追随者，他的《野望》诗颇有陶诗的神韵。盛唐诗人大多受到陶诗的影响，其中尤以孟浩然和王维在山水田园诗艺术上成就最高。他们的创作中，也引入了山水诗的意象和传统，所以面貌较陶诗有所变化。孟浩然的《过故人庄》、王维的《渭川田家》等，都是脍炙人口的经典作品。王、孟之后，田园诗重新成为一种个人化的写作，在这方面，中唐的韦应物和宋代的范成大成就较高。

二

晋代以后，隐逸成为风气，士林中普遍以隐逸为高尚。西晋的皇甫谧（215—282）有《高士传》，专门为隐士作传。《晋书》也有专门的《隐逸传》。但真正的隐士是很少的。也有人将隐逸当作"仕宦之捷径"（《新唐书·卢藏用传》载司马承祯语），为仕而隐。初唐人卢藏用就是这样。他早年在京洛隐居，高宗车驾在洛阳，他就在洛阳附近的少室山隐居；高宗回长安，他就隐居在长安附近的终南山，被称为"随驾隐士"。他隐士的名声传到朝廷，果然被征召出山，成为朝廷官员。另有一种，是已经在朝为官的，只要内心超越了世俗利禄的羁绊，也可以隐士自居，称为"吏隐"。王维的隐居就属于典型的吏隐。当时一般人的观念里，做隐士是很光荣的。隐逸意识成为士林中普遍的观念。盛唐隐逸之风盛行，李白早年隐居于竹溪，孟浩然隐居于鹿门山，王维隐居于终南山，他们的诗歌中对隐逸主题有大量的表现。

在王孟之前，初唐诗人王绩也是田园诗的重要作者。王绩（590？—644），字无功，号东皋子，绛州龙门（今山西河津）人。他出生于北朝"六代冠冕"之家，长兄王度、二兄王凝皆长于述作，三兄王通为大儒，以当代孔子自任，曾向隋文帝上十二策，在家乡北山授徒，房玄龄、魏征、温大雅、陈叔达、薛收、姚义、杜淹等人都出自他门下，有"王孔子"之称。显见他的家族文化底蕴是很深厚的。王绩幼年聪慧，"八岁读《春秋左氏》，日诵十纸"。十五岁到长安干谒杨素，以善于应辩，被誉为"神仙童子"。薛道衡读了他的《登龙门忆禹赋》，称赞他是"今之庾信"（吕才《王无功文集序》）。

王绩在隋炀帝时考取了孝悌廉洁科，任秘书省正字，但"不乐在朝"，乞放外职，做了扬州六合县丞。因为喜酒妨碍公务，屡被勘劾，于是托以风疾，轻舟夜遁，浪迹于中原、吴越，在大业末回到故乡。当时天下动荡，不久炀帝被杀，接着是唐初定鼎，王绩失路徘徊，其生活主要以漫游和隐居为主。

但他的内心，其实是希望能够乘时而起，排解纷争，有所作为的，就像他在《晚年叙志示翟处士正师》中说的："失路青门隐，藏名白社游。风云私所爱，屠博暗为俦。解纷曾霸越，释难颇存周。"意思是说，自己虽然隐姓埋名，像故东陵侯种瓜于长安青门之外，董平隐居白社与诸人交游；但内心向往的是际会风云，故引市井中的豪杰之士为同调。子贡曾经为鲁国解决纷争，成就了越国之霸业；周最奔走游说，终于保全了宗周——这才是我想要的人生啊。所以，唐高祖武德五年（622年）王绩再次入仕，仍以扬州六合县丞待诏门下省。按照惯例，朝廷当供给良酝三升，侍中陈叔达认为三升酒"未足以绊王先生"，特日给一斗，时人号为"斗酒学士"。太宗贞观四年（630年），因其兄王凝得罪重臣，王绩再次托疾归乡。

贞观中，王绩因家贫赴选，以太乐署史焦革善酿酒，求为太乐丞，这是他第三次出仕。几个月后，焦革死了，他的妻子袁氏还时时给王绩送酒。一年多以后，袁氏也死了。王绩说："天不使我酣美酒邪!"于是第三次辞官归隐,并写作《酒经》《酒谱》各一卷。晚年结庐于乡,纵意琴酒,庆吊礼绝,唯与隐士仲长子光来往。贞观十八年(644年)卒于家。《新唐书·隐逸传》录其事。他的朋友吕才搜罗整理其诗文,结为《王无功集》五卷,中唐陆淳删节为《东皋子集略》,唐宋时期并行于世。

王绩一生三仕三隐,均因才高位下而遁世。他天性简傲,善饮酒,常以刘伶、阮籍、嵇康和陶潜自比,所谓"阮籍醒时少,陶潜醉日多。百年何足度,乘兴且长歌"(《醉后口号》)。"阮籍生年懒,嵇康意气疏。相逢一醉饱,独自数行书"(《田家》)。"渊明对酒,非复礼义能拘;叔夜携琴,惟以烟霞自适"(《答刺史杜之松书》)。他自叙晚岁"归来南亩上……,陶潜见人羞。三晨宁举火,五月镇披裘。自有居常乐,谁知身世忧"(《晚年叙志示翟处士》)。他虽然仰慕陶潜,纵意琴酒,又仿《五柳先生传》作《五斗先生传》,仿陶潜自拟挽歌辞,死前自撰墓志铭。但他不理俗务,沉酣放达,其简傲更接近魏晋名士而非渊明。尽管渊明也很有名士风度,但他为人率真,本性淳朴,非一般名士可比。因此,王绩的田园诗在艺术上也并未得到渊明的真传,而是从风格到艺术表现都直承和他年代相近的庾信,具有自家独到的风貌。在沿袭陈隋而来尚带宫体余风的初唐诗坛上,王绩的自然野逸,可谓独树一帜。故翁方纲《石洲诗话》说:"王无功以真率粗浅之格入初唐诸家中,如鸾凤群飞,忽逢野鹿,正是不可多得也。"

王绩田园诗的代表作是《野望》:

东皋薄暮望,徙倚欲何依。
树树皆秋色,山山唯落晖。

> 牧人驱犊返，猎马带禽归。
> 相顾无相识，长歌怀采薇。

吕才序说，王绩"又葛巾联牛，躬耕东皋，每著书自称东皋子"。可见"东皋"之于王绩，正如"园田居"之于陶渊明，是其朝夕耕作游息之地。"东皋薄暮望"，点出"野望"的时（薄暮）地（东皋），而"徙倚欲何依"，则写出诗人对此山野秋暮的彷徨。什么样的彷徨呢？就好像曹操《短歌行》里所描绘的："月明星稀，乌鹊南飞。绕树三匝，何枝可依？"鸟儿没有找到可以栖身的树木，才士没有找到可以托付的主人，是托身未得所的彷徨。相比之下，陶渊明已经在田园中找到了心灵的安顿之所，所以其田园诗的主调，是"众鸟欣有托，吾亦爱吾庐"，在自然和田园中找到了人生的归宿的安然愉悦。这大约是王绩和渊明田园诗最大的不同。

"树树皆秋色，山山唯落晖。牧人驱犊返，猎马带禽归"，写黄昏之景如画：每一棵树都染上了秋天的色彩，每一座山峰都照耀着落日的余晖。牧人驱赶着牛犊下山，猎人马背上驮着野禽归家。末二句"相顾无相识，长歌怀采薇"，仍流露出浓浓的寂寞孤独之情：举目四顾，无论是猎人还是牧人，都不是自己"相识"相知之人，只能唱一曲《采薇》，把古人来怀想。这个古人是谁呢？就是周初的隐士伯夷、叔齐。根据《史记·伯夷列传》的记载，伯夷、叔齐认为武王伐纣是"以暴易暴"，所以耻食周粟，"隐于首阳山，采薇而食之"，终于饿死在首阳山。死前作歌，歌辞是这样的："登彼西山兮，采其薇矣。以暴易暴兮，不知其非矣。神农、虞、夏，忽焉没兮，我安适归矣？于嗟徂兮，命之衰矣！"后世称为《采薇》歌。所以末二句是说，世无知音，要像伯夷、叔齐一样避世隐居。

回头看中间四句，和陶渊明"山气日夕佳，飞鸟相与还"一样，都是写村野的黄昏。但渊明在归隐之后，心灵获得了真正的安顿；而王绩的内心仍旧是苦闷的，所以他最终还是堕入了释教之中："尝爱陶渊明，酌醴焚枯鱼。尝学公孙弘，策杖牧群猪。追念甫如昨，奄忽成空虚。人生讵能几，蹙迫常不舒。赖有北山僧，教我以真如。"（《薛记室收过庄见寻率题古意以赠》）他向来访的友人剖白自己的心迹：我曾向慕渊明自甘清贫（以烤鱼干下酒）的隐居生活，也曾效法公孙弘挂杖牧猪。回忆以上种种，恍在昨日，转眼已成空虚。人生短暂，现实又常处困窘之中。如何解脱呢？全靠北山僧，以佛教的"真如"教我。王绩的隐逸和田园抒写，总的看来，心迹更接近盛唐的王维。

王绩还有一首《秋夜喜遇姚处士义》，也是难得的情兴饱满之作：

北场芸藿罢，东皋刈黍归。
相逢秋月满，更值夜萤飞。

芸藿，即耘豆，为豆苗除草之意。"东皋"句意，用阮籍《奏记诣蒋公》："方将耕于东皋之阳，输黍稷之税，以避当涂者之路。"前两句写一天的劳作，先在豆田中除草，又收割黍（北方所谓黄米），直到日落月升方归。后两句写从田间归来，满怀劳动后的疲乏和满足，与友人不期而遇。此刻天心月满，清辉遍洒在村庄和田野，一切都安宁静谧，正值流萤飞过，一切都恰到好处。题曰"秋夜喜遇"，句句都是秋夜，三四句言"遇"，但无一字及"喜"，而喜在其中矣。本篇的诗意，是从陶诗"种豆南山下，草盛豆苗稀。晨兴理荒秽，带月荷锄归"四句化出，但能自出机杼，与陶诗面貌不同。

三

孟浩然（689—740），襄州襄阳（今湖北襄阳）人。他一生未仕，《新唐书》《旧唐书》都为他立传，这是很不容易的。但他没做过官，所以史书的记载很简单。孟浩然去世后，友人王士源为他编集并作序，成为考证他生平的重要依据。

四十岁之前，孟浩然在家乡读书，为乡人排难解纷，为入仕做准备。这时候他的求仕之心是很急切的，其《田园作》中写道："弊庐隔尘喧，惟先养恬素。卜邻近三径，植果盈千树。粤余任推迁，三十犹未遇。书剑时将晚，丘园日已暮。晨兴自多怀，昼坐常寡悟。冲天羡鸿鹄，争食羞鸡鹜。望断金马门，劳歌采樵路。乡曲无知己，朝端乏亲故。谁能为扬雄，一荐甘泉赋。"他在诗中感慨时光流逝，而功业无成。虽然想要一飞冲天，像东方朔一样以文学待诏金马门，但他羞与鸡鹜（比喻平庸之人）争食，乡中既无知己，朝中又无亲故，所以直到三十岁，还不能像汉代的扬雄一样凭借辞赋而闻名于朝廷。

开元十六年（728年）冬，孟浩然入长安应举。落第后，曾上书献赋，但没有结果。在长安，曾游秘书省，与张九龄、王维结忘形之交。据王士源序，他曾在秋月新霁之夜，与诸英华赋诗，有句云"微云淡河汉，疏雨滴梧桐"，举座嗟其清绝，皆为之搁笔。《新唐书·文艺传》记载他在王维署中偶值玄宗，让他诵自己的诗作，玄宗不满于"不才明主弃，多病故人疏"两句，因放还。后一件事也许是伪托的，却反映了他在长安赢得诗名但求仕失败的境遇。所以，当他在开元十七年冬还乡时不由得感叹："当路谁相假，知音世所稀。只应守寂寞，还掩故园扉。"（《留别王维》）又自言："少年弄文墨，属意在章句。十上耻还家，徘徊守归路。"（《南阳北阻雪》）次年又离乡赴洛，自洛之越，漫游吴越山水。归来作《仲夏归汉南园，寄京邑耆旧》诗云：

> 尝读高士传，最嘉陶征君。
> 日耽田园趣，自谓羲皇人。
> 予复何为者，栖栖徒问津。
> 中年废丘壑，上国旅风尘。
> 忠欲事明主，孝思侍老亲。
> 归来当炎夏，耕稼不及春。
> 扇枕北窗下，采芝南涧滨。
> 因声谢朝列，吾慕颍阳真。

这首诗之于孟浩然，正如《归园田居》之于陶渊明，是理解其一生出（离乡做官）处（居乡隐居）选择的一把钥匙。"尝读高士传"，犹陶诗"少无适俗韵，性本爱丘山"，是表白自己素来向往陶渊明隐居田园的生活。"予复何为者"六句，犹陶诗"误落尘网中，一去三十年"，叙此番入京应举的经历。"归来当炎夏"四句，既叙此番游历归来之事，又一语双关，谓隐居乡里才是内心的归宿，犹陶诗"久在樊笼里，复得返自然"。因此有末二句"因声谢同列，吾慕颍阳真"，托人带话给在朝堂任职的友人，自己仰慕的是隐居在颍水之阳的高士许由，言下之意，是不会再求取功名了。孟浩然隐居的地方，根据陈贻焮先生的考证，是在岘山附近的"南涧滨"，即涧南园，也就是冶城南园，另外他还有别业在鹿门山。

开元二十三年（735 年），朝廷令五品以上清官及刺史各举一名人才。襄州刺史兼山南东道采访使韩朝宗想举荐孟浩然，约他去长安应举。这个机会是很难得的，孟浩然却因为与友人畅饮而未成行。可见他虽然有用世之心，但对仕途并不特别热衷。隔了一年多，张九龄被贬到荆州任长史，孟浩然入其幕，不一年即辞归。三年后，他和好友王昌龄（当时遇赦北还）欢宴时，因食河鲜引得背上的旧伤复发，卒于冶城南园，年五十有二。

王维《送綦毋潜落第还乡》中写道："圣代无隐者，英灵尽来归。遂令东山客，不得顾采薇。"意思是盛世没有隐士，因为朝政清明，才士都愿意为朝廷效力。这是勉励友人的话，不要因为一时落第而气馁，就索性回乡做隐士去了，还是要继续应举。事实上，即便是全盛之时代，也总有怀才不遇的人。孟浩然就是一个典型的盛世隐士，他一生未仕，但有远大的人生理想，想要有所作为，故其诗中多慷慨不平之气，以及对流俗势利的批判。他为仕而隐，隐不忘仕，这和李白的人生道路是很相似的。所以，李白特别欣赏他，"吾爱孟夫子，风流天下闻。红颜弃轩冕，白首卧松云。醉月频中圣，迷花不事君。高山安可仰，徒此揖清芬"（《赠孟浩然》），将他塑造成一个风流隐逸的高士。有研究者因此说李白不了解孟浩然，其实这正是知己之言。因为当他们无法实现现实的理想时，就只能退而求其次，以高蹈不仕的隐士自命，所以求仕和隐逸这二者并不矛盾。孟浩然如此，李白也不例外。

孟浩然一生的经历比较简单，他在思想的深广方面也远不如陶渊明，但他的遭遇、为人和情趣方面有近似陶处，因此他较易接受陶诗的影响而形成自己独特的艺术风格。陶渊明是"隐逸诗人之宗"，在孟浩然以前，江淹曾经拟陶，王绩也曾慕陶，但造诣不甚高。孟浩然是在陶渊明之后，大力写作田园、隐逸题材，并将它与谢灵运开创的山水、行役题材结合起来，开盛唐山水田园诗派风气之先的。

孟浩然的田园诗，缺少深广的社会背景，侧重于表现他在襄阳村居的高情逸韵，"诸如高士的孤怀、隐居的幽寂、登临的清兴、静夜的相思"，"通过清新而浑然一体的感受"，"创造出清幽、恬静的意境"（陈贻焮《孟浩然》）。他的田园诗善于学陶，风格清淡自然。如《过故人庄》：

> 故人具鸡黍，邀我至田家。
> 绿树村边合，青山郭外斜。
> 开轩面场圃，把酒话桑麻。
> 待到重阳日，还来就菊花。

农村生活在孟浩然的笔下，似乎更加真切，洋溢着浓郁的生活气息。首句"具鸡黍"，就是"杀鸡为黍"，典出《论语·微子》："子路从而后，遇丈人，以杖荷蓧。……止子路宿，杀鸡为黍而食之。"这里也暗示故人不是一位普通的农夫，而是一位隐居躬耕的隐士。而从殷勤相招的情意而言，又似脱化于陶诗"漉我新熟酒，只鸡招近局"（《归园田居》其五）。首联写故人相邀，叙此行的缘起，已见出田家风味。次联写出村庄坐落于平原而远接青山的特点：近处是绿树环绕的村落，远处是和城郭斜对的一抹青山，构图简洁明快。"合"字流露出依依的情意，"斜"字则见出闲逸的意趣。主客当窗对饮，窗外是开阔的打谷场和欣欣向荣的菜园，谈话的主题也围绕着桑麻的长势和收成，直到"日入室中暗，荆薪代明烛"（陶渊明《归园田居》其五），还意犹未尽。所以很自然地转入对重逢的期待，约好重阳日在此饮酒赏菊。诗中洋溢着愉悦和满足的情绪，字句间都是宾主之间淳朴真诚的情谊。"菊花"是花中的隐士，和首联"鸡黍"相互呼应，显示了孟浩然作为一个隐士对田园的诗化期待。

孟浩然这首《游精思观回，王白云在后》则体现了山水与田园的合流：

> 出谷未停午，到家日已曛。
> 回瞻下山路，但见牛羊群。
> 樵子暗相失，草虫寒不闻。
> 衡门犹未掩，伫立望夫君。

首联叙游踪，近午出谷，黄昏到家（可见诗人是住在鹿门山中的），是山水诗最常见的一种写法。次联"回瞻下山路，但见牛羊群"，让我们联想到李白《下终南山过斛斯山人宿置酒》"暮从碧山下，山月随人归。却顾所来径，苍苍横翠微"，可悟田园诗在取景上与山水诗的不同。田园诗的景色描写是贴合着乡村生活的。田园生活，日出而作，日入而息，所以"日入群动息"（陶渊明《饮酒二十首》其七）的黄昏之景，是诗人笔下常见的。颈联"樵子暗相失，草虫寒不闻"，是说浓浓的暮色湮没了樵夫的身影，风气清寒的山中，草虫寂然不鸣。这两联其实暗用《诗经·王风·君子于役》"日之夕矣，羊牛下来。君子于役，于之何勿思"！因羊牛和樵夫之归家，兴起对友人王白云的思念之情。尾联"衡门"，出自《诗经·陈风·衡门》"衡门之下，可以栖迟"。衡门，即横木为门，代指简陋的房屋。"望夫君"，语本《楚辞·九歌·湘君》："望夫君兮未来，吹参差兮谁思！""夫君"，这里代指朋友王白云。这两句是说，到家后柴门还不掩上,伫立(于门边)等候友人的到来。

孟浩然善于表现黄昏时由动入静的气氛,如《宿业师山房期丁大不至》:

> 夕阳度西岭,群壑倏已暝。
> 松月生夜凉,风泉满清听。
> 樵人归欲尽,烟鸟栖初定。
> 之子期宿来,孤琴候萝径。

从这首诗的题目可以知道,诗人夜宿僧房,等候友人(丁大),友人却没有来。所以,整首诗都在一个"期"字上,在期待、等候中时间流逝,由黄昏而入夜,光线的明暗变化,由群动而归于幽静,静中又有夜的清凉,泉的清响,以及琴的悠扬。随着诗人的笔触,我们的耳边也仿佛响起了一支清幽的小夜曲:夕阳度越西边的高岭,群山瞬间落入幽暗。松枝间洒下一片清冷的月光,生出夜的清凉;晚风拂过山泉,满耳都是泠然清幽的水声。樵夫在暮色中渐渐归去,烟霭中的鸟儿也栖息了。友人约好要来山房住宿(却迟迟未来),我独自抱琴在小径边等候。这样独特的笔法,简直没有一丝烟火气。"松月""风泉""烟鸟""萝径",都是直接抒情写景,所谓"皆由直寻"(钟嵘《诗品·序》),细味却构景如画,韵味无穷。这首诗的发端两句,实脱化于陶诗"白日沦西阿,素月出东岭。遥遥万里辉,荡荡空中景"(《杂诗十二首》其二),用韵(去声二十五径韵)亦同,但陶多哲思,孟长幽韵。

又《夏日南亭怀辛大》写思友之情,淡而有味:

> 山光忽西落，池月渐东上。
> 散发乘夕凉，开轩卧闲敞。
> 荷风送香气，竹露滴清响。
> 欲取鸣琴弹，恨无知音赏。
> 感此怀故人，中宵劳梦想。

开头两句，脱化于陶诗"白日沦西阿，素月出东岭"而加以变化，写夕照沉入西山之后，倒影在池中的秋月，渐渐地升上东天。诗人敞开窗户，在亭中乘凉，散发而卧，自由自在，享受黄昏的清凉和这份自由自在的惬意。晚风吹来荷叶的清香，竹叶上的露珠滴落，发出幽响。想要取琴来弹奏一曲，又遗憾没有知音相赏，因此感怀故人，可惜只有在梦中才能相见。"荷风送香气，竹露滴清响"两句，写景尤妙。皮日休《郢州孟亭记》云："先生之作，遇景入咏，不拘奇抉异，令龌龊束人口者，涵涵然有干霄之兴，若公输氏当巧而不巧者也。北齐美萧悫，有'芙蓉露下落，杨柳月中疏'，先生则有'微云淡河汉，疏雨滴梧桐'。乐府美王融'日霁沙屿明，风动甘泉浊'，先生则有'气蒸云梦泽，波撼岳阳城'。谢朓之诗句，精者有'露湿寒塘草，月映清淮流'，先生则有'荷风送香气，竹露滴清响'。此与古人争胜于毫厘也。""荷风送香气，竹露滴清响"和"微云淡河汉，疏雨滴梧桐"一样，都是伫兴而作，写出人与自然的冥会，而出语自然有韵致，体现出孟浩然独特的创作个性。

四

王维（701—761），字摩诘，太原祁（今山西祁县）人。王维是盛唐著名的诗人，被誉为"一代文宗"，在当代享有很高的声誉。他有着多方面的艺术造诣，不仅能诗，还善画，是文人画的创始人。书法兼长草、隶二体。还精通音律，传说曾以一曲《郁轮袍》琵琶曲惊艳九公主，被推举为京兆府解头（第一名）。二十二岁就考中进士，可谓年少得意。后因伶人舞黄狮子之事受牵累被贬。回京后，他与孟浩然（当时来长安求仕）、张九龄过从甚密，但求仕无门，遂隐居淇上，那里有友人黎阳县令丁寓为他筹措的田宅，与储光羲多有唱和。后又隐居嵩山。

开元二十二年（734年），张九龄拜相，次年封始兴公。王维与张九龄有旧交，作《献始兴公》诗献张九龄，希望有机会为朝廷效力，被擢为右拾遗。诗中王维抒发了他想要为天下苍生谋福利的政治理想："侧闻大君子，安问党与雠。所不卖公器，动为苍生谋。贱子跪自陈，可为帐下不。感激有公议，曲私非所求。"这种济世救人的理想，在《不遇咏》中也有表现："今人做人多自私，我心不说君应知。济人然后拂衣去，肯作徒尔一男儿。"对"公议""至公"的追求，也是王维一贯的思想，如他在开元十七年《送綦毋秘书弃官还江东》中就说："顽疏暗人事，僻陋远天聪。微物纵可采，其谁为至公。余亦从此去，归耕为老农。"张九龄为宰相的三年，也是王维人生中最富于政治热情的三年。但好景不长，随着张九龄于开元二十四年十一月罢相，次年四月又贬荆州长史，唐代的开明政治随之结束，王维的政治热情也随之消沉。他在《寄荆州张丞相》诗中说："所思竟何在，怅望深荆门。举世无相识，终身思旧恩。方将与农圃，艺植老丘园。目尽南飞雁，何由寄一言。"已经流露出引退之意。张九龄罢相之后，王维一直在朝为官，且有所晋升，但丞相李林甫口蜜腹剑，频兴冤狱，此时王维的心态是远祸避世的。开元末天宝初，王维先在终南山隐居，与裴迪、崔兴宗为伴。之后又购得宋之问蓝田辋川别业，一直过着吏隐的生活。"爱染日已薄，禅寂日已固。忽乎吾将行，宁俟岁云暮"（《偶然作·日夕见太行》），归隐之心是很迫切的。

安史之乱中，王维陷于贼军，服药取痢，假装哑巴（"伪称瘖病"），被送到洛阳，被拘禁在普济寺。当时安禄山在凝碧池大摆宴席，还命令那些被俘虏的教坊乐工、梨园弟子奏乐助兴，乐工雷海青不愿受辱，将乐器扔在地上，朝着玄宗西去的方向放声大哭。安禄山大怒，下令将雷海青肢解。王维听说此事，悲痛感慨，写下七绝一首，题目就叫《菩提寺禁裴迪来相看，说逆贼等凝碧池上作音乐，供奉人等举声便一时泪下。私成口号，诵示裴迪》："万户伤心生野烟，百官何日再朝天。秋槐花落空宫里，凝碧池头奏管弦。"朝廷平叛后，追究乱中从逆的官员之罪，王维曾被迫受安禄山伪官，也在清算之列。但此事让朝廷对他有好感，并且他的弟弟王缙平乱有功，愿削官为兄长赎罪，所以他仅降职为太子中允，后来迁太子中庶子，中书舍人，又拜给事中。乾元二年（759年）转尚书右丞，故世称王右丞。晚年意志消沉，以禅诵为事，《偶然作》中有这样的自叙："老来懒赋诗，惟有老相随。宿世谬词客，前身应画师。不能舍余习，偶被世人知。名字本皆是，此心还不知。"卒年六十一。

王维是很仰慕渊明的，但他和渊明所处的时代不同，也就不能像渊明一样真正地归隐。渊明在现实中碰壁之后，到自然和乡村的淳朴风俗中寻找人生的慰安，而王维则是逃入佛教的禅寂中去。这当然和两人的生平遭际有关，王维经历安史之乱后，自恨失节，"一生几许伤心事，不向空门何处销"（《叹白发》），这固然是一方面。另一方面，他早年就习染佛教，也是一个原因。

我们看他十九岁所作《桃源行》，这当然是一个受到陶诗影响的作品，同时也早早地体现出王维的一种个性：

> 渔舟逐水爱山春，两岸桃花夹去津。
> 坐看红树不知远，行尽青溪不见人。
> 山口潜行始隈隩，山开旷望旋平陆。
> 遥看一处攒云树，近入千家散花竹。
> 樵客初传汉姓名，居人未改秦衣服。
> 居人共住武陵源，还从物外起田园。
> 月明松下房栊静，日出云中鸡犬喧。
> 惊闻俗客争来集，竞引还家问都邑。
> 平明闾巷扫花开，薄暮渔樵乘水入。
> 初因避地去人间，及至成仙遂不还。
> 峡里谁知有人事，世中遥望空云山。
> 不疑灵境难闻见，尘心未尽思乡县。
> 出洞无论隔山水，辞家终拟长游衍。
> 自谓经过旧不迷，安知峰壑今来变。
> 当时只记入山深，青溪几度到云林。
> 春来遍是桃花水，不辨仙源何处寻。

在陶渊明的笔下，桃花源是一个与乱世相对的和平淳朴的理想国，它是人间性的；而在王维这里，桃花源是和俗世相对的"灵境""仙源"，有明显的非人间的性质。陶渊明笔下"相命肆农耕，日入从所憩。桑竹垂余荫，菽稷随时艺"（《桃花源诗》）的淳朴农人，到王维这里，就成了"初因避地去人间，及至成仙遂不还"的方外神仙。陶渊明的桃源理想包含着对现实的深刻批判，这从《桃花源诗》开头"嬴氏乱天纪，贤者避其世。黄绮之商山，伊人亦云逝。往迹浸复湮，来径遂芜废"数句可知，就像商山四皓逃避秦末的乱世一样，桃源里的人是为了逃离乱世和暴政才躲避到桃花源中的普通人。而对于尚未成年的王维来说，现实社会的矛盾尚未向他展开它的全部，他对桃源的理解也就比较浪漫化。所以，王维笔下的桃源更多地指向一种和世俗人生相对的神仙境界和高蹈风流。这合乎盛世得志的少年王维的想象，也是唐人比较普遍的一种理解。这种仙化，不可避免地对陶诗批判现实的力度有所削弱，但诗人滔滔写来，将桃花源"质素天然，风流嫣秀"（邢昉《唐风定》）的美好点染到十分，也予人以独特的艺术享受。这首诗从艺术上来说，其实是兼取陶谢的。从叙事的结构看，固然是全袭渊明《桃花源记》，而其所展现出的寻幽览胜之趣，又与谢灵运的山水诗趣味高度一致。诗用七言歌行体，平仄换韵，声调之摇曳多变与内容之变幻出奇互相呼应，更加之以着色点染，相对渊明《桃花源诗》的朴素自然，显得缤纷华彩，而不失天然自在，真有唐人"倚风自笑"（魏庆之《诗人玉屑》）的风流态度。所以《历代诗发》评曰："较胜靖节诗，其叙事转处却圆活入神。"可谓有见。

王维"抗行周雅，长揖楚辞"（唐代宗李豫《答王缙〈进王维集表〉诏》），他的田园诗也由陶诗而上溯诗骚的传统。如《渭川田家》：

> 斜光照墟落，穷巷牛羊归。
> 野老念牧童，倚杖候荆扉。
> 雉雊麦苗秀，蚕眠桑叶稀。
> 田夫荷锄至，相见语依依。
> 即此羡闲逸，怅然吟《式微》。

"斜光照墟落，穷巷牛羊归"，诗歌一开始就截取了一个最古老、最能够引人共鸣的黄昏意象，由此描绘出一幅宁静和谐的乡村生活图画。夕阳的余光斜斜地笼罩着整个村庄，隐僻的小巷里牛羊归来。"穷巷牛羊归"化用《诗经·王风·君子于役》"日之夕矣，羊牛下来"。农耕时代，日出而作，日落而息，黄昏最容易勾起家人对出外的亲人的怀念，所以很自然地引出下文"野老念牧童，倚杖候荆扉"，野老拄着拐杖，在柴门前等候牧羊归来的童子。雉鸟发出雊（gòu）雊的叫声，麦苗开始吐穗开花，蚕虫入眠了，桑树上的叶子开始稀疏，快要收蚕茧了，大自然的一切都那么自得，正所谓"万物静观皆自得"（程颢《偶成》）。田间农夫背着锄头下地归来，在小路上相遇，边走边谈，拉着家常，看上去是那么的满足和愉快。看着这幅怡然自得的乡村暮景图，诗人不觉怅然自失，油然而生归隐之情。《式微》是《诗经·邶风》中的一篇，诗中反复咏叹："式微，式微，胡不归？"这里一语双关，暗示诗人有归隐田园之意。与渊明不同的是，王维始终是田园生活的旁观者。渊明则是真正躬耕，和农人打成一片的，"过门更相呼，有酒斟酌之。农务各自归，闲暇辄相思；相思则披衣，言笑无厌时"（陶渊明《移居二首》其二）。"时复墟曲中，披草共来往；相见无杂言，但道桑麻长"（《归园田居》其二），田园不仅寄托着他的精神世界，同时也是他最主要的日常生活。而王维则不然，田园始终只是他的一个寄托，并且不是全部的寄托，他的日常生活里也多与士人而非普通农人交往，所以乡村生活的淳朴人情在他的诗歌里是看不到的。他的田园诗，更多的是乡村风景和一些农事劳作的意象，其中缺少诗人自己的甘苦，故也就少了陶诗的真切和淳厚。王绩的田园诗也是如此，在诗中所表现出来的自我更接近于一个乡居的名士。

王维《新晴野望》写初夏雨后新晴的乡村风景：

> 新晴原野旷，极目无氛垢。
> 郭门临渡头，村树连溪口。
> 白水明田外，碧峰出山后。
> 农月无闲人，倾家事南亩。

开头四句由远而近，写景层次分明，写出山村风景如画。雨后的空气明净，没有半点尘埃，所以视线看得很远，原野显得格外开旷。目力所及，可以看见外城的郭门紧靠着码头，村庄边的树木又连接着溪口。田野外的溪水在阳光下闪耀成一片白亮，近山后面葱翠的远峰也看得清清楚楚。农忙的时候没有闲人，家家倾巢而出，在田间劳动。末联点出时令（初夏），也将明丽的自然风光，化为劳作的背景。"倾家事南亩"，暗用《诗经·豳风·七月》"同我妇子，馌（yè）彼南亩"，是一幅热火朝天的农耕图。后来南宋翁卷《乡村四月》"绿遍山原白满川，子规声里雨如烟。乡村四月闲人少，才了蚕桑又插田"，就从这首诗脱化而出。

《春中田园作》描写春日欣欣向荣之景，表现出新的一年开始时的愉快心情。

> 屋上春鸠鸣,村边杏花白。
> 持斧伐远扬,荷锄觇(chān)泉脉。
> 归燕识故巢,旧人看新历。
> 临觞忽不御,惆怅远行客。

首联为春日田园之景:屋顶春鸠不时地鸣叫,村边杏花盛开成一片白雪。次联写春日的农耕生产:挥动斧头修剪斜出的桑枝,扛起锄头查看泉水的走向。归来的燕子还认识旧巢;跨过旧年的人,翻看着新一年的日历。拿起酒杯又放下,惆怅地想起远行的游子。"持斧伐远扬"句,脱化于《诗经·豳风·七月》"蚕月条桑,取彼斧斨,以伐远扬",极为自然。诗的前六句写乡野春光,田间劳作,纯用白描,情致悠然。末二句阑入怀人之思,出语自然,而意味自远,能得《三百篇》之遗意。

和孟浩然一样,王维也擅长写黄昏时的乡村之景,如《辋川闲居赠裴秀才迪》:

> 寒山转苍翠,秋水日潺湲。
> 倚杖柴门外,临风听暮蝉。
> 渡头余落日,墟里上孤烟。
> 复值接舆醉,狂歌五柳前。

秋气转寒,山色也逐渐由葱茏转为苍翠,终日流水潺湲。诗人在柴门外迎风而立,晚风送来秋蝉的鸣叫。"渡头余落日,墟里上孤烟",纯是画境,构图和"大漠孤烟直,长河落日圆"(《使至塞上》)相似,但前者是田园,是平居之景,脱化于陶诗"暧暧远人村,依依墟里烟"；后者是山水，是行役所见。夕阳西沉，渡口笼在夕阳的余晖里，村落里飘起了一缕晚烟。正好遇见接舆醉了，在五柳先生面前狂歌。接舆是春秋时楚国的隐士，五柳先生是陶渊明的号，也是隐士。诗人以楚狂比好友裴迪，而以五柳先生自比，顿时将诗人在辋川闲居的日常生活装点成为一幅古代高士的隐逸图卷。

《积雨辋川庄作》则是王维"晚年长斋，不衣文彩"（《旧唐书》本传）的生活写照：

> 积雨空林烟火迟，蒸藜炊黍饷东菑。
> 漠漠水田飞白鹭，阴阴夏木啭黄鹂。
> 山中习静观朝槿，松下清斋折露葵。
> 野老与人争席罢，海鸥何事更相疑。

首联写雨后到田间送饭，是"农月无闲人，倾家事南亩"的另一种写法。菑（zī）是开垦了一年的田地，这里泛指田亩。东菑，即东田。饷东菑，犹"馌彼南亩"。馌和饷，都是到田间送饭的意思。"积雨空林烟火迟"，是说因为一直下雨，干柴难得，所以田间送饭较晚。"蒸藜炊黍"，藜、黍虽然粗劣，但如此写来，却有一番热闹的气象。"漠漠"两句，纯用白描，写夏日乡村风景如画，最为传诵。有一种流传很广的说法，说这两句脱化于李嘉祐的诗句"水田飞白鹭，夏木啭黄鹂"。但李嘉祐天宝七载（556 年）才中进士，年代较王维要晚，诗名也不如王维，王维是不太可能化用其诗句的。后四句写出王维居士的身份：木槿花朝开暮落，别称朝槿。由木槿花的开落，领悟色相之空幻、名利之虚无，由此习养静寂之性，这就是"山中习静观朝槿"。"松下清斋折露葵"，是说王维长年清斋

（素食），故摘取松下尚带晨露的野葵为食。修道吃斋的生活原本是清苦寂寞的，然在王维写来，自有一种悠然自得之美。末联用典。争席，典出《列子·黄帝》，说杨朱（就是那个"拔一毛以利天下而不为"的杨朱）去拜老子为师的路上，旅店中的客人将自己的坐席让给他；等他学成归来，店客敢于跟他争坐席。言下杨朱领悟了老子"大白若辱，盛德若不足"之道，所以能去其清高骄傲，与人相处融洽，没有隔阂。《庄子·寓言》也有类似的记载。鸥鸟忘机，出自《列子·黄帝》："海上之人有好沤鸟者，每旦之海上，从沤鸟游，沤鸟之至者百住而不止。其父曰：'吾闻沤鸟皆从汝游，汝取来，吾玩之。'明日之海上，沤鸟舞而不下也。"沤，同"鸥"。这两句是说，我这样一个野老，断绝了名利之念，毫无争竞之心，海鸥为什么还会疑我，不与我亲近呢？

五

中唐以后，山水田园诗的重要作者要推韦应物。韦应物（737—792）出身关中大族（京兆杜陵韦氏），负气任侠。十五岁以恩荫得补右牵牛，出入宫闱，扈从游幸，所谓"身骑厩马引天仗，直入华清列御前"（《温泉行》）。安史之乱后，深感"欢娱已极人事变"（《骊山行》），入太学，折节读书，与阎防、薛据等诗人酬唱，个性也由外放变为内敛。代宗广德元年（763年）为洛阳丞，三年后因刚直被讼而弃官。大历初重入仕，大历十四年（779年）以疾辞栎阳令，居长安西郊善福寺，成《沣上西斋吟稿》。德宗建中二年（781年）为尚书比部员外郎，两年后转滁州刺史，旋罢职，闲居滁州西润。贞元元年（785年）调江州刺史，次年为左司郎中，四年冬出任苏州刺史。后来大诗人白居易接替韦应物任苏州刺史，故刘禹锡有"苏州刺史例能诗，西掖今来替左司"（《白舍人曹长寄新诗，有游宴之盛，因以戏酬》）之句，说的正是此事。两位苏州刺史都是享有盛名的诗人，前任韦应物以左司郎中出为苏州刺史，故称"左司"；继任白居易以中书舍人（属中书省），出任苏州刺史，故称"西掖"（中书省的别称）。这是赞美白居易的诗名，足以颉颃韦应物。当然，他在写作此诗时绝难预料，数年之后自己也会来苏州，成为第三位"能诗"的苏州刺史。韦应物罢任后，闲居苏州永定寺，不久卒。世称韦左司、韦江州、韦苏州。

韦应物各体皆工，以田园诗最负盛名，与陶潜并称"韦陶"，又与柳宗元并称"韦柳"，又与王维、孟浩然、柳宗元并称"王孟韦柳"。苏轼《书黄子思诗集后》："李、杜之后，诗人继作，虽间有远韵，而才不逮意。独韦应物、柳宗元，发纤秾于简古，寄至味于淡泊，非余子所及也。"这是说，韦应物的诗歌在简古中包含着秾丽，淡泊中有滋味。

韦应物的田园诗，确实具有一种朴质的美感。如《观田家》：

> 微雨众卉新，一雷惊蛰始。
> 田家几日闲，耕种从此起。
> 丁壮俱在野，场圃亦就理。
> 归来景常晏，饮犊西涧水。
> 饥劬不自苦，膏泽且为喜。
> 仓廪无宿储，徭役犹未已。
> 方惭不耕者，禄食出闾里。

前八句写春种之景：微雨后草木焕新，春雷一响，时令已是惊蛰。"饥劬（qú）"四句，写出农家的苦乐：并不以眼前的饥饿和劳作为苦，却因眼前春雨滋润土壤而满怀喜悦，尽管仓库里没有存粮，还有劳役没有完成。末二句抒发诗人的抱愧之情。身为官员，不用耕作，也不用服劳役，就像杜甫说的，"生常免租税，名不隶征伐"（《自京赴奉先县咏怀五百字》），所有的俸禄都出自乡间百姓的劳动。这样的体认，不是高高在上的，而是秉承着陶渊明"人生归有道，衣食固其端。孰是都不营，而以求自安"（《庚戌岁九月中于西田获早稻》）的提倡躬耕的精神，对传统士大夫而言，是非常难得的。从这个意义上来说，韦应物的田园诗确实是在精神上最接近渊明的。

韦应物的创作主要是在安史之乱以后。他经历了开天盛世到安史之乱的大崩溃，精神世界和诗歌风格都由盛唐的昂扬恣肆内敛为萧疏幽冷。他自己又宦情冷落，多次辞官，所以诗歌中的田园风景也是淡泊幽冷的。如《秋夜寄丘二十二员外》：

怀君属秋夜，散步咏凉天。
山空松子落，幽人应未眠。

这是一首怀人的诗，"山空松子落"，以"松子落"来衬托秋山之空，秋夜之静，其笔法与王维《鸟鸣涧》以"月出惊山鸟"写"夜静春山空"有异曲同工之妙。而"松子落"这一细节，很可能也受到王维"雨中山果落，灯下草虫鸣"（《秋夜独坐》）的启发。

韦应物最为人传诵的《滁州西涧》，写的是乡居之景：

独怜幽草涧边生，上有黄鹂深树鸣。

春潮带雨晚来急，野渡无人舟自横。

涧边幽草自生，深树黄鹂自鸣，春潮带雨自来，野渡扁舟自横，一切都自生自荣，写出万物自得。诗中对于自然的野意生意弥满的表现，也很接近王维《栾家濑》这一类诗作："飒飒秋雨中，浅浅石溜泻。跳波自相溅，白鹭惊复下。"这样的诗作，实为山水与田园合流的产物。这样看来，陶渊明和王维也都是韦应物着意取法的对象。

六

范成大（1126—1193），字致能，号石湖居士，平江府（今苏州）人。生于宋钦宗靖康元年，卒于宋光宗绍熙四年，享年六十八岁。诗人四岁时，金兵南侵，将临安、平江焚掠一空，故乡大火五日不熄，居民死亡达五十万。十六岁时（绍兴十一年，1141年），宋金签订屈辱的"绍兴和议"，南宋对金称臣、割地（以淮河为界，割让唐、邓二州）、纳贡、赐死岳飞。此后，高宗与秦桧君臣，并未趁机整兵备战，以一雪前耻，而是四处搜刮，并大兴文字狱。绍兴三十一年（1161年），金主完颜亮撕毁合约，亲自领兵南犯，不久死于内乱。次年高宗禅位于养子赵昚，为宋孝宗。隆兴二年（1164年），宋金议和，宋向金称侄，纳币，史称"隆兴和议"。乾道六年（1170年），范成大以起居郎假资政殿大学士为朝廷特使出使金国，不辱使命，全节而归。经过北宋故地，写作七绝七十二首，对金人的野蛮统治、沦陷区的残破，以及当地百姓对太平的追忆与王师的盼望，都一一写出,具有特殊的价值。

范成大田园诗的代表作是《四时田园杂兴》绝句六十首,收录于《范成大集》卷十七。它"采用组诗的形式,描绘出当时农家的景物、岁时、风俗、劳动、困难、忧虑、灾难、煎熬、奋斗、各式各样的生活、各式各样的琐事,较全面而深刻地反映了当时的农村。可以说,范石湖是把新乐府、竹枝词二者的精神,巧妙地和田园诗结合在一起,改造并提高了传统的田园诗。"(周汝昌《范石湖集·前言》)其中最为传诵的作品,还是传统的表现田园风光和淳朴人情之美的:

> 蝴蝶双双入菜花,日长无客到田家。
> 鸡飞过篱犬吠窦,知有行商来买茶。
>
> （《晚春田园杂兴十二绝》其三）

> 梅子金黄杏子肥,麦花雪白菜花稀。
> 日长篱落无人过,惟有蜻蜓蛱蝶飞。
>
> （《夏日田园杂兴十二绝》其一）

> 昼出耘田夜绩麻,村庄儿女各当家。
> 童孙未解供耕织,也傍桑阴学种瓜。
>
> （《夏日田园杂兴十二绝》其七）

> 新筑场泥镜面平,家家打稻趁霜晴。
> 笑歌声里轻雷动,一夜连枷响到明。
>
> （《秋日田园杂兴十二绝》其八）

> 松节然膏当烛笼,凝烟如墨暗房栊。

晚来拭净南窗纸，便觉斜阳一倍红。

（《冬日田园杂兴十二绝》其四）

蝴蝶飞入菜花，鸡飞过篱落，写乡村风景如画。男子耘田，女子绩麻（将麻线搓捻成绳），到秋来还要趁着晴好连夜打稻，冬天将松节油熏黑的窗纸擦亮，这些都是农村生活的实景；而"童孙未解供耕织，也傍桑阴学种瓜"，其中自饶趣味；"笑歌声里轻雷动，一夜连枷响到明"，又洋溢着丰收的喜悦。这些都是前人笔下所没有的。但这并不意味着它就是想象中的桃花源，对此诗人是有着清醒的认识的：

探梅公子款柴门，枝北枝南总未春。
忽见小桃红似锦，却疑侬似武陵人。

（《冬日田园杂兴十二绝》其十一）

"却疑侬是武陵人"，是从偶尔来此的"探梅公子"眼底写出。而实际上，渊明笔下"春蚕收长丝，秋熟靡王税"（《桃花源诗》）的武陵源只存在于理想中，现实中的田园是不仅春蚕要纳丝，秋熟要交税，就连湖面也要收租：

小妇连宵上绢机，大耆催税急于飞。
今年幸甚蚕桑熟，留得黄丝织夏衣。

（《夏日田园杂兴十二绝》其五）

采菱辛苦废犁锄，血指流丹鬼质枯。
无力买田聊种水，近来湖面亦收租。

（《夏日田园杂兴十二绝》其十一）

租船满载候开仓,粒粒如珠白似霜。

不惜两钟输一斛,尚赢糠覈饱儿郎。

(《秋日田园杂兴十二绝》其九)

黄纸蠲租白纸催,皂衣旁午下乡来。

"长官头脑冬烘甚,乞汝青钱买酒回。"

(《冬日田园杂兴十二绝》其十)

一年辛苦下来,白丝和白米都输送了官仓,身上穿的衣服由劣等的黄丝织成,一家人吃的也是糠覈这样粗劣的食物。朝廷用黄纸颁发免租令,差役却拿着地方颁发的催租令(写在白纸上)纷纷下乡,趁机盘剥,勒索酒钱。在诗歌传统中,反映农村民生疾苦的内容,在汉乐府中有较多的表现,并成为一个传统,而后在中唐元白新乐府得到了加强。所以从表现内容上来说,它对于前代的田园诗是一种开拓。但相对于此前的田园诗,范成大的田园诗的诗味比较淡,总的来说也比较写实,不复陶诗的田园境界。

第四讲 山 水

浓淡相宜

山水是中古诗歌的重要主题。就像田园往往和隐逸的主题相联系，在中古诗人的笔下，山水的主题往往和行役、登览、游仙等主题结合在一起。谢灵运开创的山水诗传统，经过小谢（谢朓）和阴铿、何逊的发展，在盛唐王维、孟浩然和李白等诗人那里达到一个新的高潮。在我们遨游盛唐的山水之前，让我们先来回顾一下唐以前山水诗的发展。

一

山水作为一种题材，进入诗歌较田园诗要晚。《诗经》中已有对山川草木的零星描绘，但主要用于比兴，如"昔我往矣，杨柳依依；今我来思，雨雪霏霏"（《小雅·采薇》）。《楚辞·九歌》中对自然景观的拟人化描写，生动地展示了楚地不见天日的深山密林、石泉幽篁，以及江湘洞庭的烟波浩渺之美，如"袅袅兮秋风，洞庭波兮木叶下"（《湘夫人》），可以视作是山水描写的先声，但其中的山水，终究只是巫和神灵戏剧活动的自然布景，尚未成为独立的表现对象。这种情况的出现，与当时人缺少自觉的山水审美意识密不可分。汉魏诗歌中，自然仍是主要作为人生的一种对照而出现的，如"回风动地起，秋草萋已绿。四时更变化，岁暮一何速！"（《古诗十九首·东城高且长》）到了汉魏，在招隐诗、公宴诗和行役诗中，都开始有较多的山水景物描写，从取景视角、谋篇布局到表现艺术等方面，都给后世的山水田园诗以启发。而东晋玄言诗的出现，以及它背后"山水以形媚道"（宗炳《画山水序》）的玄学思潮，促成了山水审美意识的自觉，由此山水成为独立的吟咏题材，也就是客观的审美对象，山水诗得以成立。"孰知二谢将能事，颇学阴何苦用心"（《解闷十二首》其七），杜甫这两句诗虽然不一定是专论山水诗的，但谢灵运、谢朓和阴铿、何逊确实是南朝山水诗最重要的代表人物。

谢灵运是中国诗歌史上第一个大量创作山水诗的，被视作山水诗的鼻祖。谢灵运（385—433），字康乐，祖籍陈郡阳夏（今河南太康），生于会稽郡始宁县（今浙江上虞县），是车骑将军谢玄的孙子。谢玄是东晋宰相谢安的侄子，曾在淝水之战中大败苻坚，立下赫赫战功，封康乐县公。谢家因子孙难得，谢灵运小时便被送到钱塘（今杭州）寄养，故小名"客儿"，谢灵运也被称为"谢客"。他十五岁时到京城建康（今南京），住在乌衣巷，袭爵为康乐公，世称谢康乐。因为文章秀出，族叔谢混尤其欣赏他。

晋安帝义熙元年（405 年），灵运二十岁，任琅琊王大司马行参军。东晋大司马属军政要职，但琅琊王司马德文却形同傀儡，当时的实权掌握在以刘裕为代表的北府兵旧部手中，谢灵运无法在政治上有所施展。第二年，他经族叔谢混引荐，进入刘毅的幕府任记室参军。刘毅曾与刘裕一起在京口举大旗征讨桓玄，功劳仅次于刘裕。为了消除威胁，刘裕让晋安帝下诏捕杀其同党谢混，他亲自率军讨伐刘毅，刘毅兵败自杀，谢灵运的仕途也因此受阻。

北府兵本是谢玄镇守广陵（今扬州）时，从北方流民中招募悍勇之士组成的。谢玄死后，北府兵统帅先是落到在淝水之战中建功的刘牢之手上。桓玄谋反时，刘牢之因处置不当，被迫自杀，刘裕趁势而起，成为北府兵新的统帅，最终以宋代晋，为宋武帝。刘裕出身寒族，他即位后，任用随他起事的功臣如徐羡之、傅亮等布衣之士，贬黜高门世族，谢灵运也被降爵。刘裕任谢灵运为太尉参军，复改任秘书监。谢灵运所属的陈郡谢氏，本是东晋数一数二的高门士族，北府兵又是祖父谢玄的旧部，谢灵运自以为"才能宜参权要"（《宋书·谢灵运传》），但实际上并不受朝廷重用，他对此是很不满的。刘裕的次子刘义真爱好文籍，两人结为莫逆之交。刘义真曾说，待得志之日，要以谢灵运、颜延之为宰相。刘裕只做了三年皇帝就死了，他的长子刘义符即位，为少帝。刘义真被调离建康，谢灵运也被贬为永嘉郡太守，治所在永宁县（今浙江温州）。谢灵运在永嘉不理政事，四处游山玩水。在永嘉住了一年多，他便托病回故乡始宁县闲居，一住就是三年，过着纵放山水的诗酒生活。在这三年中，朝局动荡，少帝被废黜，好友刘义真被杀，刘义隆（刘裕的第三子）即位为宋文帝，废黜少帝的权臣徐羡之、傅亮，以及谢晦（谢灵运的堂兄弟）也被诛杀。

文帝即位后，请谢灵运到京师任秘书监。灵运对图书整理、撰写晋史兴趣不大，只敷衍塞责。文帝虽然待灵运不薄，"日夕引见，赏遇甚厚"，将灵运的诗书称为"二宝"，但"唯以文义见接，每侍上宴，谈赏而已"。灵运对此颇为不满，常称病不朝，"穿池植援，种竹树堇，驱课公役，无复期度。出郭游行或一日百六七十里，经旬不归，既无表闻，又不请急"。元嘉五年（428年），索性称疾东归，第二次隐于会稽郡始宁县，与谢惠连、何长瑜、荀雍、羊璇之等人共为山泽之游。灵运出游，往往前呼后拥，从者甚众，凿山浚湖，伐木开径，工役无已。他和本郡太守孟𫖮有宿怨。孟𫖮笃信佛教，灵运瞧不起他，曾对他说"得道应须慧业文人，生天当在灵运前，成佛必在灵运后"。元嘉八年（431年），灵运决湖为田，孟𫖮上表称他有"异志"。灵运星夜奔赴建康，上表申辩。文帝知道他被诬告，不予加罪，让他出守临川（治所在今江西抚州市）。

灵运在临川，仍旧游放山水，被有司所纠，说他谋反，应该处斩。文帝"爱其才，欲免官而已"，彭城王刘义康认为不宜饶恕，应收他下狱，灵运兴兵拒捕，被流放广州。不久又被控谋反，弃市于广州。灵运有《临川被收》诗云："韩亡子房奋，秦帝鲁连耻。本自江海人，忠义感君子。"张良为韩报仇，曾狙击秦始皇于博浪沙中；鲁仲连以屈身事秦为耻。灵运以二君子自比，可见他的内心是不甘屈服于新朝的。

谢灵运的山水诗，主要作于他外放为永嘉太守和临川太守的任上。其山水诗的主要特点在于铺叙详尽，写景面面俱到，寓目则书。例如这一首《于南山往北山经湖中瞻眺》：

> 朝旦发阳崖，景落憩阴峰。
> 舍舟眺迥渚，停策倚茂松。
> 侧径既窈窕，环洲亦玲珑。
> 俯视乔木杪，仰聆大壑淙。
> 石横水分流，林密蹊绝踪。
> 解作竟何感，升长皆丰容。
> 初篁苞绿箨，新蒲含紫茸。
> 海鸥戏春岸，天鸡弄和风。
> 抚化心无厌，览物眷弥重。
> 不惜去人远，但恨莫与同。
> 孤游非情叹，赏废理谁通。

开头四句叙述游踪，写出题中"于南山往北山经湖中"之意：早上从南面的山崖出发，太阳落山时在北面的山峰休憩，这一程走的是水路；到了北山，舍舟登岸，拄杖行山，在高处背倚茂密的松树，眺望远处的洲渚。接下来十二句，从"瞻眺"两字落笔，将途中所见的山路、环洲、乔木、大壑、水流、竹蒲、禽鸟等一一揽入：傍山的小路幽深曲折，圆形的岛屿也青葱可爱；俯看乔木的树梢，仰听谷中水流淙淙；大石横出，溪水为之分流；深林茂密，不见蹊径人踪。"解作"，出自《周易》："天地解而雷雨作，雷雨作而百果草木皆甲坼。"这两句是说，从草木生长的丰茂繁盛中领悟到万物滋生的道理：新竹从绿色的笋壳中长出，绿蒲中抽出了紫色的花朵，海鸥嬉戏于春天的水岸，天鸡舞弄于和风之中。这种"寓目辄书"（钟嵘《诗品》）、巨细靡遗的写景方式，白居易将其生动地概括为"大必笼天海，细不遗草树"（《读谢灵运诗》）。在这种对风景的描绘中，已经蕴含了诗人对万物生长的欣喜之情，所以"抚化"以下六句，直接抒写诗人由此而生的感触，也就是前人所说的谢灵运山水诗中的"玄言的尾巴"。这几句的大意，是诗人在面对自然的无限生机时，觉得自己的思想与生命也随着自然万物的变化而与之相融，乐在其中，始终不厌，对万物的顾念也更加深切。远离喧嚣的人世，一点也不可惜，遗憾的是，没有人和我一起领略这自然中的妙悟。我独自"孤游"，非为世情而感叹，游赏的真谛妙趣，又有谁能明白呢？诗人触景生情，由情入理，表现出超凡脱俗的情怀与孤高傲岸的个性，让山水诗在一开始就具有一种崇高的美感。白居易《读谢灵运诗》说"谢公才廓落，与世不相遇。壮志郁不用，须有所泄处。泄为山水诗，逸韵谐奇趣"，"岂惟玩景物，亦欲摅心素。往往即事中，未能忘兴谕"，指出谢灵运的山水诗不是单纯地写景，其中寄托了他不能用世的郁愤,可称是灵运的知己。

谢灵运的一部分山水诗,已经完全从玄言诗的外壳中脱化出来,为后世山水诗抒情、写景与说理言志相结合提供了有益的启示。如《石门岩上宿》:

> 朝搴苑中兰,畏彼霜下歇。
> 暝还云际宿,弄此石上月。
> 鸟鸣识夜栖,木落知风发。
> 异音同至听,殊响俱清越。
> 妙物莫为赏,芳醑谁与伐。
> 美人竟不来,阳阿徒晞发。

这首诗的大意,是说我早上折取苑中的木兰花,担心它会经霜凋萎;黄昏时回到云边歇宿,赏玩石上的月亮。听到林鸟的鸣声,知道夜已经深了;又从木叶落下的萧萧之声,知道秋风吹起。各种不同的声音都美妙清越,可惜无人共赏,又向谁夸赞这芬芳的美酒呢?思念的朋友(美人)最终没来,我只能独自在向阳的山谷将长发晾干。这首诗全用白描,只首末两联化用典故。首联用《离骚》"朝搴阰之木兰兮,夕揽洲之宿莽。日月忽其不淹兮,春与秋其代序。惟草木之零落兮,恐美人之迟暮",末联用《九歌·少司命》"与汝沐兮咸池,晞汝发兮阳之阿。望美人兮未来,临风恍兮浩歌",让整首诗带上了楚骚的气息。"诗歌抒写独宿石门、夜赏秋月的幽独情怀,全从听觉写出鸟栖叶落的动静,在万籁俱寂的静境中感知山里的各种清越的声响"(葛晓音《山水田园诗派研究》),最后以"妙物"总括了前八句晓行夜宿、弄月听音的诸多审美感受,而深慨此种情致无人与会，临风晞发的悠然与知音难遇的惆怅交织在一起，令人回味不尽。

谢朓（464—499），字玄晖，是谢灵运的侄辈。他与谢灵运都以山水诗见长，并称二谢。谢灵运居长，故被称为"大谢"，谢朓被称为"小谢"。史称他"少好学，有美名，文章清丽"（《南齐书·谢朓传》），与沈约、王融、任昉、范云、萧衍等人一起被竟陵王萧子良所礼遇，并称"竟陵八友"。

谢朓二十一岁释褐（脱下布袍换上官服），任南齐豫章王（萧嶷）太尉行参军，不久改卫军将军王俭东阁祭酒。二十三岁入随王萧子隆东中郎府中，五年后与随王赴荆州，在荆州一共两年。萧子隆好文学，曾被齐武帝誉为"我家东阿"，常聚集僚友吟诗作赋，"朓以文才，尤被赏爱，流连晤对，不舍日夕"，被长史王秀之秘密奏报朝廷，齐武帝萧赜诏令谢朓还都。

谢朓回京后，任新安王中军记室。493年武帝驾崩，接下来的这一年（494年）之内，南齐换了三个皇帝，改了三个年号。萧鸾先后废黜登基不久的萧昭业为郁林王、萧昭文为海陵王，然后即位为齐明帝。谢朓也换了几次官职，萧鸾即位后，他出任宣城太守，在任三年，写下了大量的山水诗，世称"谢宣城"。

谢朓生活的时代，世族没落已是大势所趋，陈郡谢氏的地位也更加衰落。谢朓本人对仕途进取抱有幻想，但缺少相应的政治手腕。这使得他多次卷入政治斗争的旋涡，直至最终被吞没。谢朓从宣城回京任职后一年（498年），岳父王敬则谋反，谢朓告密，王敬则父子伏诛，谢朓迁尚书吏部郎，他的妻子想要报父兄之仇，常怀里揣着刀，谢朓不敢与她相见。第二年，明帝死，次子萧宝卷即位，为东昏侯。东昏侯失德，朝臣江祐（shí）兄弟谋立始安王萧遥光（明帝之侄），欲引谢朓参与其事。谢朓因受恩于明帝萧鸾，也害怕受到牵连，不肯附和，将此事告诉别人，被江祏得知，告诉了萧遥光。萧遥光矫诏将其下狱处死，年仅三十六岁。

风格深秀重涩的大谢体，是晋宋山水诗的代表。南齐武帝永明年间（483—493），随着文学文气的变化，语言风格追求"三易"（易见事，易识字，易读诵），四声说兴起，山水诗从探幽揽胜变为描写常景，风格也追求清丽自然。在这一演变过程中，谢朓的山水诗起到了重要的转关作用。

谢灵运的诗歌以登临游览为主，着意模山范水。谢朓的登临游赏之作也多宗法"大谢"，而宦游行役之作则另辟境界，或行舟大江，或郡斋远眺，展现出清远平旷的境界，葛晓音《山水田园诗派研究》对此有专门的论述。他的代表作《晚登三山还望京邑》：

> 灞涘望长安，河阳视京县。
> 白日丽飞甍，参差皆可见。
> 余霞散成绮，澄江静如练。
> 喧鸟覆春洲，杂英满芳甸。
> 去矣方滞淫，怀哉罢欢宴。
> 佳期怅何许，泪下如流霰。
> 有情知望乡，谁能鬒不变。

诗人在三矶山上眷眷回望：夕阳照射在城中参差的屋脊上，历历可见。远望长江，水天澄碧，晚霞绮艳；近处是春天的洲渚，群鸟喧鸣，杂花开遍了郊野，散发着芬芳。柔和的晚照中，晚霞铺展变幻，如五色之锦，江水静流，如一匹白练。"余霞散成绮，澄江静如练"这一联，将黄昏之绮丽温柔，表现得极为自然，遂成千古名句。两百多年后，李白月下登金陵城楼，犹念念不忘，写下"月下沉吟久不归，古来相接眼中稀。解道澄江静如练，令人长忆谢玄晖"，可见其倾倒之情。而"喧鸟"一联紧承其后，春日黄昏的余晖中，鸟语花香，让人错觉：黄昏会永远停留在这生机勃勃的一幕。这首诗作于齐明帝建武二年（495年），当时谢朓三十二岁，被任命为宣城太守，诗写他即将离开建康、登山回望时所见所感。末六句抒发了眷恋京国的情怀：此行一去，将久留宣城；令人怀念啊，这欢乐的宴会！想到归期不知何时，不由得珠泪纷纷。人生而有情，去国怀乡，怎能不被相思离愁催白了鬓发呢？和谢灵运的山水诗的高蹈相比，谢朓山水诗所抒写的景物和情怀相对比较平凡，不仅山水的面貌发生变化，艺术手法也更加灵活多变，予人一种亲切之感。

"小谢"之后，阴铿（约511—约563）和何逊（466—519）都以善写行旅送别和水上风光见长，对小谢有所创变。这方面一个重要的表现，就是他们写下了许多通篇都是山水的短章，如何逊《相思》诗，写孤舟起程时的情景：

客心已百念，孤游重千里。
江暗雨欲来，浪白风初起。

葛晓音对本篇有很好的赏鉴："千里孤游起于风雨欲来之时，全篇气势恰如江上正在酝酿的狂风白浪一样，已蓄满在末二句中。虽引而不发，却在这最接近风雨高潮的时刻预示了感情的高潮。"（《山水田园诗派研究》）在高潮来临之前的一刻戛然而止，此种构篇艺术，实已探得绝句体艺术的真谛。

又阴铿《江津送刘光禄不及》：

> 依然临送渚，长望倚河津。
> 鼓声随听绝，帆势与云邻。
> 泊处空余鸟，离亭已散人。
> 林寒正下叶，钓晚欲收纶。
> 如何相背远，江汉与城闉。

"鼓声"四句，暗示出追送者伫立江津，神驰目注，久久不肯离开的情景，虽无一字言及情，而情自无限。后来李白"孤帆远影碧空尽，唯见长江天际流"（《黄鹤楼送孟浩然之广陵》），即由此脱化。

何逊善于渲染水边江畔的清冷气氛，以衬托动人的相思离愁，如《慈姥矶》：

> 暮烟起遥岸，斜日照安流。
> 一同心赏夕，暂解去乡忧。
> 野岸平沙合，连山近雾浮。
> 客悲不自已，江上望归舟。

远处的江岸，暮烟浮动，落日的斜晖，照在缓缓流动的江面上，一心沉醉于此刻宁静深远的时空里，暂时地忘却了诗人的乡愁。然而，随着暮色越来越浓，渐渐地，岸沙与水面合在一起，难以分辨，近处连绵的群山也浮起了雾气，诗人的乡愁又从心底涌出，难以自已，远望着江上的归舟。诗人将暮色的变化与内心的乡愁交错，写得生动而富于变化，景和情氤氲成一片，难以分辨，形成何逊山水诗独有的意境。"野岸平沙合，连山近雾愁"两句，写景尤妙，后来杜甫"远岸秋沙白，连山晚照红"（《秋野》）就由此脱化而出，若论境界之美，似乎仍以何逊原作为优。

二

和阴铿一样，孟浩然在表现自然的伟观时，也善于抓住临近高潮的一刻，然后戛然而止，让读者的思绪长久地停留在对于惊心动魄的高潮时刻的想象中。例如《与颜钱塘登障楼望潮作》：

> 百里闻雷震，鸣弦暂辍弹。
> 府中连骑出，江上待潮观。
> 照日秋云迥，浮天渤澥宽。
> 惊涛来似雪，一坐凛生寒。

百里之外，涛声如雷，县令也因此暂停理政。宾从连骑而出，在江边等待观潮。日照当空，秋云倍觉高远，天浮水上，沧海愈显宽广。惊涛似雪，飒然而至，满座凛然生寒。大潮自远而近，声势惊人，百里以外已如雷鸣，闻其声而不见其容；待至江边，其声更巨，又掉笔言其容，有席卷天地之势，令樟亭之上满座生寒。这让我们联想到何逊"江暗雨欲来，浪白风初起"的手法，想来孟浩然和杜甫一样，也是"孰知二谢将能事，颇学阴何苦用心"的。阴铿《五洲夜发》诗："夜江雾里阔，新月迥中明。溜船惟识火，惊凫但听声。劳者时歌榜，愁人数问更。"凭新月的微光、渔火和惊凫之声，写出夜雾中江上行船特有之景，极为动人。孟浩然《夜渡湘水》显然由此受到启发，从水气中氤氲着的杜若芬芳、船头歌唱的采莲曲，以及江岸上的点点烟火，写出湘江夜渡时烟水茫茫之景："客舟贪利涉，暗里渡湘川。露气闻芳杜，歌声识采莲。榜人投岸火，渔子宿潭烟。

行侣时相问,浔阳何处边。"就风格而言,可以说是犹带六朝丽色。

孟浩然还将何逊诗中常见的江景表现得清空如画,如其《宿桐庐江,寄广陵旧游》:

> 山暝闻猿愁,沧江急夜流。
> 风鸣两岸叶,月照一孤舟。
> 建德非吾土,维扬忆旧游。
> 还将两行泪,遥寄海西头。

前四句江行之景,哀猿夜啸,沧江流急,风吹岸叶,萧骚作响,在暗夜中汇成一片。这样的情景,在李白笔下是"两岸猿声啼不住,轻舟已过万重山"(《早发白帝城》)的轻快;在杜甫笔下就成了"风急天高猿啸哀""无边落木萧萧下,不尽长江滚滚来"(《登高》)的悲怆;而孟浩然则将猿啸声、急流声和树梢的风声都化作暗夜里的背景,唯有月光笼罩的这一叶孤舟是整个画面的亮点,而江上夜行的孤独,也就成为全篇抒情的重心所在。"月照一孤舟"之"照",即前引李白"夜悬明镜青天上,独照长门宫里人"之"独照",正从愁人眼中写出,景中有情。而这种孤寂之感,终于在后半段倾泻而出:建德江的风景之美,更令我起思乡怀人(回忆维扬的旧游)之情,只有将两行相思泪添入这急流的江水,遥寄与海西头的你。李白"狂风吹我心,西挂咸阳树"(《金乡送韦八之西京》)的狂想可谓其来有自。

孟浩然善于摄取山水之神,如《晚泊浔阳望庐山》:

> 挂席几千里,名山都未逢。
> 泊舟浔阳郭,始见香炉峰。

> 尝读远公传，永怀尘外踪。
>
> 东林精舍近，日暮但闻钟。

晚泊浔阳，却从数千里外写起。"挂席几千里，名山都未逢"，已为下文预作铺垫，接下"泊舟浔阳郭，始见香炉峰"，衬托出庐山果然名不虚传。然而，到此仍不正面写山，而是宕开一笔，追忆早年对庐山的向往，带出庐山有关的掌故，以慧远的高蹈出尘，烘托庐山远隔尘寰的幽寂。此时恰闻钟声悠扬，而近处即慧远曾居住的东林寺，想到斯人已逝，不觉惆怅。通首落在一个"望"字上，又不拘泥于色相，而是以想望、向慕出之，而庐山之神韵全出。南朝梁慧皎《高僧传》卷六有《晋庐山释慧远传》，就是孟浩然诗中提到的"远公传"。这篇《传》很幸运地完整流传至今。《传》中详述慧远昔日浮舟来浔阳，见庐山清净而留住，因创建东林寺之事：

> （慧远）后欲往罗浮山，及届浔阳，见庐峰清净，足以息心，始住龙泉精舍。……时有沙门慧永，居在西林，与远同门旧好，遂要远同止。……（桓）伊乃为远复于山东更立房殿，即东林是也。远创造精舍，洞尽山美，却复香炉之峰，傍带瀑布之壑，仍石垒基，即松栽构，清泉环阶，白云满室。复于寺内别置禅林，森树烟凝，石筵苔合，凡在瞻履，皆神清而气肃焉。

孟浩然对慧远此段"尘外踪"，想必是早已烂熟于胸的。今日来此，从浔阳郭远望香炉峰，正与远公昔日"届浔阳，见庐峰清净"的"尘外踪"吻合，对于《传》中"足以息心"之悟，想来也颇有同感。这加深了诗人对慧远的怀想，可惜斯人永逝，唯闻东林寺的钟声，仿佛还是昔日的旧响。

孟浩然的山水诗，在表现山水风景的同时，往往还寄托着自己的人生理想和不能济世的慷慨之情，由此造成其山水诗独特的体调，这是以小谢和阴何为代表的齐梁陈山水诗中所缺少的，也可以视作是他用汉魏古诗革新齐梁在山水诗中的表现。就这个意义上说，他的山水诗又重新回归了大谢的传统。如《舟中晓望》：

> 挂席东南望，青山水国遥。
> 舳舻争利涉，来往接风潮。
> 问我今何去，天台访石桥。
> 坐看霞色晓，疑是赤城标。

正如葛晓音所说的，"舳舻争利涉，来往接风潮"，商船在风潮中来往，本是常见之景，但诗人以"争利涉"出之，则又让人联想到世人争名夺利的社会现象，亦如商人为谋利而出没于风潮。这样一来，则我之"天台访石桥"，虽是交代行踪，也似乎带有了一种看透世情而隐遁避俗的超脱了。(《山水田园诗派研究》)其中甚至带有一种求仙的幻想。当然，这种寄托是很淡的，意在言外，所以不宜说得太实。但仔细体味，又确实是存在的。天台是道教名山，赤城是天台山的一部分，山石赤红，状如云霞，属于地质学所说的丹霞地貌。孙绰《游天台山赋》有"赤城霞起而建标"之句，末二句由此化出，正切"晓望"题面。

三

王维的年辈较孟浩然稍晚，和李白是同时代人（他和李白同一年出生，比李白早一年过世）。王维和孟浩然是朋友，成名比李白早。他在长安考中进士时，李白还在匡山读书。天宝初李白来长安，为玄宗翰林待诏时，王维因为张九龄罢相而意志消沉，在终南山和辋川别业过着吏隐的生活。他们有很多共同的朋友，如孟浩然、杜甫、贾至等，或许有过短暂的交集，但缺乏文献，无从考据。

谢灵运和孟浩然都是南方人，他们的山水诗表现的都是南方的山水。王维一生主要活动于北方，早年有一些模仿吴越山水诗的习作，也曾揣摩过谢灵运的诗艺。他因知南选来到襄阳，留下《汉江临泛》这样写南方山水的名作：

> 楚塞三湘接，荆门九派通。
> 江流天地外，山色有无中。
> 郡邑浮前浦，波澜动远空。
> 襄阳好风日，留醉与山翁。

首联对起，写出汉江所处的地理位置：汉江属楚境，南接三湘，西邻荆门，东通九派。"江流天地外，山色有无中"，形容汉江的波澜弥漫天地，远山若隐若现，写出江汉平原的广阔和江水的浩渺。波平水满，远望城邑，好似浮在水面，而天空也随波动荡。第三句和第六句意思有重复，故被纪昀批评"五六撑不起"，六句"尤少味"（《瀛奎律髓汇评》）。五律大抵前四写景，后四抒情，此首前六句皆景，意思不免重复。也和前半起得雄浑有关，后四句难免逊色，孟浩然《过洞庭湖赠张丞相》亦不免此。管世铭将"江流天地外，山色有无中"与李白"山随平野尽，江入大荒流"（《渡荆门送别》）、杜甫"星垂平野阔，月涌大江流"（《旅夜书怀》）并举，以为"意境同一高旷，而三人气韵各别"（《读雪山房唐诗序例》），甚是。相比之下，李白一气直下，最为浑成。老杜后四句略萧飒，也还接得住。王维本篇则不免小疵。

王维山水诗的主要成就，仍在北方山水。如《终南山》，以疏放的线条和清淡的水墨，描绘出终南山云烟变化、干扰阴阳的雄姿：

太乙近天都，连山到海隅。
白云回望合，青霭入看无。
分野中峰变，阴晴众壑殊。
欲投人处宿，隔水问樵夫。

首联夸张，言太乙（太白山）地近长安（帝都），山势连绵，与海相连，极言其绵长辽远之势。次联从"回望"与"入看"两个不同的角度，写出终南山云雾缭绕、青霭濛濛，以见其高耸入云的气势。颈联写中峰两侧，分野不同，山谷之间，阴晴各异，又见其广袤无垠，呼应次句"连山到海隅"。诗人以鸟瞰的方式，多视角地表现终南山的全景，最后却将画面聚焦于一个想要投宿的旅人，不仅在对照中让终南山更显气势雄浑，而且让整个画面一下子生动起来。苏轼说王维"诗中有画"，这首诗的构图也成了后代文人山水画的范本。从语言艺术来看，我们看到，王维的五律山水，对仗是极为严整中见自然，和孟浩然的不拘对属不太一样。

王维擅长精确地刻画山水的形貌，用精心结构的画面表现丰富的感受，因此他笔下的山水，无论色彩，还是构图，都比孟浩然鲜明，无怪乎殷璠在《河岳英灵集》中盛赞他的诗歌是如"在泉为珠，着壁成绘，一字一句，皆出常境"。如《使至塞上》"大漠孤烟直，长河落日圆"，用粗犷的线条表现出山水给人的直感，而大漠长河的广阔壮伟，也由此得到最有力的表现。谢灵运《游南亭》"时竟夕澄霁，云归日西驰。密林含余清，远峰隐半规"，雨后的落日半隐于远山之后，也用几何图形来刻画落日，应该对王维有启发。这也启示我们，王维的山水诗在表现和再现二者的平衡中，其再现的方面较多地来自于谢灵运的影响。

《山居秋暝》写新秋雨后的黄昏之景：

空山新雨后，天气晚来秋。
明月松间照，清泉石上流。
竹喧归浣女，莲动下渔舟。
随意春芳歇，王孙自可留。

山中风露早，何况一场新雨过后，不觉秋凉。"天气晚来秋"，"秋"字押韵脚，用作动词，写出天气带给人的季候之感，新巧但自然。月照松间，泉流石上，竹喧莲动，知浣女、渔人归来。通首白描，唯末句反用《招隐士》"王孙游兮不归，春草生兮萋萋"，意思是山中纵使春芳谢尽的秋日也如此美好，王孙自可留在山中，何必宦游求仕呢！整首诗充满了秋山新雨后的明快和愉悦，像是一首甜美的小夜曲。

佛教在唐代分为南宗和北宗，南宗慧能为顿宗，北宗神秀为渐宗。王维与南北二宗都有渊源。他的母亲曾师事大照禅师（神秀弟子普寂）三十余年，王维集中有《为舜阇黎谢御题大通、大照和尚塔额表》，与北宗关系密切。天宝初神会（慧能弟子）入洛，王维曾应神会之请作《能禅师铭》，与南宗关系亦匪浅。正如葛晓音指出的，南宗顿悟性空之法，对王维观照自然的方式是有影响的。他的画论，强调"妙悟者不在多言"（《画学秘诀》），比孟浩然"兴会"说更强调天分在领会自然时所起的作用。（《山水田园诗派研究》）这在山水诗中就体现为理趣与禅境。

王维的山水描写中，有时蕴含理趣，如《终南别业》：

中岁颇好道，晚家南山陲。
兴来每独往，胜事空自知。
行到水穷处，坐看云起时。
偶然值林叟，谈笑无还期。

首二句说自己中年以后笃好佛教，晚年隐居在终南山脚下。后面六句，写出隐居生活的悠然自得：每每独自一人，乘兴而来，其中的快乐只有自己知道。溯流而行，不觉到了水流的尽头，就坐下，看云卷云舒。偶然遇见林中的老人，相与谈笑，忘记了还要回去。不光是写景，其中颇有理趣。尤其"行到水穷处，坐看云起时"，写出事物的变化无穷，我心委运随化的一种气象，为后世诗家所激赏。近人俞陛云在《诗境浅说》中说："行至水穷，若已到尽头，而又看云起，见妙境之无穷。可悟处世事变之无穷，求学之义理亦无穷。此二句有一片化机之妙。"拈出"化机"二字，可谓知言。

王维的山水诗中有时也包含禅境，如绝句《鸟鸣涧》：

> 人闲桂花落，夜静春山空。
> 月出惊山鸟，时鸣春涧中。

这是一个万籁俱寂的夜晚，诗人远离人事的烦扰，心底一片空明澄澈。桂花静静地飘落，整座春山仿佛一片空无，整个世界都已入定。月亮升起，皎洁的银辉惊动了山鸟，时不时在春涧中啼叫一声。诗人的心境如此澄明，已经近乎禅定的境界。诗中所表现的静，也不单纯是夜的静，山的静，而是诗人内心的能够聆听万物的宁静，是心的空静在这一瞬与永恒之自然的泯然相合，自然的色相一一浮现，又复归于空静的这一个过程。

王维擅长用短小的绝句来涵纳此种永恒的空静之美，赋予无生命的大自然以生命。《辋川集》中有好几首都表现出类似的禅境，如：

> 空山不见人，但闻人语响。
> 返景入深林，复照青苔上。
> 　　　　　　　　（《鹿柴》）

> 木末芙蓉花，山中发红萼。
> 涧户寂无人，纷纷开且落。
> 　　　　　　　　（《辛夷坞》）

> 飒飒秋雨中，浅浅石溜泻。
> 跳波自相溅，白鹭惊复下。
> 　　　　　　　　（《栾家濑》）

深林中的青苔明了又暗，树梢的辛夷花绽放又飘零，秋雨中的白鹭惊起又下落，在复寂无人的山中，在无边的时间的旷野，生生不息。

王维用他独特的笔触，将自然的声色之美纳入他个人对佛教色空的领悟之中。大家细味这一类山水小品，所领略的究竟是空中之色，还是色中之空，也和我们自身的根性与心境相关。

四

　　李白和王维是同时代的人，但他终身未仕，故其人生道路与王维不同，反倒是与孟浩然较为接近。他的人生理想比孟浩然更加远大，人生经历也更加跌宕起伏。因为出身受限他没有参加科举，而是求仙访道，纵情山水，却一直寄希望于成就像谢安那样的功业，"东山高卧时起来，欲济苍生未应晚"（《梁园吟》），谢安隐居在东山，但时机一到，就会挺身而出，拯救天下苍生于水火；或成为像姜太公、鲁仲连那样的人，"广张三千六百钓，风期暗与文王亲"（《梁甫吟》），姜尚看似垂钓于渭滨，实则志在天下，希望遇到像周文王一样的明主；"却秦振英声，后世仰末照。意轻千金赠，顾向平原笑"（《古风·齐有倜傥生》），像鲁仲连一样，成就令秦军退却的功业之后，辞谢赵国平原君所赠千金，功成身退，拂衣而去。

　　李白，字太白，祖籍陇西成纪（今甘肃天水附近）人，生于安西都护府碎叶（今哈萨克斯坦巴尔喀什湖南），五岁随父迁居绵州彰明（今四川江油）。早年漫游蜀中，二十五岁出峡，任侠访道，漫游干谒，"酒隐安陆，蹉跎十年"。又隐居东鲁。天宝初，李白由道士吴筠推荐，应诏入长安，供奉翰林。与贺知章、崔宗之等人号"饮中八仙"。但为权贵所不容，又受到谗言中伤（或言泄露禁中语），被玄宗赐金放还。他于是从高天师正式入道箓，但仍未忘情于世事。

安史之乱起，李白正隐居庐山，应永王璘之召，欲救时济难。永王璘先受玄宗之命，本为勤王之师。①但后来太子李亨分兵北走，（七月十二日）自立于灵武，是为肃宗。玄宗听闻，为稳定政局，八月令贾至起草传位册书送至灵武，自称上皇。后来永王璘不听肃宗号令，成为朝廷征讨的对象。这里涉及玄宗和肃宗、永王璘父子兄弟之间的皇权斗争，李白不幸卷入，成为乱党，下狱浔阳，长流夜郎，途中遇赦。后来他还想参加李光弼的军队去征讨史朝义，因病途中折回。六十二岁病死于族叔当涂令李阳冰处。

　　李白山水诗的一大创造，是大量地用七言歌行和七绝体来写山水，这对于从二谢到阴何所确立的五言体山水传统，是一个很大的突破。沈德潜《唐诗别裁集》说他的七古"想落天外，局自变生，大江无风，波浪自涌，白云从空，随风变灭，此殆天授，非人所及"。可以说，像《蜀道难》《梦游天姥吟留别》《庐山谣寄卢侍御虚舟》这样的经典之作，与其说是山水诗，不如说是李白精神世界在山水自然的投射。这些诗从形式上看，既不采用传统的五言古体，又打破了初唐七言歌行的整齐和骈俪，而是杂用古文和楚辞的句法，用仙和梦寄托想象，在对山水自然的讴歌中尽情发抒自己内心的苦闷。而自然也不再是对山水的模范，在经由艺术的夸张后，成为诗人内在心象的外化。而且，无论是南方的庐山、天姥山、蜀山、长江，还是北方的华山、黄河，在李白的笔下都富于浓厚的主观色彩，山水原本的个性也得到了传神的表现。

　　作为初民对于天地山河形成和人类起源的最初解释，神话蕴涵了大胆而质朴的想象。而这些神话中有很多都是和山水结合在一起

---

① 据南宋胡仔《苕溪渔隐丛话》，诸王分镇天下乃房琯之计，安禄山见诏书，抚膺叹曰："吾不得天下矣。"

的，这一点在《山海经》中可以得到验证。屈原对楚地山水的描写就与神话密不可分，如《湘夫人》之"嫋嫋兮秋风，洞庭波兮木叶下"，《山鬼》之"余处幽篁兮终不见天，路险难兮独后来。表独立兮山之上，云容容兮而在下。杳冥冥兮羌昼晦，东风飘兮神灵雨"，这使得《楚辞》中的山水独具一种幽渺飘忽的神秘色彩。不过，屈原引神话入山水，首先跟楚地的巫风盛行有很大关系，当时也尚未形成自觉的山水审美意识，所以山水和神话的结合还是无意识的。或许受到东晋以来求仙风气的影响，谢灵运的山水诗中出现了零星的神话，或就眼前的山水想到历史上和当地有关的神话传说，或将秀异的山水直接等同于仙境，确立了后世山水和神话结合的两种最基本的想象模式。谢灵运之后一直到初唐，神话在山水中濒于绝迹，这跟齐梁以来文学的世俗化、人间化有很大的关系。人们的审美趣味也从深山野壑转向日常的一溪一石，诗人们满足于从平常细微的景物中寻找诗意，神话的精神在山水中失落了。直到李白出现，神话和山水才重新合流，成为李白歌行山水的独特个性。如《蜀道难》在"噫吁嚱，危乎高哉！蜀道之难，难于上青天"之后，诗人连用数个与蜀地有关的传说，把读者的视野带入遥远的上古时代，用饱蘸感情的笔墨向读者展开了一幅色彩瑰丽、气势恢弘的画卷——五丁开山的艰险与悲壮、六龙回日的神奇瑰玮和望帝啼鹃的凄美哀怨：

蚕丛及鱼凫，开国何茫然！尔来四万八千岁，不与秦塞通人烟。西当太白有鸟道，可以横绝峨眉巅。地崩山摧壮士死，然后天梯石栈方钩连。上有六龙回日之高标，下有冲波逆折之回川。黄鹤之飞尚不得，猿猱欲度愁攀缘。青泥何盘盘，百步九折萦岩峦。扪参历井仰胁息，以手抚膺坐长叹。问君西游何时还，畏途巉岩不可攀。但见悲鸟号古木，雄飞雌从绕林间。又闻子规啼夜月，愁空山。蜀道之难难于上青天，使人听此凋朱颜。

神秘的历史传说和夸张的笔法交织在一起，读来令人目眩神迷，不但有力地渲染了蜀道的险要，而且提供了更丰富的联想，丰富了诗歌的审美底蕴。读者在领略山水之奇伟的同时，还能感受到神话传说中人类自古以来的情感积淀，它是崇高的美感，厚重的历史感，挫败中奋起的生命力。当山水与神话和传说蜂拥并至，它就不再局限于具体的时空，而是幻化为时间长河中波澜壮阔的历史画面，让我们不仅为蜀道的奇险难行而目眩，而且为其丰富的文化意蕴而神迷。神话给山水审美增加了灵性和深度，这是单纯的模山范水永远无法企及的艺术高度。而意象、句法皆"极散漫纵横"（胡应麟《诗薮·内编卷三》），完全打破了初唐歌行整齐骈俪的格局，恢廓变化又有过于楚骚者。殷璠《河岳英灵集》卷上说"《蜀道难》等篇，可谓奇之又奇，然自骚人以还，鲜有此体调也"。虽然着眼点不同，但他们都看到了其和楚骚之间的渊源。

李白对楚辞的创造性继承，还表现在他取法"屈子《远游》之旨"（陈沆《诗比兴笺》），创作出了独具特色的梦游山水《梦游天姥吟留别》：

海客谈瀛洲，烟涛微茫信难求；越人语天姥，云霞明灭或可睹。天姥连天向天横，势拔五岳掩赤城；天台四万八千丈，对此欲倒东南倾。我欲因之梦吴越，一夜飞度镜湖月。湖月照我影，送我至剡溪，谢公宿处今尚在，渌水荡漾清猿啼。脚着谢公屐，身登青云梯，半壁见海日，空中闻天鸡。千岩万转路不定，迷花倚石忽已暝。熊咆龙吟殷岩泉，栗深林兮惊层巅。云青青兮欲雨，水澹澹兮生烟。列缺霹雳，丘峦崩摧，洞天石扉，訇然中开。青冥浩荡不见底，日月照耀金银台。霓为衣兮风为马，云之君兮纷纷而来下，虎鼓瑟兮鸾回车，仙之人兮列如麻。忽魂悸以魄动，恍惊起而长嗟，惟觉时之枕席，失向来之烟霞。世间行乐亦如此，古来万事东流水，别君去时何时还，且放白鹿青崖间，须行即骑访名山。安能摧眉折腰事权贵，使我不得开心颜！

首四句从缥缈的神话传说落笔，已经给人以"恍兮忽兮"之感，接下四句极闳肆的夸张，将天姥的神秘、高大渲染得无与伦比。诗人由此梦游天姥，梦境瑰伟奇丽，出现了《九歌》式的自然万象率皆有灵的情景。忽而梦醒，不觉有人生如梦之叹，诗歌的旋律转为低沉。临当结尾，以"且放白鹿青崖间，须行即骑访名山"二句点出留别之意。最后以"安能摧眉折腰事权贵，使我不得开心颜"这样气骨峥嵘、豪气万丈的奇句结之。显然，梦境在这里有着结构全篇的重要作用。而且，与"梦前—梦中—梦醒之后"相对应，诗人的情绪经过了"向往—激情的巅峰—跌落低谷"三个阶段，而以"安能摧眉折腰事权贵，使我不得开心颜"收束全诗，真有"曲终收拨当心画，四弦一声如裂帛"的惊人效果。这种从幻境突然跌入现实的写法，与屈原《离骚》中经过远游求女之后"忽临睨夫旧乡"的手法，如出一辙。严羽《沧浪诗话·诗评》说"太白诗法如李广"，正指出李白歌行体章法跌宕多姿、变化出奇的特色。此诗不但在精神基调和行文多变等方面和楚辞同一机杼，章法和风格上的"开阖纵横，变幻超忽，疾雷震霆，凄风急雨"，极变化之能事，就是在具体的山水描写上也明显受到楚辞影响：熊咆龙吟，丛林战栗，群山震动。乌云密布，山雨欲来；水波澹澹，烟雾弥漫。突然之间，电闪雷鸣，惊天动地，洞天的石门轰然打开。只见那洞天府第之中，日月照耀着银台金阙，仙乐声声，鸾凤成群。御风而行的仙人身着霓裳，驾着彩云，飘然前来。如此种种，皆与楚骚相仿佛。

李白的七绝体山水诗最为脍炙人口。《峨眉山月歌》：

> 峨眉山月半轮秋，影入平羌江水流。
> 夜发清溪向三峡，思君不见下渝州。

《峨眉山月歌》二十八个字中嵌入了五个地名，却仍旧机趣活泼，无损其天真自得之趣。最不可思议的，是以其有限的篇幅，不但为蜀中山水的险峻写照，同时也见出诗人独自舟行的寂寞（惟有山月相伴）和对故乡（峨眉山）的思念。而这一切都是浑然一体的，全借出峡途中时或倒映清江中、时或隐于叠嶂之后的半轮山月写出，哪怕对于年少出峡的诗人自己来说，这一点寂寞和乡愁也都是恍若不觉的，只在末句的"思"字里有一点逗露。诗人将这些地名用千里蜀江中随月伴人而流的月影串起来，连用"入""发""下"三个动词，一气直下，且都是眼前景、口头语，许学夷所谓"最得歌行之体"（《诗源辩体》卷十八）。这一年李白才二十五岁，已经展现出在诗歌艺术方面惊人的造诣。李白七绝体山水鲜明的歌调性质，和他善于向蜀中民歌学习应该是有关系的。他在渝中时就学习过当地民歌作五绝《巴女词》，五律《上三峡》也显然受到民歌的影响，皆语言朴质，而抒情深至。刘辰翁评《峨眉山月歌》："含情凄婉，有《竹枝》缥缈之音。"（高棅《唐诗品汇》引）七绝《宣城见杜鹃花》更是"如谣如谚"（《御选唐宋诗醇》卷八），而不失七绝本色。蜀中民歌的内容不一定是歌唱山水的，但民歌最大的特点就是自然奔放和自由抒发，是可唱的。李白熟悉并且乐意学习蜀中民歌，这自然会对其早期诗歌产生影响，增加其七绝体山水的可歌性。

《望天门山》写景入神：

天门中断楚江开，碧水东流至此回。
两岸青山相对出，孤帆一片日边来。

写诗人在舟中放眼望天门山所见壮伟之景观，视点随江流而动，本来是静立于两岸的天门山恍若相对迎人；而在一个更大的视野里，诗人所乘的一叶孤帆，在红日的映照下，正缓缓从江面上驶过，形成一幅恢宏壮丽的画面。

《望庐山瀑布》则是将形象的比喻、天真的夸张以及大胆的想象融会成主观的直感，渲染出香炉峰顶天地立、云烟缭绕的气象与瀑布从九天直落的气势，充满了对伟大的造化之力的赞叹：

日照香炉生紫烟，遥看瀑布挂前川。
飞流直下三千尺，疑是银河落九天。

诗人以虚写实，突出了瀑布如同银河般从九天飞泻而下的惊人气势，笔墨酣畅淋漓，而瀑布的形象经过诗人的夸张，早已超越其自然的样貌，成为诗人内在心象的外化，体现出鲜明的个性。中唐徐凝也有一首《庐山瀑布》七绝:"虚空落泉千仞直,雷奔入江不暂息。今古长如白练飞,一条界破青山色。"二作相比,更能见出太白山水七绝之传神。据说乐天有诗称赞"一条界破青山色"这一句,东坡很是不以为然,斥为伪作,并戏作七绝一首:"帝遣银河一派垂,古来惟有谪仙词。飞流溅沫知多少,不与徐凝洗恶诗。"就诗论诗,徐凝这首也努力地想要写出一种气象,算不上"恶诗",苏轼之所以"恶言"相加,主要还是因为竟有人不辨优劣,拿它和太白这首相提并论的缘故。

李白五律山水以自然超逸见长,善于虚处传神,声调或近于初唐,而以风骨华采胜,胡应麟《诗薮·内编卷四》评为"高华莫并,色相难求",实能状其清逸高妙的本色。如其《与夏十二登岳阳楼》:

> 楼观岳阳尽,川迥洞庭开。
> 雁引愁心去,山衔好月来。
> 云间连下榻,天上接行杯。
> 醉后凉风起,吹人舞袖回。

此诗唯尾联不对。细味前六句,句句写登楼之高旷,而不着色相,全于虚处传神。千载下读之,唯觉诗人之逸怀浩气,不觉飘飘然有凌云之气,太白极善此种。"云间"一联,虚实相生,形容入妙,好处在浑不着力。其《渡荆门送别》中间两联,写法和风格与此相类:"山随平野尽,江入大荒流。月下飞天镜,云生接海楼。"诗人表现的自然极为高远阔大,但当诗人将笔宕开,从眼前高旷的境界引入更加高远的天空,引向无限的自然本身,这眼前的高远阔大的洞庭湖、长江,仿佛也就和自然本身泯合为一,唯余长空万里,白云卷舒。李白这一种五律对山水的表现,和王维主要追求一种画面的呈现不太一样，它仿佛是一种流动，流动到最后，只余山水审美的愉悦感，而山水本身的色相俱已泯灭矣。胡应麟赞其五律"风华逸宕，特过诸人"（《诗薮·内编卷四》），此种足以当之。

　　李白特别推重谢朓，自言恨不能"携谢朓惊人诗句"（《云仙杂记》）来。清代王渔洋说李白"一生低首谢宣城"（《戏仿元遗山论诗绝句三十二首》其三）。他早年学选体，学南朝诗，风格清丽。后得苏颋指点，自觉地将江左词彩与河朔贞刚之气相融，将山水的清空之美，提纯为晶莹透明的诗境，如前引《玉阶怨》，以及这一首《金陵城西楼月下吟》：

金陵夜寂凉风发，独上高楼望吴越。
白云映水摇空城，白露垂珠滴秋月。
月下沉吟久不归，古来相接眼中稀。
解道澄江净如练，令人长忆谢玄晖。

　　秋夜万籁俱寂，月色溶溶，大江如一条银练，天上的白云和宁静的金陵城都倒映在江水中，随着江水一起摇荡；城楼像是要化入透明的虚空。白露如珠，盈盈欲坠，映着圆月，仿佛露水正带着秋月一起滴落。此种境界，较小谢"余霞散成绮，澄江静如练"更为纯净，真有一种"摇荡性灵"之美，读之令人心折。正如钱志熙指出的，其实诗中表现的"云""水""露""月"，皆秋日寻常之景，一经诗人妙手，便成此奇境，非天才如太白，谁能为之！"月下沉吟久不归，古来相接眼中稀"，不仅是深怀玄晖，且含无限顾盼自赏之意，盖不知后世登临赏景者，复能为我今日之叹乎！后者正苏轼词《永遇乐》"异时对，黄楼夜景，为余浩叹"之意。（《李白诗选》）

第五讲 边 塞

慷慨悲声

❸ ❽

边塞诗是以边事为题材的诗歌，内容往往以边塞风光和军旅生活为主。长期以来，人们对边塞诗存在一种误解，以为边塞诗既然是表现边塞的军旅生活的，一定就写于边塞或军中，作者也定然有从军的经历。这其实是一种想当然，事实上，仅有部分边塞诗作于边塞，作者也有边塞从军的经历；大量的边塞诗都是写作于京华内地，对边塞的表现往往出自于听闻和想象。

中国古代，从《诗经》、汉乐府到文人拟乐府，边塞诗的写作有着深厚的传统。唐代的边塞诗创作很繁荣，盛唐的边塞诗尤其脍炙人口。今天我们最熟悉的边塞诗，大都是盛唐边塞诗。

一

"边塞"是一个历史性的概念。先秦时所谓的"边"，主要是指华夏之外的四夷之地。所谓"四夷"，是当时对各少数民族的总称，包含着一种心理上的轻视之意。所以先秦写边事的作品，往往涉及民族战争，如《诗经》中最著名的边塞诗《采薇》中，"昔我往矣，杨柳依依，今我来思，雨雪霏霏"的歌唱，就是在西周和猃狁之战中服兵役的士卒所唱：

采薇采薇，薇亦作止。曰归曰归，岁亦莫止。
靡室靡家，猃狁之故。不遑启居，猃狁之故。

> 采薇采薇，薇亦柔止。曰归曰归，心亦忧止。
> 忧心烈烈，载饥载渴。我戍未定，靡使归聘。

猃（xiǎn）狁（yǔn）是古民族名，黄帝时称荤（xūn）粥（yù），周代称猃狁，秦汉称戎狄。"不遑启居，猃狁之故"，说明此战是因为猃狁的侵扰。"我戍未定，靡使归聘"，正因为猃狁是游牧民族，没有固定的交战地点，戍守之地也随之变化，所以没法收到家信。

秦汉以来，逐渐以长城为界来定义"边"，边塞就是边地的关塞。此时修关建城以防匈奴侵扰，战争也多在长城沿线发生，故长城成为边塞诗中最经典的意象。汉乐府《饮马长城窟行》，抒写了思妇对征夫的思念：

> 青青河边草，绵绵思远道。
> 远道不可思，宿昔梦见之。
> 梦见在我傍，忽觉在他乡。
> 他乡各异县，展转不可见。
> 枯桑知天风，海水知天寒。
> 入门各自媚，谁肯相为言。
> 客从远方来，遗我双鲤鱼。
> 呼儿烹鲤鱼，中有尺素书。
> 长跪读素书，书上竟何如？
> 上有加餐食，下有长相忆。

"青青河边草，绵绵思远道"，从眼前的芳草兴起对远人的思念，是古诗中最常见的笔法。芳草绿遍了天涯，而所思之人也远在天涯。

草色无边无际，相思也绵绵不绝。这种情景相生的艺术手法，在汉乐府和古诗中最为浑朴，滋味悠长。后世李后主《清平乐》词"离恨恰如春草，更行更远还生"由此脱化而出，意思更为新巧。抒情女主人公梦寐思之的良人，正是在长城沿线筑城或作战。"枯桑知天风，海水知天寒。入门各自媚，谁肯相为言"四句，写人情之冷暖自知，可说是神来之笔。没有怨，只是平静地体认和陈述，格外令人动容。"上有加餐食，下有长相忆"用的也是曲笔，既说"长相忆"，则征夫短期内是不可能归家了。余冠英《汉魏六朝诗选论丛》认为这首诗前八句和末八句各为一首，其实不必。古乐府正是这样，纯任抒情，具体的创作背景失落了，故有时会比较跳脱，给读者留下较多想象的空间。

《饮马长城窟行》是汉乐府的旧曲，"青青河边草"这一首，应该就是汉代流传下来的古辞。建安诗人陈琳也有一首《饮马长城窟行》，为这首旧曲填写了新的歌辞：

饮马长城窟，水寒伤马骨。往谓长城吏，"慎莫稽留太原卒"。"官作自有程，举筑谐汝声。""男儿宁当格斗死，何能怫郁筑长城。"长城何连连，连连三千里。边城多健少，内舍多寡妇。作书与内舍："便嫁莫留住。善事新姑嫜，时时念我故夫子。"报书往边地："君今出语一何鄙！""身在祸难中，何为稽留他家子。生男慎莫举，生女哺（bǔ）用脯（fǔ）。君独不见长城下，死人骸骨相撑拄。""结发行事君，慊（qiè）慊心意关。明知边地苦，贱妾何能久自全。"

陈琳也是我们熟悉的三国人物。他原本是大将军何进的主簿，何进死后，投奔袁绍。袁绍攻打曹操，陈琳奉命作《为袁绍檄豫州》，历数曹操罪状，将曹操骂得体无完肤。檄文到曹营，曹操正犯头风，听得毛骨悚然，出了一身冷汗，头风自己好了。后来曹操攻破邺城，生擒陈琳，爱惜他的才华，遂不计前嫌，任命他为从事。说到建安文学，代表人物就是三曹七子，陈琳正是七子之一。他最受称道的是章表之文，写得很有文采；喜好作辞赋，并且自视颇高，认为可以比得上西汉的大辞赋家司马相如，但曹植很不赞同，认为他不擅长作赋，嘲弄他"画虎不成反类狗"（曹植《与杨德祖书》）。陈琳诗作不多，本篇为其代表作。

　　这首诗由两段对话组成，展现出相互关联的两个场景。"饮马长城窟"是一个近景，引入故事的场景和人物，紧接着，是发生在长城吏和役卒之间的一段对话。役卒叮嘱城吏："万不可扣留我们太原卒！"城吏的回答则很不耐烦："官家的劳役自有期限，你喊着号子好好打夯就行！"役卒反驳，语含愤懑："男儿宁可死于拼杀，岂能满肚子闷气地修筑城墙！"可见当时在长城服劳役，期满仍旧扣留役卒的情况是常常发生的，所以才会有这样的对话发生。而役卒也并非不愿意保家卫国，只是苦于永无休止的劳役。役卒的抱怨，城吏又会怎么回答呢？此处的省略是很耐人寻味的。"长城何连连"四句是两个场景之间的过渡，是全景。"长城何连连，连连三千里"，连绵三千里的城墙，有多少这样的役卒和城吏！健儿在边城服役，夫妻久别，不能团聚，妻子独居内室，如同守寡。所以丈夫写信给妻子："你还是改嫁吧，不要留在家中等我了！"还叮嘱妻子改嫁后"好好地侍奉新的公婆，时不时惦念一下我这个前夫就可以了"。妻子回信，生气地指责丈夫："你说话怎么如此可鄙！"丈夫不得已解释道：

"我自己身处祸患之中,怎么能连累你呢!"称妻子为"他家子",是丈夫想要妻子改嫁,所以故作此冷淡之语。下面四句,是丈夫引用秦汉时的民歌,表白让妻子改嫁的缘故:"生了儿子别养,生了女儿用肉干来喂!你难道没看见长城下,到处都是死人的骸骨!"妻子明白丈夫的苦心,回信说:"我自嫁给你之后,彼此敬重。知道边地辛苦,我又怎能长久地保全自己呢!"这首诗没有任何的夸饰,语言生动,叙事真切,深得汉乐府"感于哀乐,缘事而发"(《汉书·艺文志》)的要旨,服役的艰辛,役卒的苦闷,夫妻之间的相互爱重,都令人动容。丈夫令妻子改嫁,"生男慎莫举,生女哺用脯",都是有悖于伦常和风俗的反常之举,正体现出战争的惨酷。杜甫的新乐府,善学此种,不仅《兵车行》"信知生男恶,反是生女好。生女犹得嫁比邻,生男埋没随百草",直接脱化于"生男慎莫举,生女哺用脯",其《新婚别》《垂老别》《石壕吏》也都是写出此种人伦之痛。

"男儿宁当格斗死,何能怫郁筑长城!"保家卫国、建功立业,是汉魏边塞诗的重要主题,如曹植《白马篇》:

>白马饰金羁,连翩西北驰。
>借问谁家子?幽并游侠儿。
>少小去乡邑,扬声沙漠垂。
>宿昔秉良弓,楛(hù)矢何参差。
>控弦破左的,右发摧月(ròu)支。
>仰手接飞猱,俯身散马蹄。
>狡捷过猴猿,勇剽(piāo)若豹螭。
>边城多警急,虏骑数迁移。
>羽檄从北来,厉马登高堤。

> 长驱蹈匈奴，左顾陵鲜卑。
> 弃身锋刃端，性命安可怀。
> 父母且不顾，何言子与妻。
> 名在壮士籍，不得中顾私。
> 捐躯赴国难，视死忽如归。

曹植这首诗也还是乐府代言体，诗中塑造了一个骑射精熟、保卫疆土、视死如归的"幽并游侠儿"形象，其中寄托了诗人自己的报国热情和功名之念。大家知道，曹植曾与他的兄长曹丕争夺太子位，但没有成功。曹丕一直很忌惮他。曹丕称帝后，曹植更是备受猜忌，屡被贬谪。曹丕死后，他的儿子曹睿即位，曹植的处境略有改善，曾上《求自试表》。表文中说，方今天下，西有违命之蜀，东有不臣之吴，希望自己能有机会报效朝廷，实现"忧国忘家，捐躯济难"的"忠臣之志"。他在写给谋士杨修的信中也说，平生的理想是"戮力上国，流惠下民，建永世之业，金石之功"。这个"永世之业"，毫无疑问，就是荡平吴蜀、统一天下的大业！《白马篇》中"捐躯赴国难，视死忽如归"的形象，正是诗人内心慷慨之志的写照。这种以身许国的献身精神，《楚辞·国殇》"身既死兮神以灵，子魂魄兮为鬼雄"已有表现，但不如曹植此诗如此积极进取。开篇两句，先声夺人：白色的骏马，笼着金络头，向西北疾驰而去。雄健的骏马烘托出马上健儿的英姿，不写其人，而其人之精彩自见。"连翩西北驰"也暗示了战事的紧急。下面"借问谁家子，幽并游侠儿"，宕开一笔，不直接表现战事，先叙马上少年不凡的来历（幽并游侠儿），重点突出他高超的武艺和过人的英武：朝夕苦练，弓箭不离手，也不知射出过多少支羽箭。左一箭，右一箭，箭无虚发，又不知射坏了多少箭靶。仰头一箭，射中飞奔的猿猴，俯身一箭，又击碎了靶心。比猿猴更矫捷，比豹子更彪悍。这样弓马娴熟、箭法出众的少年英雄奔赴前线，何愁不能建功立业！到此诗人方调转笔墨，回到我们牵挂的西北战事：边城频频报警告急，胡骑屡次侵犯边界，插着羽毛的紧急文书从北方传来，"连翩西北驰"的少年，也已经跃马登上了高高的防御工事。最后十句，是代少年抒写他的志向：不但要长驱直入，践踏匈奴的老巢，还要对鲜卑用武。投身刀锋剑刃的战场，早已置生死于度外，哪里还能顾恋父母妻子之情！既然名字已经被编入壮士的名册，不能内心再有私念，就要随时准备为国捐躯、视死如归。曹植虽然也有从军的经历，但自"少小去乡邑"以下，对边塞从军的表现，主要还是出于想象，这也为后世的边塞诗开辟了新的领域。

鲍照《代出自蓟北门行》同样抒写报国之志，还加入了对燕蓟风物与从军辛苦的表现：

羽檄起边亭，烽火入咸阳。
征骑屯广武，分兵救朔方。
严秋筋竿劲，虏阵精且强。
天子按剑怒，使者遥相望。
雁行缘石径，鱼贯度飞梁。
箫鼓流汉思，旌甲被胡霜。
疾风冲塞起，沙砾自飘扬。
马毛缩如猬，角弓不可张。
时危见臣节，世乱识忠良。
投躯报明主，身死为国殇。

鲍照是刘宋时期的著名诗人,与颜延之、谢灵运并称"元嘉三大家"。他长于乐府,代表作《拟行路难十八首》对李白影响很大,李白《将进酒》"古来圣贤皆寂寞"就来自他的"自古圣贤尽贫贱"。杜甫《春日忆李白》诗中说:"清新庾开府,俊逸鲍参军。"鲍参军就是鲍照,曾任职前军参军,故世称鲍参军,他的集子叫《鲍参军集》。俊逸鲍参军,是说李白的诗歌,像鲍照诗一样,风格飘逸不群。"出自蓟北门"为曹植《艳歌行》首句,本与边塞从军无关。鲍照取以为题,后来庾信、徐陵、李白都写过,也都成了名篇。鲍照此首的创作背景,应该与宋文帝元嘉北伐有关系。它在艺术上的突出特点,是在一个很广袤的背景下,来表现烽火连天的严峻局势和风云突变的紧张气氛:插着羽毛的紧急军情文书,从边地发出;敌人来犯的警报(烽火),到达了都城(咸阳)。征发的骑兵驻守在广武(今山西代县),兵分几路,驰援朔方郡(今内蒙古自治区境内)。敌军深秋来袭,兵强马壮,训练有素。天子按剑震怒,传递命令和情报的使者来回奔走,络绎不绝。双方剑拔弩张,战争一触即发。"雁行"两句,写出行军艰险与纪律严明:"雁行"既形容行列的整齐,也暗示山岭险峻,需要屏息凝气,沿着曲折的山径小心前行;"鱼贯"则形容将士们一个接一个地通过凌空的桥梁。"箫鼓流汉思"六句,写出边地的恶劣气候和艰苦环境:行军的箫鼓声中,流露出对家国的思念,旌旗和盔甲上已经沾染了胡地的秋霜。疾风摇撼着边城,空气中砂砾飘扬。战马因寒冷而紧缩身体,像刺猬一样毛发根根直竖;将士的手冻僵了,拉不开牛角硬弓。这些都是对我方不利的因素,诗人的笔调是沉重的。末四句一转,抒写边地战士一往无前、视死如归的报国之志,情调又变得高昂:时势危急,方见臣子的气节;世道混乱,才能见出忠良。奔赴国难,为国捐躯,死不足惜!这首诗场景多变,不同的画面纷至沓来，读来只觉一气呵成，充分体现了鲍照诗歌"俊逸"的特点，对唐代边塞诗影响极大。后来高适《燕歌行》"汉家烟尘在东北，汉将辞家破残贼。男儿本自重横行，天子非常赐颜色。摐金伐鼓下榆关，旌旆逶迤碣石间。校尉羽书飞瀚海，单于猎火照狼山"，同样把将士的出征放在从京城到边地的广袤空间背景下来表现，应该是受到鲍照这首诗启发的。"箫鼓"两句，写日夜行军之速，后来王维"征蓬出汉塞，归雁入胡天"（《使至塞上》）仿此。"疾风"四句，写边地风疾苦寒，岑参边塞诗如"君不见走马川行雪海边，平沙莽莽黄入天。轮台九月风夜吼，一川碎石大如斗，随风满地石乱走"（《走马川行奉送出师西征》）、"将军角弓不得控，都护铁衣冷难著"（《白雪歌送武判官归京》）在这方面有进一步的发展。

西晋刘琨《扶风歌》也是边塞诗的名篇：

朝发广莫门，暮宿丹水山。
左手弯繁弱，右手挥龙渊。
顾瞻望宫阙，俯仰御飞轩。
据鞍长叹息，泪下如流泉。
系马长松下，发鞍高岳头。
冽冽悲风起，泠泠涧水流。
挥手长相谢，哽咽不能言。
浮云为我结，飞鸟为我旋。
去家日已远，安知存与亡。
慷慨穷林中，抱膝独摧藏。
麋鹿游我前，猴猿戏我侧。
资粮既乏尽，薇蕨安可食。

揽辔命徒侣，吟啸绝岩中。

君子道微矣，夫子故有穷。

惟昔李骞期，寄在匈奴庭。

忠信反获罪，汉武不见明。

我欲竟此曲，此曲悲且长。

弃置勿重陈，重陈令心伤。

刘琨（271—318）为汉中山靖王刘胜之后，少有壮志，成语"闻鸡起舞"说的就是他少年时刻苦自励、勤练剑术的事。他与外戚贾谧及陆机、潘岳等文士交游，为"二十四友"之一，也属于当时文坛的活跃分子之一。晋惠帝永兴元年（304年），出身匈奴贵族的刘渊，在山西起兵反晋，僭位汉王，东瀛公（司马腾）惧怕刘渊，率并州（治所在晋阳）二万余户下山东。晋怀帝永嘉元年（307年），刘琨受命任并州刺史，后拜大将军，都督并、冀、幽三州军事，守卫北方边土。当时北中国已为匈奴、羯、氐等民族统治，刘琨率领一千人马由洛阳赴任，一路冒险转战，与敌周旋，历尽艰辛，才到达晋阳（今山西太原）任所。他在途中写给朝廷的表文说："九月末得发，道险山峻，胡寇塞路，辄以少击众，冒险而进，顿伏艰危，辛苦备尝，即日达壶口关。臣自涉州疆，目睹困乏，流移四散，十不存二，携老扶弱，不绝于路。及其在者，鬻卖妻子，生相捐弃，死亡委危，白骨横野，哀呼之声，感伤和气。群胡数万，周匝四山，动足遇掠，开目睹寇。唯有壶关，可得告籴（dí，买进粮食）。而此二道，九州之阴，数人当路，则百夫不敢进，公私往反，没丧者多。"（《晋书·刘琨传》）这首《扶风歌》所写的，就是他途中倍历艰险之状，以及英雄末路之感。

开头四句，朝发广莫门（洛阳北门），暮宿丹水山（山西高平县之丹朱岭），写出行程的急促和紧张的心情；左手弯繁弱（古良弓名），右手挥龙渊（古剑名），则通过挥洒自如的动作来表现激荡的生涯和英武之气——如此，一个戎马倥偬的壮士形象，已经跃然纸上。"顾瞻"以下十二句，写临别眷恋之情：驾车飞奔之际，不时回望宫殿高高低低的飞檐，跨在马鞍上长叹，眼泪就像泉流不断。系马于高松之下，歇鞍于高山之巅，悲风烈烈而起，涧水泠泠而流。挥手告别都城洛阳，悲伤哽咽，气结难言。浮云为我聚集不散，飞鸟为我盘旋不去。"浮云为我结，飞鸟为我旋"两句，写慷慨悲怀，简直神来之笔。"去家"十句，写途中绝粮的艰辛：离家一天比一天更远，与家人隔绝，彼此生死难知。在深林中慷慨悲怀，独自抱膝，深感挫折。麋鹿、猿猴游戏于身前、身侧。战资、粮草已经耗尽，薇、蕨这样的野菜怎能饱腹！命令随从控缰出发，在绝谷中吟咏啸呼。孔夫子当年经历过陈蔡绝粮的困窘，但并没有因此而绝望，还认为"君子固穷，小人穷斯滥矣"（《论语·卫灵公》）。刘琨因为途中绝粮，所以用孔子的处变不惊来激励自己。汉将李陵带兵攻讨匈奴，先大胜，后遭敌主力，兵败投降，被汉武帝杀了全家。司马迁认为李陵是诈降，将来有机会必定会报效朝廷。刘琨孤军北上，和李陵当年的情形相似，又担心和李陵一样讨敌无功，误了朝廷的期限，所以引李陵愆期后不得已托身异域的事情自比，流露出对前途的忧惧。这四句杂用经史，写英雄末路之感，而忠烈之心，凛然之气，千秋可感。古人称赞此诗"气猛神王，意概不凡"（成书倬《多岁堂古诗存》），是有道理的。末四句以抒情作结。"此曲"即《扶风歌》这首英雄悲歌。歌词的作者刘琨，也是一个悲剧的英雄。他此行抵达并州之后，并州最终失陷，他又投奔幽州刺史段匹䃅（dī）。后与段匹䃅产生嫌隙，被段矫诏杀害。

北朝乐府《陇头歌辞》，一般认为是民间的歌唱，它采取四言体的形式，也接续了《诗经》的传统：

> 陇头流水，流离山下。念吾一身，飘然旷野。
>
> 朝发欣城，暮宿陇头。寒不能语，舌卷入喉。
>
> 陇头流水，呜声幽咽。遥望秦川，心肝断绝。

这首歌，宋代郭茂倩《乐府诗集》收入梁鼓角横吹曲辞，但学者多认为是汉魏旧辞。陇头，即陇山，在今陕西陇县西北。《三秦记》说，上有清水四注下，即所谓陇头水。这三首表现的都是北方人民在边地（陇头）服兵役的艰苦生活，以及对故乡（秦川）的思念，格调苍凉悲壮。首章以眼前的陇头水起兴，感叹自己如同流下山的陇头水一样，远离故土，四处漂泊，孤身到此旷野。二章写朝发夕至，行役艰辛，何况北地酷寒，"寒不能语，舌卷入喉"，造语出奇。第三章以陇头水的"呜声呜咽"起兴，呼应上章"寒不能语"，仿佛流水替"寒不能语"的行人"呜咽"出声。"遥望秦川，肝肠断绝"，直抒胸臆，写出思乡情痛。

上面是对唐以前边塞诗的一个简要回顾。从《诗经》到汉乐府《饮马长城窟行》，再到北朝民歌《陇头歌辞》，这是一个民间文学的传统。建安文人陈琳、曹植，以及西晋刘琨等人，接续了汉乐府的传统，创作出像《饮马长城窟行》《白马篇》《扶风歌》这样的边塞诗。金代大诗人元好问《论诗》绝句说："曹刘坐啸虎生风，四海无人角两雄。可惜并州刘越石，不教横槊建安中。"元好问这里赞美的正是以上述边塞诗作为代表的雄壮诗风。

二

初唐的边塞诗，最著名的作品是杨炯《从军行》，抒写士大夫立功边陲的壮士豪情：

> 烽火照西京，心中自不平。
> 牙璋辞凤阙，铁骑绕龙城。
> 雪暗凋旗画，风多杂鼓声。
> 宁为百夫长，胜作一书生！

杨炯是初唐四杰之一，也是四杰之中，唯一得善终的。他的仕途比较平顺，不那么戏剧化。十岁应神童举，待制弘文馆。二十七岁应制举，补秘书省校书郎。和他同岁的王勃，在这一年溺水而亡。杨炯最后做到盈川令，后世称杨盈川，文集名《杨盈川集》。诗歌创作方面，他和王勃一样长于五律。我们今天要读的《从军行》，也是一首五律。"烽火照西京"，犹鲍照"烽火入咸阳"，写出战事的急迫，引出慷慨从军的主题。"牙璋"是玉质的兵符，分两块，相合之处凹凸相连，叫作牙，分别掌握在朝廷和主帅手中，调兵时以此为凭。"烽火"两句概括力极强：上句是将帅手持兵符辞别帝都（凤阙），下句就已经率领着铁骑围困敌营（龙城），读来有风驰电掣、势如破竹之感。而且以流水对出之，对偶精严，音调坚实，有金石之声。"雪暗"两句，承"铁骑绕龙城"而来，写攻战的激烈：大雪纷飞，天地暗沉，红旗上的彩画脱色黯淡，阵阵呼啸的风声中，夹杂着鼓角之声。这一联有声有色，富于画面感，后来杜甫诗"落日照大旗，马鸣风萧萧"（《后出塞五首》其二），可与争胜。李贺《雁门太守行》"半卷红旗临易水，霜重鼓寒声不起"两句，亦隐然由此脱化而出。末二句抒写弃笔从戎的志向："宁作百夫长，胜作一书生！"这个主题，在中唐诗人李贺《南园》诗中也有表现："寻章摘句老雕虫，晓月当帘挂玉弓。不见年年辽海上，文章何处哭秋风。"一律诗，一绝句，风格各异。

唐代的边塞诗创作，成果主要集中在盛唐，脍炙人口的名篇佳作很多。例如王之涣《凉州词》，抒写征人戍边的愁怨：

黄河远上白云间，一片孤城万仞山。
羌笛何须怨杨柳，春风不度玉门关。

"黄河远上白云间"，让我们想到李白"君不见黄河之水天上来"，都是形容黄河上游的地势很高。相较而言，李白之句更为豪放。但作为绝句的开头，"黄河远上白云间"显然更合适。因为绝句的开头，往往都是为后两句作铺垫。这首诗的开头两句，从征人的眼底写出，首先看到的是仿佛从云端挂落的黄河，接着走近万仞高山中的一座孤城——凉州（在今甘肃武威）。此种莽莽苍苍的景象很容易让征人心头兴起一种怀乡的愁怨，此刻如果吹笛，自然也是满怀愁怨的。下两句借笛曲名来生色，在唐诗中是一种常见的表现手法，如王昌龄"更吹横笛《关山月》，无那金闺万里愁"（《从军行》），李益"天山雪后海风寒，横笛遍吹《行路难》"（《从军北征》）。王之涣这首《凉州词》，大约作于早春，故就《折杨柳》曲来抒写边怨。李白《塞下曲》"笛中闻折柳，春色未曾看"，与此同一机杼。后两句是倒装，大意是说，由此再往西行到玉门关（在今甘肃省敦煌市西，是当时凉州的最西境）外，那里更加遥远，简直连春风都吹不到，杨柳都不生长了，羌笛再怨也无济于事，又何必再吹呢？正如程千帆、沈祖棻《古诗今选》所评："曲中之柳犹可闻，关外之柳不可见，层层深入，极尽征戍离别之情。"这样的写法是很宛曲的。盛唐人芮挺章编次的《国秀集》，选录了王之涣这一首：

> 一片孤城万仞山，黄河直上白云间。
> 羌笛何须怨杨柳，春光不度玉门关。

文字与今本出入较大，其中"黄河远上白云间"，作"黄河直上白云间"。中唐人薛用弱的笔记小说《集异记》所载旗亭画壁故事中，歌女所唱王之涣本篇，已经是"黄河远上白云间"，整首诗也与今本相同，元代辛文房《唐才子传》、清人编《全唐诗》皆沿用之。北宋编《文苑英华》《乐府诗集》《唐诗纪事》及明人《万首唐人绝句》，都作"黄沙直上白云间"。唐人诗是通过写本流传的，"沙"与"河"、"直"与"远"，如果书作行草，字形相近，容易误认。就目前所掌握的文献而言，以"黄河直上"为最早，但是否就是王之涣的原作，也难以断定。至于"黄沙直上"与"黄河远上"，究竟哪一个更接近原作，也不容易说清楚。就句论句，则"黄河远上白云间"更有气势。因此后来的选本，多作"黄河远上"，所以"黄河远上白云间"更流行。这是很有意思的。诗歌史上，类似的例子不少，如陶渊明《饮酒》诗"采菊东篱下，悠然见南山"，"悠然见南山"，也作"悠然望南山"，但"望南山"不如"见南山"，后者"境与意会"（苏轼《东坡题跋》卷二），能传写诗人之性情。所以今天流行的，也仍是"悠然见南山"。再比如李白《静夜思》，宋本作"床前看月光，疑是地上霜。举头望山月，低头思故乡。"今天则写作："床前明月光，疑是地上霜。举头望明月，低头思故乡。"这样的变化，主要是在长期的流传中造成的，其中一些重要的唐诗选本，会影响到诗歌的流传的接受。当然，也有学者认为，作"黄沙直上"更好。如蔡义江《绝句三百首》就是如此。他认为这首诗是诗人身在玉门关时实地创作的，黄河离玉门关很远，不可能望到。"黄沙直上白云间"是实景，写出了孤城玉门关的荒凉僻远。诗人处此绝域孤城，听到哀怨的笛曲《折杨柳》，于是勾起无限关山离别之愁。如此整首诗才浑然一体。

王昌龄《出塞》则是对征人怨的追问：

秦时明月汉时关，万里长征人未还。
但使卢城飞将在，不教胡马度阴山。

这首诗被明代诗论家李攀龙誉为唐人七绝压卷之作。首句互文见义，意思是秦汉的明月，秦汉的关塞。第三句"卢城"，一作"龙城"，程千帆、沈祖棻《古今诗选》认为："龙城是匈奴单于祭神的地方，李广不可能驻守在那里。""李广屡次打败匈奴，匈奴非常怕他，称他为'汉之飞将军'。他当时是右北平太守。右北平在唐朝为北平郡，治卢龙县，故称之为卢城飞将。"其说可从。这首诗风格极为雄浑。前两句寥寥十四个字，将从秦汉到唐代的征戍之苦都涵纳进去了：自秦汉以来，明月就照着防备胡人的关塞了，直到现在，长征万里之外的人还没有回家，胡马依旧度过阴山南下。写古今征人之怨，可谓极矣！后两句则是对现实的叩问：为什么征人总不能归家，为什么胡人总能南下？答案是：将帅无能！当然，写诗不能如此直白，七绝尤其讲究风神摇曳，一唱三叹。所以诗人既没有问，也不平铺直叙，而是用了一个假设：如果有像李广这样的飞将军镇守卢城，就绝不会使胡人的兵马入侵阴山以南。

王昌龄擅长用七绝来写边塞，其《从军行七首》，几乎首首都是精品：

烽火城西百尺楼，黄昏独坐海风秋。
更吹横笛《关山月》，无那金闺万里愁。

（其一）

琵琶起舞换新声，总是关山旧别情。
撩乱边愁弹不尽，高高秋月照长城。

（其二）

青海长云暗雪山，孤城遥望玉门关。
黄沙百战穿金甲，不破楼兰终不还。

（其四）

"烽火城"（设有烽火台的边城）点出边地。百尺楼形容楼高，李白《夜宿山寺》有"危楼高百尺，手可摘星辰"之句。前两句写景壮逸：秋日黄昏，独坐于城西的高楼上，长风从青海湖上吹来。后两句抒情，将边地和闺中两处对照着来写：征人独坐在高楼上，吹奏笛曲《关山月》；闺中独守的妻子，此刻也在万里之外发愁。"无那"（无奈之意）二字，看似说"闺中"，实则从上句一贯而下，还是说征人。《关山月》是述边塞之苦的名曲，"更吹横笛《关山月》"，由壮转悲，一旦念及万里之外的闺中，多少无可奈何，情调更加凄楚。"琵琶起舞"这一首，从军中歌舞作乐的场景写起：弹起琵琶，跳起舞，琵琶又换了新曲调；不变的，是曲中所唱，总是往日关山离别时的愁苦。后两句是进一层说：弹不完的边地愁恨，已经令人难以承受；

更何况明月高悬，照临长城。"高高秋月照长城"，犹李白"夜悬明镜青天上，独照长门宫里人"（《长门怨》），即景抒情，所谓以不写写之，为抒情之最上乘。"青海长云"这一首，开头二句写将士极目所见，渲染战争的气氛：青海湖上，阴云笼罩，积雪的祁连山也因此而黯淡。从青海湖遥望（实际望不到，只是想象），玉门关只是一座孤城。班超出使西域日久，曾上表朝廷说："臣不敢望到酒泉郡，但愿生入玉门关。"（《汉书·班超传》）所以"孤城遥望玉门关"，还包含着将士希望从绝域生还之意。由"黄沙百战穿金甲"，可见战事之频繁、自然环境之恶劣，也可见从军日久，连身上的金属铠甲都被磨穿了。楼兰为西域诸国之一，曾与汉争战，故地在今新疆罗布泊西，唐代已不存，此处代指与唐在西北为敌的少数民族势力。汉代名将霍去病曾对汉武帝说："匈奴未灭，无以家为也。"（《汉书·霍去病传》）"不破楼兰终不还"本此。沈德潜《唐诗别裁集》说："末句作豪语看亦可，然作归期无日看，倍有意味。"作豪语看，则从第三句到第四句，情调转为高昂：虽然经历百战，铠甲磨破，仍要为国破敌，才肯还家。这样，整首诗是在第四句转折。另外一种读法，则从第三句到第四句，情调转为激愤：身经百战，铠甲磨破，但不破楼兰，终无还家之日，当老死于边地矣。这样，整首诗是在第三句就开始转，前两句思归，后两句归期无日。

李白《关山月》写边塞之景和征夫思妇之情：

明月出天山，苍茫云海间。
长风几万里，吹度玉门关。
汉下白登道，胡窥青海湾。
由来征战地，不见有人还。

> 戍客望边色，思归多苦颜。
> 高楼当此夜，叹息未应闲。

《关山月》是乐府旧题。在李白之前，陈后主与徐陵、周鸿正等人都写过，其中徐陵之作对李白这首有直接的影响。为方便比较，先将徐陵《关山月》抄录如下：

> 关山三五月，客子忆秦川。
> 思妇高楼上，当窗应未眠。
> 星旗映疏勒，云阵上祁连。
> 战气今如此，从军复几年。

李白之作当然远胜徐陵，尤其前四句以景语起，境界宏阔，笔法飘逸，非李白不能道。明月初升，云海苍茫，长风万里，吹越关山，如此宏阔之景象，而以天山（即祁连山）、玉门关点染，正缴足题面"关山月"三字，暗点边塞的主题。中间四句是正面着题。汉高祖曾经在白登道（今山西大同）与匈奴交战，被围困七天七夜。青海湾即青海湖，唐与吐蕃曾在此多次交战。白登道、青海湾，即"由来征战地"。"由来征战地，不见有人还"，犹王翰《凉州词》"古来征战几人回"之意，但后者是七绝的最后一句，以议论出之，其语豪放；而李白这首是五古，措辞平和，反觉沉痛。总括前八句之意，犹王昌龄"秦时明月汉时关，万里长征人未还"，但风格各异，可谓各擅胜场。末四句写征戍之苦，尤其末联从思妇高楼长叹，写出征戍之苦，最为蕴藉。

上述初盛唐边塞诗，无一不是乐府旧题，并且多出于横吹曲辞和鼓吹曲辞，音节慷慨悲壮。就体裁而言，则是七绝为主，五古、五律都有名篇。总的来说，盛唐边塞诗植根于汉魏六朝的乐府传统，又多采用七绝，故总体上具有一种歌调的性质，风格雄浑，最具盛唐之音。盛唐边塞诗的作者很多，其中有两位因为以善于写边塞诗著称，甚至被称为边塞诗人，这就是高适和岑参。下面我们分别予以介绍。

三

高适（700—765）[①]，字达夫，渤海郡蓨（tiáo）（今河北景县）人。少时家道贫寒。开元九年（721年）西游长安，次年寓居梁宋近二十年。他自言"二十解书剑，西游长安城。举头望君门，屈指取公卿。"（《别韦参军》）开元二十三年，他入长安应制举，但没有成功。天宝三载（744年）秋，高适与李杜相见，三人"论交入酒垆"（杜甫《遣怀》），在孟诸泽夜猎，流连于单（shàn）父（今山东单县南）的宓子贱琴台，颇为相得。又到大梁（战国魏都，在今河南开封县），与李杜酒酣登梁孝王吹台，慷慨怀古，所谓"气酣登吹台，怀古视平芜"（杜甫《遣怀》）。高适集中有《宋中别周李梁三子》，据闻一多《少陵先生年谱会笺》，疑"李"即李白："李侯怀英雄，骯（kǎng）脏（zǎng）乃天资。方寸且无间，衣冠当在斯。俱为千里游，忽念两乡辞。且见壮心在，莫嗟携手迟。"这一年高适年四十五，李白四十四岁，杜甫三十三岁。天宝五载夏，他到齐州（今济南）拜会李邕，

---

① 此从周勋初《高适年谱》、佘正松《高适研究》之说。

时李杜还在齐鲁，三人再聚，杜甫晚年追忆"汶上相逢年颇多，飞腾无那故人何"（《奉寄高常侍》），指的正是这次聚会。不久，李白南下吴越，杜甫西奔长安。此别之后，高适和杜甫还于安史乱中在蜀中重聚，与李白再未相见。总之，高适在中第之前，大抵过着任侠、漫游和隐居的生活，所谓"五十无产业，心轻百万资。屠酤亦与群，不问君是谁。饮酒或垂钓，狂歌兼咏诗。焉知汉高士，莫识越鸥夷"（李颀《赠别高三十五》）。

天宝八载（749年），高适由宋州刺史张九皋荐举，试有道科，颜真卿又作四言诗数百字，"遍呈当代群英"（高适《奉寄平原颜太守》诗序），为他吹嘘。这次高适终于中第，这年他已经五十岁了。当时右相李林甫擅权，薄于文雅，看他也就是一个普通的举子，所以仅授封丘尉。高适很不得意，他在任上所写的《封丘作》诗中说："只言小邑无所为，公门百事皆有期。拜迎官长心欲碎，鞭挞黎庶令人悲。"他感到痛苦和厌倦，于是在天宝十一载（752年）秋弃官，西至长安。

弃官的第二年，高适入河西节度使哥舒翰幕府任掌书记，很受重用，曾随哥舒翰入朝，哥舒翰还在玄宗面前称赞他。安史之乱爆发，高适随哥舒翰镇守潼关。不久潼关失守，哥舒翰被帐下的将领火拔归仁擒拿，投降了叛军。高适西奔长安，建议玄宗将皇帝私库里的金银财宝拿出来招募死士抗贼，不被玄宗采纳。玄宗仓皇西逃，高适又从小道追赶，在河池（今陕西凤州）赶上玄宗，并上《陈潼关败亡形势疏》，负气敢言，得到玄宗嘉许，寻迁侍御史。玄宗用房琯之策，以诸王分镇，高适切谏不可，玄宗不听。这些建议，表明高适在政治上是有远见的。永王璘奉命出镇江陵，不久擅自引兵东下，图谋割据东南，高适在肃宗召问时，又陈说江东利害，预言璘必败，于是拜官淮南节度使、扬州大都督府长史，与淮西节度使来瑱、江东节度使韦陟在安陆誓师，共同讨璘，这一年他五十七岁。八年之间，从一个县尉做到了节度使这样的方面大员，可以说得上是际会风云、飞黄腾达了。故史传称"有唐已来，诗人之达者，唯适而已。"（《旧唐书·高适传》）次年二月，永王璘果然兵败。高适又催促河南节度使贺兰进明等人救援困守睢阳的张巡、许远，不听。十月，高适接任河南节度使，立刻领兵驰援，可惜晚了，睢阳已失陷三日。就在这时，李白被系于浔阳（今江西九江）狱中，有位秀才张孟熊到广陵（今扬州）来见高适，献平乱之策，李白作了一首诗，叫《送张秀才谒高中丞》，流露出希望高适施以援手之意。但高适此时因敢言为李辅国所恶，被贬为太子少詹事，已经自顾不暇了。后来又授彭州刺史、蜀州刺史、剑南西川节度使，召还长安后，任刑部侍郎，进位封渤海县侯。年六十六病逝，赠礼部尚书，谥曰忠。"男儿生世间，及壮当封侯"（杜甫《后出塞》）是很多唐代诗人的理想，但真正实现的，唯高适而已。

高适一生中，曾经两赴蓟北（开元十九年"单车入燕赵"，天宝十载"北使经大寒"），一赴河西（天宝十一载入哥舒翰幕府），对军旅生活有着丰富的切身感受。他的边塞诗，以反映现实的深、广著称，与岑参并称"高岑"。代表作《燕歌行》对边塞生活的艺术再现，就是以他首次赴蓟北的三年边塞生活为基础的。《燕歌行》是唐代边塞诗的名篇，诗前有小序说：

开元二十六年①，客有从御史大夫张公出塞而还者，作《燕歌行》以示适。感征戍之事，因而和焉。

---

① "开元二十六年"，北宋初编定的总集《文苑英华》作"开元十六年"。

也就是说，开元二十六年（738年），有一位张守珪的幕客从张守珪出塞而还，写了一首《燕歌行》，出示给高适（当时寓居于梁宋，即今开封地区）看，内容不详，但总与张守珪用兵边塞有关系。高适"感征戍之事"，因此酬和，写下了下面这首《燕歌行》：

汉家烟尘在东北，汉将辞家破残贼。
男儿本自重横行，天子非常赐颜色。

（韵一）

摐金伐鼓下榆关，旌旆逶迤碣石间。
校尉羽书飞瀚海，单于猎火照狼山。

（韵二）

山川萧条极边土，胡骑凭陵杂风雨。
战士军前半死生，美人帐下犹歌舞。

（韵三）

大漠穷秋塞草腓，孤城落日斗兵稀。
身当恩遇常轻敌，力尽关山未解围。

（韵四）

铁衣远戍辛勤久，玉箸应啼别离后。
少妇城南欲断肠，征人蓟北空回首。

（韵五）

边庭飘飖那可度，绝域苍茫更何有？
杀气三时作阵云，寒声一夜传刁斗。

（韵六）

相看白刃血纷纷，死节从来岂顾勋？
君不见沙场征战苦，至今犹忆李将军！

（韵七）

既然是酬和张守珪幕客所作的《燕歌行》，高适又明言他酬和的动机和主题是"感征戍之事"，那么，高适这首和作中的"征戍之事"，如果我们将它理解为张守珪的"征戍之事"，应该大体是不错的。根据《旧唐书·张守珪传》，张守珪开元初在北庭都护、金山道副大总管郭虔瓘幕下效力，此后"转幽州良社府果毅"①，开元十五年（727年）临危受命瓜州刺史，以空城计退吐蕃有功，被任命为新设的瓜州都督，一直在西北军中效力。开元二十一年（733年）方从西北调离，转任幽州刺史。高适诗开头说"汉家烟尘在东北"，诗中所指战事必在开元二十一年以后。其具体所指，当是由张守珪指挥的平定东北契丹可突干之乱的一场大战，这是张守珪一生功业之所在。对此《旧唐书·张守珪传》有详述：

> 先是，契丹及奚连年为边患，契丹衙官可突干骁勇有谋略，颇为夷人所伏。赵含章、薛楚玉等前后为幽州长史，竟不能拒。及守珪到官，频出击之，每战皆捷。契丹首领屈剌与可突干恐惧，遣使诈降。守珪察知其伪，遣管记右卫骑曹王悔诣其部落就谋之。悔至屈剌帐，贼徒初无降意，乃移其营帐渐向西北，密遣使引突厥，将杀悔以叛。会契

---

① 《旧唐书·张守珪传》，"幽州"作"幽州"，此据王京阳《以唐〈张守珪墓志〉校订两〈唐书·张守珪传〉一段传文记载的失误》，载赵振华主编《洛阳出土墓志研究文集》，朝华出版社，2002年，第168页。

丹别帅李过折与可突干争权不叶，悔潜诱之，夜斩屈刺、可突干，尽诛其党，率余烬以降。守珪因出师次于紫蒙川，大阅军实，宴赏将士，传屈刺、可突干等首于东都，枭于天津桥之南。诏封李过折为北平王，使统其众，寻为可突干余党所杀。二十三年春，守珪诣东都献捷，会籍田礼毕酺宴，便为守珪饮至之礼，上赋诗以褒美之。廷拜守珪为辅国大将军、右羽林大将军、兼御史大夫，余官并如故。仍赐杂彩一千匹及金银器物等，与二子官，仍诏于幽州立碑以纪功赏。

开元中期以前，唐与东北边疆的奚和契丹一直友好相处。后契丹可突干杀胁酋长，引发内乱，并于开元十八年率契丹并胁迫奚人降突厥，在突厥的支持下不断南下侵掠，幽蓟边境战事大起。开元二十年三月，新安王李祎受命将兵，大败可突干，迫其远遁，旋即奉命班师。明年闰三月，"可突干又来抄掠。幽州长史薛楚玉遣副将郭英杰、吴克勤、邬知义、罗守忠率精骑万人，并领降奚之众追击之……大败，知义、守忠率麾下遁归，英杰、克勤没于阵，其下六千余人，尽为贼所杀"（《旧唐书·契丹传》）。高适《自蓟北归》"五将已深入，前军止半回"两句，正指薛楚玉与四名副将讨贼不利、士卒被杀过半之事。① 联系上下文，高适当时亦在蓟北，但请缨无路，不久即北归。直到开元二十二年底，可突干被幽州刺史张守珪诛杀，此乱才基本平息。高适开元十九年（731年）秋"单车入燕赵"（《酬裴员外以诗代书》），曾献诗给新安王李祎及幕下诸公，诗中说"直道常兼济，微才独弃捐。曳裾诚已矣，投笔尚凄然"（《信安王幕府

---

① 佘正松《高适研究》，巴蜀书社，1992年，第26页。

诗》），表达了想要入幕从军的愿望，无果。但他并没有立刻离开，而是等到五将之败后方怏怏离开，可见他对东北这场战事是何等关注，他想要投身幕府、立功边陲的愿望又是何等热切。也正因为有这样一段经历，他对东北边事的深刻认识，也非一般文人的泛泛之论。了解了上述历史背景和高适早年"单车入燕赵"的经历，我们才能理解小序中特别交代"客有从御史大夫张公出塞而还者，作《燕歌行》以示适。感征戍之事，因而和焉"的深意。

《燕歌行》开头四句，正是用张守珪平定东北可突干之役，来彰显张守珪的赫赫军功。"汉家烟尘在东北，汉将辞家破残贼"，从东北烟尘一笔写到汉将破贼。三四句，"男儿本自重横行"，赞张守珪能征善战；"天子非常赐颜色"，则是说朝廷不吝封赏。史载，张守珪平定可突干之后，玄宗特为赋诗褒美，拜官赐物，荫官于子，立碑纪赏，称得上是"天子非常赐颜色"。对张守珪的封赏，当时还有这样一个插曲。据《新唐书·张九龄传》，玄宗原本想封他为侍中，也就是宰相，为张九龄所谏止。张九龄说："宰相代天治物，有其人然后授，不可以赏功。国家之败，由官邪也。"玄宗退而求其次，问"假其名若何？"意思是就让他挂个名。张九龄奏对："名器不可假也。有如平东北二房，陛下何以加之？"玄宗接受了张九龄的劝谏。安禄山也是张守珪的部下，以讨伐奚、契丹败，张守珪执送京师，张九龄署其状曰"守珪法行于军，禄山不容免死"（《新唐书·张九龄传》）。玄宗不听，赦免安禄山，后遂有禄山之乱。所以张守珪这两件事，直接关系到开元吏治。朝廷重军功，所以"边亭流血成海水，武皇开边意未已。君不闻汉家山东二百州，千村万落生荆杞"（杜甫《兵车行》），滥赏武人，藩镇坐大，虚耗国帑，由此埋下安史之乱的隐患。安史之乱不过是这些矛盾激化后的总爆发。所以高适

"天子非常赐颜色"，可以说是暗有褒贬。

唐人咏边塞之事，往往借汉代为名，这也是文学中的一种习惯做法。诗中的地名，也一律用汉代地名。"摐（chuāng）金伐鼓"两句，写大军出征，鸣金击鼓，途经碣石，奔赴榆关前线。榆关是山海关的古称，据说秦时大将蒙恬奉秦始皇之命北伐匈奴时，在此关植榆为塞，榆关之名由此而来。碣石（在今河北昌黎县北），汉末曹操征乌桓时曾到此。"校尉羽书"两句，是说从瀚海来的军情文书告急，单于的铁骑已经抵达狼山。瀚海，即苏武牧羊之北海，霍去病击匈奴，登临瀚海而还。唐司马贞《史记索隐》引崔浩之说："北海名，群鸟之所解羽，故云瀚海。"① 狼山，指狼居胥山（谭其骧《中国历史地图集》标其于外蒙古肯特山南段），汉代大将霍去病曾穿越沙漠，在此大破匈奴，封山而还。元封元年（公元前110年），汉武帝亲率铁骑十八万出塞，驻军单于台。匈奴慑于汉朝的赫赫军威，竟然避不敢战，最后只得北迁到瀚海（今俄罗斯贝加尔湖），多年不敢南犯中原。所谓"犯强汉者，虽远必诛"！（《汉书·陈汤传》）"校尉羽书飞瀚海，单于猎火照狼山"，或暗用上述典故，以霍去病比张守珪，用来歌颂唐朝的强大。由榆关、碣石、瀚海、狼山四个地名所在的位置看，都呼应前面的"汉家烟尘在东北"，可见诗人用思之严密，而都是和少数民族的战争，和唐代的时事相呼应。前八句，写汉家天威，声势十分壮大。

中间八句，是对战士们在恶劣的自然环境和势均力敌的军事力量对比下拼死力战的描写。山川萧条，北方的水土不如南方温润；胡骑凭陵，善于骑射的少数民族军队来势汹汹，如同暴风骤雨。而

---

① 汉以后人称沙漠为瀚海，周祈《名义考》："以沙飞若浪，人马相失若沉，视海犹然，非真有水之海也。"唐代指蒙古高原大漠以北直至准噶尔盆地的地区。

在我军内部，上下苦乐不均，战士损伤过半，主将营中依然有美人歌舞。"战士军前半死生，美人帐下犹歌舞"一联，宜注意虚字的用法，其中暗含褒贬。"大漠穷秋塞草腓（féi）"两句，是说到了秋天，边草枯黄，正利于会猎，到黄昏才双方收兵。"穷秋"即深秋，指农历九月。腓，草木枯萎。"身当恩遇"句，指的是主将虽然受朝廷重恩，却总是掉以轻心，和前面"美人帐下"句呼应，所以才会有战士们"力尽关山未解围"的后果，又呼应前面的"战士军前半死生"，可谓环环相扣。

"少妇城南欲断肠"以下八句，写征人思妇之思，这是乐府古题《燕歌行》的传统内容。吴兢《乐府古题要解》所谓"言时序迁换，而行役不归，佳人怨旷，无所诉也"。男子"铁衣远戍辛勤久"，思念在家中的妻室，并想象妻子在和自己分别之后常常垂泪，这两句是从男子的角度着眼。"少妇""征人"二句，女子城南遥望，将欲断肠；男子蓟北相思，空自回首，两路夹写，如同电影里的蒙太奇镜头。下面仍是男子的视角：边庭飘摇，千里万里，目光怎能穿透？所以是"空回首"，眼前除了茫茫的绝域——大漠黄沙之外，更是一无所有。"更何有"，一作"无所有"，意思相同，但前者语气更强烈。"杀气三时作阵云"一联是描写边塞上随时都有战争，"三时"见《左传·桓公六年》："有谓民三时不害，而民各年丰也。"春、夏、秋是耕桑的季节，古人作战一定选择冬季，可以不妨碍生产，而且容易征召兵士。"阵云"是某一种状态的云，据说出现了这种云，就预兆着会发生战争，因为这种云是"杀气蒸腾而成"。现在说春、夏、秋三时都有阵云，可知终年都有战事，浓厚的杀气凝结在云层之上。开元、天宝年间，唐朝对突厥、回纥、吐蕃连年有战争，此句是虚中带实。"寒声一夜传刁斗"，寒冷的夜晚传来声声的刁斗之声，极写军旅生活的孤独和单调,男子的思乡之情可感。刁斗,军中白天用来做饭、夜晚用来打更的铜器,有把,形似三角锅,能容斗米,故云刁斗。

末二句"君不见沙场征战苦,至今犹忆李将军",仍回到战争的主题。思归不得,唯有效死疆场。战死疆场是为国死节,不是为了贪功受赏。然而,毕竟"沙场征战苦",驱使无数人民去"暴骨无全躯"(陈子昂《感遇三十八首》其三),显非上策。因此,归根结底,最好还是有一位像李牧或者李广那样的将军,驻守边塞,以守备为本,既不让敌人侵入,又不至于发生战争。联系开元二十七年(739年)张守珪虚报军功之事刚刚败露,则开元二十六年(738年)"客"诗中所言,或许正好就是不为世人所知的"妄奏"之事,所以高适深感痛恨,诗中"美人帐下犹歌舞""死节从来岂顾勋",都是暗讽张守珪,甚是清楚。最后一句,更是直接说他不如汉代名将,能够既捍御强敌又厚待士卒。按之史实,战士"至今犹忆李将军",背后的深意,就不难体会了。据《旧唐书·高适传》,他曾揭发在西北战事中朝廷派出的监军太监与将领相互勾结,饮酒作乐,不恤军务,而普通战士却于盛夏季节苦战前线,食不果腹的惨况,可见他对此种情况十分愤慨,在诗歌中加以表现,感慨也极为深沉。开元二十七年(739年)《出塞》诗:

东出卢龙塞,浩然客思孤。
亭堠列万里,汉兵犹备胡。
边尘涨北溟,虏骑正南驱。
转斗岂长策,和亲非远图。
惟昔李将军,按节出皇都。

> 总戎扫大漠，一战擒单于。
> 常怀感激心，愿效纵横谟。
> 倚剑欲谁语，关河空郁纡。

其中的思想和情感是颇为相似的，可以参看。

这首诗一共用了七个韵，每韵形式上都是一首绝句。第二、四、七韵押的是平韵，其余都是仄韵。每四句押三个韵脚。第四韵"大漠穷秋塞草腓"，"腓"一作"衰"，但"衰"属四支韵，"腓"和"稀""围"同属五微韵，所以还是应该作"腓"。第六韵"边庭飘飖那可度"，"度"字与下面的"有""斗"一般不通押，不过直到今天有些地方的方言读它也还是押韵的。

这是一首歌行体的乐府诗，但从句式、用韵和粘对的角度看来，形式上好像是七首绝句的缀合。（"君不见"的"君"字可以看作衬字。）每四句表达一个完整的意思，这种结构是比较少见的。

四

杜甫最早把高适和岑参并称为"高岑"。他在寄给两人的诗中说："高岑殊缓步，沈鲍得同行。意惬关飞动，篇终接混茫。"（《寄彭州高三十五使君适、虢州岑二十七长史参三十韵》）此后，文学史上一直沿用此称呼，并将二人并列为盛唐边塞诗人的代表。高岑的诗风，共同的特点是慷慨悲壮。相较而言，高适浑厚，岑诗奇峭；高善言情，岑善写景；高多自然，岑主奇变。这方面，古今诗论家多有注意。如宋人严羽《沧浪诗话》说："高岑之诗悲壮，读之使人感激。"明人胡震亨《唐音癸签》说："高适诗尚质主理，岑参诗尚巧主景。"清人王士禛说："高悲壮而厚，岑奇逸而峭。"(《师友诗传续录》)高适的诗歌理想是力追建安，远溯骚雅，故诗中常有像"缘情韵骚雅"(《和贺兰判官望北海作》)、"隐轸经济策，纵横建安作"(《淇上酬薛据兼寄郭微》)、"周旋梁宋间，感激建安时"(《宋中别周李梁三子》)这样的表述。建安诗的特点是"不求纤密之巧，唯取昭晰之能"(刘勰《文心雕龙·明诗》)，高适的诗歌也不事雕琢，语言简洁劲健，有一种浑朴之美。相较而言，岑参则受鲍照、何逊等南朝诗歌的影响较为明显，有一种奇丽之美。

　　岑参（715—770），南阳（今河南南阳）人。他出身于宰相门第，对此他自己是引以为豪的，自言"国家六叶，吾门三相"。曾祖岑文本是太宗朝宰相，文采出众，"为国之翰，斯文在兹"(《感旧赋》)：少年时作《莲花赋》，下笔便成，由是知名；又曾献《藉田颂》《三元颂》，文辞甚美；任中书舍人时，遇到事情多，一人口授，让六七个书童在旁同时写录，一会儿全部处理完毕。岑参出色的文学才华，可能也有家族方面的原因。伯祖岑长倩，在高宗、武后时期为相，因为反对立武承嗣为太子而被问斩，五个儿子同日赐死。岑参在肃宗朝被誉为"识度清远，议论雅正"(杜甫《为补遗荐岑参状》)，任右补阙时"频上封章，指述权佞"(杜确《岑嘉州诗集序》)，可说是有乃祖之风。从伯岑羲在中宗、睿宗两朝为相，武三思用事，朝廷欲削诸武的王位，岑羲草诏，"辞甚切直"(《旧唐书·岑羲传》)。后来因为依附太平公主被杀，籍没其家，亲族放逐略尽。所以岑参出生时，已是家道中落，父亲做过州刺史，在岑参十余岁时去世，只留下一些祖产，所以岑参在青少年时代还能隐居于别业，从兄受业，过着"逍遥自得意，鼓腹醉中游"(《南溪别业》)的生活。

岑参天宝三载（744年）进士及第，时年二十九。天宝八载，安西镇节度使高仙芝入朝，表授右威卫录事参军，充节度使掌书记。岑参赴安西（天宝时都护府在龟兹，今新疆库车县），开始了他的从军生涯。他第一次横绝莫贺碛，经过西州蒲昌（今新疆鄯善）火焰山，足迹几遍天山南麓，写下了许多边塞诗。天宝十载暮春，岑参随高仙芝出任武威太守、河西节度使，不久兵败于大食（唐以来对阿拉伯帝国的称呼），同年秋又随高仙芝还朝，结束了前后三年的从军生涯。

天宝十三载，朝廷任命安西节度使封常清权北庭都护、瀚海军使，封常清表奏岑参为大理评事（正八品上）摄监察御史，充安西北庭节度判官（位在掌书记之上）。两人是高仙芝幕府中的旧僚，彼此熟悉。于是岑参再次赴边，来到天山北麓的北庭都护府（治庭州，在今新疆吉木萨尔）。这一次宾主相得，岑参的心情是颇为振奋的，诗中说"自逐定远侯，亦着短后衣。近来能走马，不弱并州儿"（《北庭西郊候封大夫受降回军献上》）。天宝十四载十一月，封常清入朝奏事。值安禄山叛，封常清请战，被玄宗任命为范阳平卢节度使兼御史大夫，令募兵三万讨叛。十二月，封常清力战不能胜，与高仙芝退守潼关，以宦官边令诚谗，两人同日被杀。

封常清入朝前，任命岑参为安西北庭支度副使，李栖筠（李吉甫之父）为行军司马。天宝十五载（756年）六月，玄宗西奔，长安沦陷，肃宗在灵武即位。年底，岑参从北庭东奔行在，此时杜甫任左拾遗，表荐岑参为右补阙（从七品上），十月随肃宗还京。但"圣朝无阙事，自觉谏书稀"（《寄左省杜二拾遗》），他的这个谏官做得并不如意，不久就改起居舍人（从六品上），不再有向朝廷建言的权责了。四月底为虢州长史（正六品上），被赶出朝堂。又被派到华州

（今陕西华县）充关西节度判官。代宗时，官至嘉州刺史。为西川节度使杜鸿渐所器重，奏请以岑参为从事，杜鸿渐还朝后，岑参终老于蜀中，年五十五。

岑参在封常清北庭幕府中的时间并不长，但创作热情高涨，集中像《轮台歌》《走马川行》《白雪歌》《火山云歌》《热海行》等名篇都作于此时。"诗一出，人人传写。戎夷蛮貊，莫不讽诵"（杜确《岑嘉州集序》），可说是风靡一时。《白雪歌送武判官归京》尤其脍炙人口。诗歌的写作背景，是幕中同僚武判官回京，都护府设宴送行。仲秋八月，西北的庭州已经下起了大雪，岑参触景生情，在别筵上写下了这首诗：

> 北风卷地白草折，胡天八月即飞雪。
> 忽如一夜春风来，千树万树梨花开。
> 散入珠帘湿罗幕，狐裘不暖锦衾薄。
> 将军角弓不得控，都护铁衣冷难著。
> 瀚海阑干百丈冰，愁云惨淡万里凝。
> 中军置酒饮归客，胡琴琵琶与羌笛。
> 纷纷暮雪下辕门，风掣红旗冻不翻。
> 轮台东门送君去，去时雪满天山路。
> 山回路转不见君，雪上空留马行处。

这首诗前十句都是围绕雪来写，缴足题面"白雪歌"三字。"北风"句，一起飒爽。塞外风大，劲可折草，"凉秋八月萧关道，北风吹断天山草"（《胡笳歌送颜真卿使赴河陇》），九月连石头都吹走，"轮台九月风夜吼，一川碎石大如斗，随风满地石乱走"（《走马川行奉送出师西征》)。塞外苦寒，八月飞雪的奇景，在诗人的眼中，恍若一夜之间春风吹来，千万树梨花盛开。

杜甫说"岑参兄弟皆好奇"(《渼陂行》)，殷璠《河岳英灵集》说"岑诗语奇体峻，意亦造奇"，杜确说他"迥拔孤秀，出于常情"，还真是这样。前人常常将梨花比作白雪，如萧子显"洛阳梨花落如雪"(《燕歌行》)、李白"柳色黄金嫩，梨花白雪香"(《宫中行乐词》)，岑参却反过来将白雪比作梨花，别开生面，可谓平中见奇。当然，以花喻雪，前人也不是没有，如何逊与范云联句(一题作范云《别诗》)"洛阳城东西，却作经年别。昔去雪如花，今来花似雪。"后两句从"昔我往矣，杨柳依依；今我来思，雨雪霏霏"翻出，措辞颇为新巧，但无岑参此二句之奇丽，转瞬之间，竟将北国万里雪飘的酷寒之景，幻化为春风中万树梨花盛开的春光。无论是"瀚海阑干百丈冰"的极寒，还是"飞鸟千里不敢来"(《火山云歌送别》)的酷热，诗人都能感到一种奇趣，故能一扫塞外苦寒的常调。将他的边塞诗与"羌笛何须怨杨柳，春风不度玉门关"(王之涣《出塞》)对读，更能体会所谓"奇才奇气，奇情逸发，令人心神一快"(方东树《昭昧詹言》评"忽如"六句)。在另外一首《天山雪歌送萧治归京》中，诗人笔下的天山大雪："天山有雪常不开，千峰万岭雪崔嵬。北风夜卷赤亭口，一夜天山雪更厚。能兼汉月照银山，复逐胡风过铁关。"千峰万岭，银山崔嵬，明月生辉，上下照耀，也是诗中少有的奇丽之景。末二句"雪中何以赠君别，唯有青青松树枝"，和王维"渭城朝雨浥轻尘，客舍青青柳色新"相比，别有一种英风侠气。

"将军"四句，则从边地将士的眼中写出：天寒地冻，将军的弓拉不开，都护的铁甲也穿不上身。唐代有北庭大都护，是西北边防的统帅。大海上坚冰纵横，厚达百丈，天空中冻云黯淡，绵亘万里。

"瀚海",即"翰海",也就是苏武牧羊的北海,意思是北方的大湖。这里指古金山,即"地极高寒,虽酷暑,雪不消"的雪山。① 写法与《天山雪歌送萧治归京》"晻霭寒氛万里凝,阑干阴崖千丈冰。将军狐裘卧不暖,都护宝刀冻欲断"同一机杼,但更为流走。

"中军置酒饮归客"以下八句,转到送行之事,即题面"送武判官归京"。古代的军队编制,多分为左、中、右三军,"中军"是主帅驻地,这里指封常清幕府;"归客"即归京的武判官。"中军置酒饮归客",宾主兼顾,很自然地转入送别主题。"胡琴琵琶与羌笛",见出宴会上音乐歌舞的热闹,而且都是胡乐,也是当时军中的实况。"纷纷暮雪下辕门",写出欢宴将终,辕门(军营的正门)外大雪纷飞,红旗在风中也因冻结而不能翻展,写景入画。唐初虞世南有"霜旗冻不翻"(《出塞》)之句,岑参此句或由此脱化而出,加一"掣"字,更加鲜明生动。岑参另有"葱山夜雪扑旌竿"(《献封大夫破播仙凯歌六首》其二)之句,相比之下,就寻常得多了。"轮台东门",点出送别之地,在轮台县东门外。末四句叙述送别时的情景:送武判官离开的时候,天山(即祁连山,匈奴人呼天为祁连)下的大路已为积雪所封,行人沿着山路前行,转一个弯就看不见了,只在雪地上留下清晰的马蹄印。"一切景语皆情语",行人已经看不见了,诗人还久久地立在雪中不忍离去,可见惜别的情意。这种写法和李白"孤帆远影碧空尽,唯见长江天际流"是一样的,都是不言情而情意自永。

《白雪歌》相传是黄帝时的琴曲。根据宋玉《对楚王问》,当时有客在郢中歌《阳春》《白雪》,"国中属而和者不过数人而已"。可

---

① 孙映逵《岑参诗传》,中州古籍出版社,1989年,第216页。

知当时能唱此曲的人很少。唐高宗显庆二年（657年），太常寺乐官取帝所作雪诗，依旧传琴曲制谱，成《白雪歌》曲进呈。岑参此诗歌咏边塞雪景，即以"白雪歌"为题，是借用乐府曲名，不是自创题目；下文"送武判官归京"才是诗题。

第六讲 送别

骊歌声声

∽ ∾

"黯然销魂者，唯别而已矣！"（江淹《别赋》）离别总是令人伤怀。尤其是在古代，山川阻隔，音讯难通，朋友之间，往往一别数年，终身不复相见的也不在少数。所以，古人对于离别是很重视的，往往长亭相送，临别赠诗，依依难舍。"离群托诗以怨"（钟嵘《诗品序》），送别诗的主题，总以抒写离情别意为主。

送别诗的传统，最早可以追溯到《诗经·邶风·燕燕》："燕燕于飞，差池其羽。之子于归，远送于野。瞻望弗及，泣涕如雨。"这首诗被视作千古送别诗之祖。魏晋南北朝时期，随着文人诗的兴起，临别赠诗的风气渐兴，出现了一些名篇，如阴铿《江津送刘光禄不及》、何逊《与胡兴安夜别》等，以及像"夜雨滴空阶，晓灯暗离室"（何逊《从镇江州与游故别诗》）这样脍炙人口的名句。

唐代疆域辽阔，社会发展，在安史之乱前，百姓的生活是比较安乐的，"九州道路无豺虎，远行不劳吉日出"（杜甫《忆昔二首》其二）。士大夫勇于进取，在没有取得功名之前，往往到处漫游，饱览河山，结交朋友。所以唐代的送别诗创作格外繁荣，给后世留下无数名篇，至今犹广为流传。

一

王勃（650—676）是"初唐四杰"之一。四杰中，王勃的文学成就是最高的。他和杨炯同一年出生，但只活了27岁，和晚唐的李贺一样，都是天才早逝的诗人。

王勃出身名门，祖父是隋末大儒王通，我们在第三讲田园中介绍过的诗人王绩是他的叔祖。王勃自幼颖悟，六岁就能写出一手漂亮的文章，不到二十岁就应幽素举得第，后为沛王府修撰，很得沛王李贤的看重。诸王斗鸡，互有胜负，王勃戏作了一篇《檄英王鸡》。英王李显和李贤都是武则天所出，李贤后来被立为太子，不过这时王勃早已离开沛王府。李贤被废后，李显也被立为太子，先后两次即位，为中宗，这已经是王勃死后的事了。高宗看了王勃这篇檄文，很不高兴，认为王勃居心不良，有挑拨诸王之间兄弟关系的嫌疑，斥令出府。后来补虢州参军，王勃又"恃才傲物，为同僚所嫉"，有官奴曹达犯罪，王勃先是藏匿他，后来惧怕事情泄露，又杀他灭口。事情暴露，依法当诛，正好遇朝廷赦令，免死除名，父亲王福畤也被连累，贬为交趾令。上元三年（676年），王勃去交趾省亲，渡海时不慎溺水而死，年仅二十七岁。他的名作《滕王阁序》，就是在去交趾省亲时途经南昌所作。当时阎都督在滕王阁大宴宾客，想让自己的女婿出出风头，准备好了纸笔，遍请宾客，大家都推让，只有王勃年少气盛，慨然不辞。阎都督怒，起更衣，让小吏将王勃之文逐句报来，刚开始还讥笑是老生常谈，等听到"落霞与孤鹜齐飞，秋水共长天一色"，不由得动容，称赞道："此真天才，当垂不朽矣！"（王定保《唐摭言》卷五）于是出来见客，宾主极欢而罢。这篇《滕王阁序》也成为千古名篇。

《送杜少府之任蜀川》是王勃诗歌的代表作，也是唐代送别诗的名篇：

> 城阙辅三秦，风烟望五津。
> 与君离别意，同是宦游人。
> 海内存知己，天涯若比邻。
> 无为在歧路，儿女共沾巾。

首二句写目中所见，交代了双方的地理位置，点出离别。城，指长安城。宫门前的望楼叫阙。三秦，泛指今陕西一带，项羽灭秦，分秦国为雍、塞、翟三国，故称三秦。五津，指蜀中长江从湔（jiān）堰（即宋代的都江堰，也称金堤，《水经注》言"水旱从人，世号陆海"）到犍（qián）为（今四川乐山市犍为县）一段，有白华津、万里津、江首津、涉头津、江南津，合称五津，这里泛指蜀川，也是杜少府将要前往之地。首二句描写望中所见，"壮阔精整"（高步瀛《唐宋诗举要》引吴北江语），景中含情。长安宫阙为辽阔的三秦之地所拱卫，更显气势雄伟；自长安遥望蜀川，视线为迷蒙的风烟所遮挡，更觉路途遥远，蜀道险峻。次联平平写来，也关合彼我：我和你一样充满了离情别意，同样是奔波于仕途的客子，点出离别的原因。

五六句写出朋友之间神交的情谊，"凭空挺起，是大家笔力"（吴北江语），虽是日常勉励之常语，一入诗笔，则成名句。其实此二句的诗意从曹植《赠白马王彪》"丈夫志四海，万里犹比邻。恩爱苟不亏，在远分日亲。何必同衾帱，然后展殷勤"化出，也兼得陶诗"情通万里外，形迹滞江山"（《答庞参军》）之意，后世"两情若是久长时,又岂在朝朝暮暮"(秦观《鹊桥仙》)也渊源自此。最后以勉励作结:大丈夫自有雄心壮志,不必以离合为念,像小儿女一样,在离别的路口泪洒衣襟。

这首诗的特色,首先是在艺术手法上,突破了南朝送别诗以景写情的常调,直接以情语入诗。比如我们在第四讲山水中引述过的何逊《相送》诗:"客心已百念,孤游重千里。江暗雨欲来,浪白风初起。"全篇都是景语,而用"客心""孤游"等字面点染,在风雨欲来的氛围中,烘托出一个情感的高潮。而王勃这首则不然,通篇直抒胸臆。所以胡应麟《诗薮·内编卷四》说:"唐初五言律惟王勃'送送多穷路'、'城阙辅三秦'等作,终篇不著景物,而兴象婉然,气骨苍然。实首启盛、中妙境。"其次,就格调而言,也摆脱了南朝离别诗愁云惨雾的常调,写黯然离别之情而能出之以达语,读之令人耳目一新。所以唐人送别诗,往往首选本篇,因为它体现了唐人送别诗全新的风貌。

二

盛唐的送别诗,如果要推举一首在当代知名度最高的,大家首先想到的,或许就是王维这首《送元二使安西》:

渭城朝雨浥轻尘,客舍青青柳色新。
劝君更尽一杯酒,西出阳关无故人。

这首诗历来脍炙人口,被推为盛唐绝句之冠(胡应麟《诗薮·内编卷六》)、"千古绝调"(高棅《唐诗正声》),甚至被推为唐人绝句"第一"(《唐诗选脉会通评林》)、绝句"古今第一"(刘辰翁《王孟诗评》)。当然,也有不同意见,比如明代前七子的领袖李攀龙就以"秦时明月汉时关"(王昌龄《出塞》)为盛唐七绝"压卷",清人王士禛《唐人万首绝句选凡例》以为不公,将"王维之《渭城》、李白之《白帝》、王昌龄之'奉帚平明'、王之涣之'黄河远上'四首并列第一"。这个座次究竟该怎么排,这里暂不讨论。但由此可见,王维这首送别诗确实是盛唐七绝中数一数二的名篇,而且在王维的时代就已经被奏入管弦,历代传唱,至今还在演奏《阳关三叠》古琴曲。

这首诗为送别友人元二所作。唐人从长安往西,都于渭城送别。首句写出送别的时地:春日朝雨中,渭城的一家客舍(旅馆)。"渭城朝雨浥轻尘",这是一个雨后的清晨,轻尘不飞。出门在外,总有许多辛苦,冲风冒雪,风尘仆仆,所以古人在诗歌中,常常以"缁尘""风尘""征尘"来形容旅途奔波之苦,如谢朓"谁能久京洛,缁尘染素衣"(《酬王晋安德元》)、江总"太息关山月,风尘客子衣"(《遇长安使寄裴尚书》)、陆游"衣上征尘杂酒痕,远游无处不销魂"(《剑门道中遇微雨》)等都是。王维从送别时的小雨写起,细雨湿尘,就像是老天也在怜惜友人的辛苦。次句"客舍青青柳色新",承首句"朝雨"而来,写出早春雨中之景,扑面而来的是生意勃发的春色。而柳谐音"留",唐人有折柳送别的习俗,故"柳色新"三字,已伏离情。隋代无名氏《送别》诗:"杨柳青青著地垂,杨花漫漫搅天飞。柳条折尽花飞尽,借问行人归不归。"可见这种风俗,其来久矣。前面两句,看似只是寻常写景,仔细体会,"渭城""客舍""柳"等意象,构建了一个典型的送别场景,为下文的直抒胸臆,埋下了伏笔。

"劝君更尽一杯酒，西出阳关无故人"，仿佛冲口而出，自然朴素，而惜别之情深长。从诗题看，元二出使的目的地是安西都护府（治所在龟兹，今新疆库车县），距离阳关（在今敦煌县西南七十公里的"古董滩"，是古代通往西域的要道）尚有近一千公里。唐代阳关在沙州寿昌县西十里，向东北至玉门关之间有七十里的长城相连。班超出使西域，上表朝廷说："臣不敢望到酒泉郡，但愿生入玉门关。"（《汉书·班超传》）所以王之涣《出塞》诗说"羌笛何须怨杨柳，春风不度玉门关"。元二出使安西，和当年班超出使西域，虽然使命不尽相同，但征行万里，这一点是相同的。阳关在玉门关以西，到达阳关之后再往西，也就是"西出阳关"之后，再往西要近一千公里才能抵达安西都护府。所以这一句"西出阳关无故人"，虽然是出于揣想，揆之以当时之情景，又是极为写实的，惜别之情，友朋之谊，都在其中了。

这首诗收入宋人郭茂倩《乐府诗集·近代曲辞二》，名《渭城曲》。郭茂倩说：

> 《渭城》一曰《阳关》，王维之所作也。本《送人使安西》诗，后遂被于歌。刘禹锡《与歌者诗》云："旧人唯有何戡在，更与殷勤唱渭城。"白居易《对酒诗》云："相逢且莫推辞醉，听唱阳关第四声。"阳关第四声，即"劝君更尽一杯酒，西出阳关无故人"也。《渭城》《阳关》之名，盖因辞云。

可见《送元二使安西》谱曲后，称作《渭城曲》或《阳关曲》，中唐刘禹锡、白居易的时代还传唱甚广。李商隐《赠歌伎》诗说："红绽樱桃含白雪，断肠声里唱《阳关》。"陈陶《西川座上听金五云唱歌》云："愿持卮酒更唱歌，歌是《伊州》第三遍。唱著右丞征戍词，更闻闰月添相思。"金五云所唱的"右丞征戍词"，就是《阳关》曲。李商隐卒于大中十二年（858年），陈陶约会昌（841—846）、大中（847—860）时在世，可见此曲直到唐末还流行。苏轼有一段关于《阳关三叠》的议论，说的正是《渭城曲》具体的唱法：

> 旧传阳关三叠，然今歌者，每句再叠而已，通一首言之，又是四叠。皆非是。或每句三唱，以应三叠之说，则丛然无复节奏。余在密州，有文勋长官，以事至密，自云得古本阳关，其声宛转凄断，不类向之所闻，每句皆再唱，而第一句不叠。乃唐本三叠盖如此。及在黄州，偶读乐天《对酒》诗云："相逢且莫推辞醉，新唱阳关第四声。"注："第四声：'劝君更尽一杯酒。'"以此验之，若第一句叠，则此句为第五声矣，今为第四声，则第一不叠审矣。（苏轼《记阳关第四声》）

可见在宋代，《渭城曲》已经有数种不同的唱法了。今所见古琴曲《阳关三叠》，是据琴歌改编而成。最早载有《阳关三叠》琴歌的，是明代弘治四年（1491年）刊印的《浙音释字琴谱》。而流行的曲谱原载于明代《发明琴谱》（1530年），后经改编载录于清代张鹤所编的《琴学入门》（1876年）。今人龚一所演奏《阳关三叠》曲，在网络上有视频，听之铮铮然有金石声，虽然不是盛唐旧音，犹可借此想象其声情。

三

在唐人赠行诗篇中，那些凄清缠绵、低徊留连的作品，固然感人至深，如王维的《渭城曲》；但另外一种慷慨悲歌、出自肺腑的诗作，也以它的真诚与信念，在灞桥柳色与渭城风雨之外，别具豪放慷慨之美。高适的《别董大二首》（其一），便是后一种风格的佳篇：

千里黄云白日曛，北风吹雁雪纷纷。
莫愁前路无知己，天下谁人不识君！

这首诗送别的对象，或说是董庭兰，他在兄弟中排行第一，故称"董大"。董庭兰是玄宗时代著名的琴师，早年从凤州参军陈怀古学得当时著名的"沈家声""祝家声"。他能用古琴演奏汉代名曲《胡笳十八拍》，并且超越了前人的成就。《乐府诗集·琴曲歌辞·胡笳十八拍》说：

唐刘商《胡笳曲序》曰："蔡文姬善琴，能为《离鸾别鹤之操》。胡虏犯中原，为胡人所掠，入番为王后，王甚重之。武帝与邕有旧，敕大将军赎以归汉。胡人思慕文姬，乃卷芦叶为吹笳，奏哀怨之音。后董生以琴写胡笳声为十八拍，今之《胡笳弄》是也。"《琴集》曰："大胡笳十八拍，小胡笳十九拍，并蔡琰作。"按蔡翼《琴曲》有大小胡笳十八拍。沈辽集世名流家声小胡笳，又有契声一拍，共十九拍，谓之祝家声。

他还整理了《胡笳》琴谱，声望超过了沈、祝两家，成为当时最负盛名的古琴演奏家。中唐诗人元稹称赞他"哀笳慢指董家本"（《小胡笳引》），明人朱权《神奇秘谱》中收录他的《颐真》《大胡笳》《小胡笳》三曲，并说他"以琴写胡笳声，为大、小《胡笳》是也"，总之，是一位了不起的古琴家。

董庭兰早年一直在陇西山村中生活，薛易简说他"不事王侯，散发林壑者六十载"（朱长文《琴史》）。天宝末，得到宰相房琯的赏遇，为其门下清客。《旧唐书·房琯传》云：

> 琯又多称病，不时朝谒，于政事简惰。时议以两京陷贼，车驾出次外郊，天下人心惴恐。当主忧臣辱之际，此时琯为宰相，略无匡懈之意，但与庶子刘秩、谏议李揖、何忌等高谈虚论，说释氏因果、老子虚无而已。此外，则听董庭兰弹琴，大招集琴客筵宴。朝官往往因庭兰以见琯，自是亦大招纳货贿，奸赃颇甚。颜真卿时为大夫，弹何忌不孝，琯既党何忌，遽托以酒醉入朝，贬为西平郡司马。宪司又奏弹董庭兰招纳货贿，琯入朝自诉，上叱出之，因归私第，不敢预人事。谏议大夫张镐上疏，言琯大臣，门客受赃，不宜见累。

这件事，历来有些争论。如北宋朱长文《琴史》就根据薛易简对董庭兰的推许，疑心董庭兰受贿之事，乃出于房琯政敌的诬陷之辞，清初钱谦益《钱注杜诗》也说："薛易简以琴待诏翰林，在天宝中，与子美同时人，其言必信。"不论索贿之事，房琯与董庭兰的知己之情确实是始终如一的。所以晚唐崔珏《席间咏琴客》诗云："七条弦上五音寒，此艺知音自古难。惟有河南房次律，始终怜得董庭兰。"盛唐诗人李颀有一首《听董大弹胡笳声兼寄语弄房给事》，这样形容董大弹奏的胡笳曲："董夫子，通神明，深山窃听来妖精。言迟更速皆应手，将往复旋如有情。空山百鸟散还合，万里浮云阴且晴。嘶酸雏雁失群夜，断绝胡儿恋母声。川为静其波，鸟亦罢其鸣。乌孙部落家乡远，逻娑沙尘哀怨生。幽音变调忽飘洒，长风吹林雨堕瓦。迸泉飒飒飞木末，野鹿呦呦走堂下。"描写了他卓绝的技艺。

《别董大二首》其二说："六翮飘飖私自怜，一离京洛十余年。丈夫贫贱应未足，今日相逢无酒钱。"可见此时不仅董庭兰尚未得房琯知遇，高适也尚未得第。两人都怀瑾握瑜，却困居乡野，不免惺惺相惜。此际送别，是很容易发为消沉之调的。但高适并不因此而气馁，而是以开朗的胸襟瞭望前程，用豪迈之词弹奏出激昂慷慨的调子，慰藉中寄寓希望，激励友人，勉励自己，因而给人一种满怀信心和力量的感觉。"天下谁人不识君"之"君"，固然指董庭兰，但也可以泛指普天下的才士。

首二句写景，纯用白描。北风呼啸，黄云千里，遮天蔽日。黄云，即雪云，形容云有将雪之色，所以吴伯箫在散文《早》中，才有"深冬，酿雪的天气"这样的句子。"白日曛"，形容在彤云笼罩之下的白天，如同黄昏一样昏暗，突出浓重的雪意。景色如此昏暗，烘托出诗人离别时沉重的心情。次句写雪景：在纷纷扬扬的大雪之中，一只离群的大雁，正顶风冒雪，向温暖的南方飞去。"只言啼鸟堪求侣，无那春风欲送行。"（高适《夜别韦司士得城字》）孤雁独飞，更兴离情。

末二句抒情，直抒胸臆，而情调却为之一转，从低沉一变而为高昂，令读者精神为之一振。"莫愁前路无知己，天下谁人不识君！"

诗意略同于高适另一首诗中的"莫怨他乡暂离别，知君到处有逢迎"（《夜别韦司士得城字》），而以知己之感出之，格调又自不同，包含着盛唐诗人特有的"天生我才必有用"（李白《将进酒》）的强烈自信。杜甫《宾至》"岂有文章惊海内，漫劳车马驻江干"，也包含这个意思。此去你不要担心遇不到知己，天下哪个不知道你董庭兰啊！既然你的知交满天下，就不必为暂时的离别而伤怀，前行的路上将处处有知己的赏爱。这样的知己之感，从初唐王勃的"天涯若比邻"，到盛唐高适的"天下谁人不识君"，乃是从达观到自信的迈进，正是唐人特有的昂扬的精神风貌的体现，体现了典型的盛唐气象。

四

盛唐的送别诗，说了王维，说了高适，怎能不说李白呢？李白送别的名篇很多。其中最知名的，要数这首《黄鹤楼送孟浩然之广陵》：

> 故人西辞黄鹤楼，烟花三月下扬州。
> 孤帆远影碧空尽，惟见长江天际流。

黄鹤楼故址在今湖北武昌县蛇山黄鹄矶上，下临长江。古代传说仙人王子安曾经乘黄鹤经过这里，又传说费文祎在这里驾鹤登仙而去，故而得名黄鹤楼。烟花，形容春天花柳明媚、云气氤氲的景象。"下扬州"，自黄鹤楼去扬州是顺流而下，故云。且"下"字自有一种潇洒的风情，有一种"腰缠十万贯，骑鹤下扬州"的放达风流。

这首诗作于开元十六年。诗中称孟浩然为"故人"，说明李白和孟浩然在此前已经结识。两位大诗人初识于何时何地呢？詹锳《李白诗文系年》以及安旗、薛天纬《李白年谱》，都认为他们初识于开元十四年（李白出峡的第二年）的襄阳。孟浩然在开元十六年去长安应举之前，基本都在故乡襄阳一带活动。两人在襄阳相遇，并同游金陵。李白《游溧阳北湖亭望瓦屋山怀古赠同旅》（一作《赠孟浩然》）末二句说："与君拂衣去，万里同翱翔。"揣摩语气，相交颇为投契。他们都热爱自然，喜欢游历山水。李白是"五岳寻仙不辞远，一生好入名山游"（《庐山谣寄卢侍御虚舟》），孟浩然"挂席几千里，名山都未逢"（《晚泊浔阳望庐山》），也是为寻访名山胜水，不惮千里路遥。又都有隐居的经历，孟浩然早年隐居鹿门山，与僧道交游颇多；李白曾隐居竹溪，又到处求仙访道。李白出峡之后，"酒隐安陆，蹉跎十年"，安陆距离襄阳不远，来往方便，两人想必交游颇多，交情也很深厚。

这首诗前两句，是围绕着"故人"也就是孟浩然来写的，纯用白描：故人辞别黄鹤楼，在"江南草长，杂花生树"（丘迟《与陈伯之书》）的暮春三月，驾一叶孤帆，顺流东下，前往扬州。后二句抒情，却以景语出之，情中含情，极为含蓄：只见天际孤帆一叶，在视野中渐行渐远，最后连帆影都消失在碧空之中，只有江水静静地流往天际。行人已远，送行的人仍伫立远望，惜别之情，不写而自见。清人吴烶《唐诗选胜直解》就说："孤帆远影，以目送也；长江天际，以心送也。极浅极深，极淡极浓，真仙笔也。"俞陛云《诗境浅说续编》也说："襄阳此行，江程迢递，太白临江送别，怅望依依，帆影尽而离心不尽。十四字中，正复深情无限。"这种以眼前景寄离别情的方法，本为六朝人所擅长，如梁代诗人阴铿《江津送刘光禄不及》诗就有"鼓声随听绝，帆势与云邻"这样的诗句，机杼与此相同。李白可能受到阴铿的启发，但无论写景之形象，还是抒情之饱满，都非阴铿可比。而风格飘逸，境界高远，更是典型的盛唐气象。所以《唐宋诗醇》盛赞此诗"语近情遥，有'手挥五弦，目送归鸿'之妙"。

唐人的送别诗，盛唐以前以五言见长，盛唐以后以七言取胜。李白却是无所不有，五律送别如《送友人》：

> 青山横北郭，白水绕东城。
> 此地一为别，孤蓬万里征。
> 浮云游子意，落日故人情。
> 挥手自兹去，萧萧班马鸣。

起联"青山横北郭，白水绕东城"，青山横斜，白水萦绕，不仅写别地风景如画，且能在山水风景中见出萦回不去的离情别绪，妙在不露痕迹。此种飘逸传神之笔墨，孟浩然"绿树村边合，青山郭外斜"有之。明代高启"白下有山皆绕郭，清明无客不思家"（《清明呈馆中诸公》）似亦由太白此联脱化而出，写客中思家之意，可以对读。

"此地一为别，孤蓬万里征"，以万里征行的孤蓬比喻漂泊无定的孤客，读之使人不乐。孤蓬，犹"转蓬""飞蓬"，随风飘转的蓬草。汉魏曹植《杂诗》云："转蓬离本根，飘飘长随风。何意回飙举，吹我入云中。高高上无极，天路安可穷。类此游客子，捐躯远从戎。"前四句一气直下，又如冲口而出，极为浑成。

"浮云游子意，落日故人情"，接前两句，进一步抒写双方的离别之情。浮云、落日，直取眼前之景，兼为离别写照。盖"浮云"和"孤蓬"一样，也常用来形容客子的漂泊无依，如曹丕《杂诗》：

> 西北有浮云，亭亭如车盖。
> 惜哉时不遇，适与飘风会。
> 吹我东南行，南行至吴会。
> ……

就是取被飘风从西北吹到东南吴会的"浮云"之象，来比喻不由自主地辗转漂泊的客子。"落日故人情"，落日黄昏，正是归家之时，其奈故人要独自离开，其黯然销魂之情，可以知矣！"故人"即旧交，《黄鹤楼送孟浩然之广陵》诗以"故人"指孟浩然，则这一首中的"故人"，指的应该是诗题中的"友人"。所以这一联，主要是代朋友抒写漂泊之感、离别之情的。李白自出峡之后，再未归乡，于他而言，每一次送友人离开，都是客中送客，所以诗中的"浮云"之意，"落日"之情，也兼有自己的漂泊之感，不必强为分别。

最后以"挥手自兹去，萧萧班马鸣"作结，马鸣萧萧，传响无穷，适可与送孟浩然之"孤帆远影碧空尽，唯见长江天际流"对读，一听觉，一视觉，不言情而情自无限，唯太白能之！

李白歌行体送别也有名篇，如《宣州谢朓楼饯别校书叔云》：

> 弃我去者昨日之日不可留，
> 乱我心者今日之日多烦忧。
> 长风万里送秋雁，对此可以酣高楼。
> 蓬莱文章建安骨，中间小谢又清发。

俱怀逸兴壮思飞，欲上青天揽明月。
抽刀断水水更流，举杯销愁愁更愁。
人生在世不称意，明朝散发弄扁舟。

诗题中的"谢朓楼"，乃南齐诗人谢朓在宣城任太守时所建，唐代时改名为叠嶂楼，也称为谢公楼。李白虽然批评南朝诗歌"自从建安来，绮丽不足珍"（《古风五十九首》其一），但对于大谢（谢灵运）和小谢（谢朓）都极为倾倒。这首诗送别的李云，又是在朝廷的秘书省担任校书郎的，所以诗中对古今文章，颇发了一通议论，并以诗歌"清发"的小谢自比。

这首诗的开头两句，造语奇特，钱志熙论云："开头两句破空而来，纯为浩歌之体。太白长句之格虽出鲍照，但鲍诗无此奇横。亦如陈子昂《登幽州台歌》，直抒其情，不计文字之工拙。此古人叹时运流逝之语，只是太白自以怀奇才而不得酬，言之更加激荡，并无别种特殊之寄托。"古人感叹时光流逝，颇多隽句，如曹子建《赠徐干》"惊风飘白日，光景驰西流"之类。李白《古风五十九首》其十一开头两句"黄河走东溟，白日落西海"尚习汉魏，到"逝川与流光，飘忽不相待。春容舍我去，秋发已衰改"，则已是自家体段。"弃我去者"，正"不相待""舍我去"之意，而句法之跌宕过之，称得上是"发唱惊挺"（萧子显《南齐书·文学传论》评鲍照诗之语）。

"长风万里送秋雁，对此可以酣高楼"，承前叹时之意，并点出送别的时令（秋天）和地点（谢朓楼），以及饯别这一主题（酣高楼）。《宋书·宗悫传》"（宗）悫年少时，（宗）炳问其志，悫曰：'愿乘长风破万里浪。'""长风万里"，似兼用此典，言对此长风万里，秋雁高飞之景，正男儿乘风破浪之时。此际离别，正宜同登高楼，酣饮沉醉。则"对此可以酣高楼"句中，又暗藏"饯别"这一主题，而以如此豪语出之，真可谓逸兴遄飞。

"蓬莱文章"两句，赞美叔云校书于蓬莱阁（对秘书省的美称），文章兼有建安风骨，并自比谢朓。蓬莱山是海上仙山，传说仙人典籍藏于此，东汉时遂称皇家藏书处东观为"道家蓬莱山"（《后汉书·窦章传》）。这首诗的题目一作《陪侍御叔华登楼歌》，因两《唐书》李华本传载其"天宝十一载迁监察御史"，诸家皆以为题当作《陪侍御叔华登楼歌》。以此句考之，本题其实不误，"校书叔云"不应该是另有其人。建安是东汉末献帝的年号，建安骨指建安时期曹操、曹丕、曹植父子及建安七子的诗歌所形成的遒劲刚健之风格。开元中叶以后的文场，翕然变古，章句大得建安之体。在李白的诗学思想中，建安风骨是盛唐诗歌取法的对象，所以李白以此语称赞叔云校书。"中间小谢又清发"，以清新俊发的小谢自比，自谦的同时也并不失身份。这是古人遣词造语的分寸。

"俱怀逸兴壮思飞，欲上青天揽明月"，是形容饯别之际叔侄二人文思俊发的。"欲上青天揽明月"，历来以为是壮语，钱志熙独以为是苦语，暗用曹操《短歌行》"明明如月，何时可掇，忧从中来，不可断绝"之意。"言我亦欲上青天，揽明月以消愁。然此计终不可得，故转作更加忧愁之语。昔孟德以明月不可掇以喻愿不获酬，我今亦志不获骋。"（《李白诗选》）此解甚是。不然，则下文突然转入"举杯消愁愁更愁"便嫌突兀。

"抽刀断水水更流，举杯消愁愁更愁"，真是"奇之又奇"之譬。以流水比喻愁绪，于李白诗中常有，如"请君试问东流水，别意与之谁短长"（《金陵酒肆留别》），奇的是以"抽刀断水水更流"，比喻"举杯消愁愁更愁"，可谓奇情妙语，千古无二。"举杯消愁愁更愁"，呼应"对此可以酣高楼",又回到饯别的主题。但此中之"愁",又非单一的离愁,更多才智之士不得世用之苦。诗人开篇说"今日之日多烦忧",既云"多烦忧",显然不限于离愁一种,而是有种种的"不称意"。

"人生在世不称意,明朝散发弄扁舟!"散发,意思是弃绝冠簪,形容狂放不羁。《后汉书·袁闳传》:"延熹末,党事将作,闳遂散发绝世,欲投迹深林。"也暗含弃世隐居之意。"弄扁舟",即孔子所谓"道不行,乘桴浮于海"(《论语·公冶长》)。也兼用《史记·货殖列传》范蠡助越王勾践复国之后"乃乘扁舟浮于江湖,变名易姓,适齐为鸱夷子皮,之陶为朱公"的故事。显然,诗人的"多烦忧""不称意",仍在仕途艰难。所以要舍去仕途,彻底摆脱种种苦恼。这当然是负气的话。李白终其一生都在追求济世救人的功业。

这是一首送别诗,但不是泛泛地抒写离愁别绪,而是在叙别伤离之际,俯仰今古,感慨人世,诗中所回荡着的,也就不是单一的离愁,而是诗人难以断绝的万古愁情!

五

盛唐诗人,有不少人才高位下,甚至含冤屈死,王昌龄就是这样。他在开元十五年(727年)进士中第,曾任江宁丞,又因事被贬为龙标尉,所以人称"王江宁""王龙标"。李白有一首绝句《闻王昌龄左迁龙标,遥有此寄》:"杨花落尽子规啼,闻道龙标过五溪。我寄愁心与明月,随风直到夜郎西。"就是听说他被贬谪的消息之后写的。安史之乱爆发,王昌龄回乡避乱,为刺史闾丘晓所忌而杀。

安史之乱中，张镐整兵河南，大集诸军，闾丘晓最后到，军法当诛，以亲老在堂为辞，请求饶恕。张镐说："王昌龄之亲，欲与谁养？"闾丘晓默然。《新唐书》载此事，可见王昌龄之死冤枉。

王昌龄是盛唐著名的诗人，尤擅七绝，可与李白争胜。在第一讲我们一起读过他的宫怨诗《长信秋词》《西宫春怨》，第五讲又读了他的边塞诗《出塞》《从军行》。今天我们要读的《芙蓉楼送辛渐》也是一首七绝：

寒雨连江夜入吴，平明送客楚山孤。

洛阳亲友如相问，一片冰心在玉壶。

芙蓉楼，原名西北楼，唐晋王李恭为润州刺史时改为芙蓉楼，遗址在今江苏镇江西北角，登楼可以俯瞰长江。润州地处吴、楚相争之境，因而此诗头两句"寒雨连江夜入吴，平明送客楚山孤"，虽然说的是吴江、楚山，实则互文见义，吴江也是楚江，楚山也是吴山。友人辛渐即将由润州渡江，取道扬州，北上洛阳。王昌龄当时正在江宁（今江苏南京）任职，陪同辛渐从江宁到润州，然后在此分手。临别在芙蓉楼上为他饯行，并写下这首诗。

原题共两首。第二首回顾头天晚上在芙蓉楼为辛渐饯别的情景："丹阳城南秋海阴，丹阳城北楚云深。高楼送客不能醉，寂寂寒江明月心。"本篇是第一首，写宴会次日早晨在江边离别的情景。这首诗没有像一般的送别诗那样，以抒写对友人的眷恋之情为主，而是着重表达自己的纯洁感情和高尚志向。这种写法，在送别诗中是很特殊的。联系《旧唐书》本传说他"不护细行"，屡遭贬谪的叙述，大约他被贬江宁丞也有一些不好的议论，所以诗人才会托回洛阳的辛渐特意表明心迹。王昌龄还写过一首《别辛渐》:"别馆萧条风雨寒,扁舟月色渡江看。酒酣不识关西道,却望春江云尚残。"也是寒雨连江之景,不知道是否作于同时。但两人的友情应该是极为深挚的。

前两句叙离别。"寒雨连江夜入吴,平明送客楚山孤",饯别的酒宴从夜至晓,时光的流逝中自见别情之依依。寒冷的夜雨,滔滔的江流,诗人的别情也如同这连江的夜雨,愁恨绵绵。离别之后,见江上楚山,亦觉孤伶,写山正是写人。

后两句设想友人归洛之景,表白自己的心迹。"洛阳亲友如相问,一片冰心在玉壶"二句,给人以冰清玉洁之感,表明自己高洁的志节。其中,"冰心"二字,见于《宋书》卷九十二:"冰心与贪流争激,霜情与晚节弥茂。"是刘宋时代"清平无私""为士民所爱咏"的良吏陆徽的话,王昌龄取用此二字,用来表达自己"厉志廉洁,历任恪勤,奉公尽诚,克己无倦"的志节与陆徽相同。"玉壶"二字,见于鲍照《代白头吟》"直如朱丝绳,清如玉壶冰",是心地高洁的象征。此外,陆机《汉高祖功臣颂》之"周苛慷慨,心若怀冰"、姚崇《冰壶诫序》之"夫洞澈无瑕,澄空见底,当官明白者,有类是乎。故内怀冰清,外涵玉润,此君子冰壶之德也",大致都是"不牵于宦情"之意。王昌龄借此含蓄地表达了自己的品格和德行,可谓别有怀抱。

王昌龄与高适、孟浩然、李白都是好朋友。他与高适、王之涣旗亭画壁的故事,见载于唐人薛用弱笔记《集异记》:

> 开元中,诗人王昌龄、高适、王之涣齐名。时风尘未偶,而游处略同,一日天寒微雪,三诗人共诣旗亭,贯酒小饮。忽有梨园伶官十数人登楼会宴,三诗人因避席隈

映,拥炉火以观焉。俄有妙妓四辈,寻续而至,奢华艳曳,都冶颇极。旋则奏乐,皆当时之名部也。昌龄等私相约曰:"我辈各擅诗名,每不自定其甲乙,今者可以密观诸伶新讴,若诗入歌词之多者,则为优矣。"俄而,一伶拊节而唱曰:"寒雨连江夜入吴,平明送客楚山孤。洛阳亲友如相问,一片冰心在玉壶。"昌龄则引手画壁曰:"一绝句。"寻又一伶讴之曰:"开箧泪沾臆,见君前日书。夜台何寂寞,犹是子云居。"适则引手画壁曰:"一绝句。"寻又一伶讴曰:"奉帚平明金殿开,暂将团扇共徘徊。玉颜不及寒鸦色,犹带昭阳日影来。"昌龄则又引手画壁曰:"一绝句。"之涣自以得名已久,因谓众人曰:"此辈皆潦倒乐官,所唱皆巴人下里之词耳,岂阳春白雪之曲,俗物敢近哉?"因指诸妓中紫衣貌最佳者曰:"待此子所唱,如非我诗,吾即终身不敢与诸子争衡矣。脱是吾诗,子等当须列拜床下,奉吾为师。"因欢笑俟之。须臾次至,双鬟发声,则曰:"黄河远上白云间,一片孤城万仞山。羌笛何须怨杨柳,春风不度玉门关。"之涣即与二子曰:"田舍奴,我岂妄哉!"因大谐笑。诸伶不喻其故,皆起诣曰:"不知诸君何此欢噱?"昌龄等因话其事,诸伶拜曰:"俗眼不识神仙,乞降清重,俯就筵席。"三子从之,饮醉竟日。

旗亭就是酒楼。这个故事的真实性,从明代起就有人提出怀疑。尤其是"开箧泪沾臆"四句,并非绝句,而是五古《哭单父梁九少府》的前四句。《乐府诗集·杂曲歌辞·梁州歌》录此曲,应该是当时伶人歌唱时从高适诗中截取的这四句。薛用弱在唐穆宗、文宗时担任过刺史,他记载的事实或许因流传而生讹误,但其中所反映的社会风气却是真实的。故事很生动地展现了盛唐诗歌与音乐的关系,即当时的乐工伶人常将五七言绝句(或从长诗中截取四句)奏入管弦,当时的诗人也以自己的诗歌在歌筵舞席中传唱为荣。由此亦可见,王昌龄这首七绝在当时是何等受人喜爱。

六

盛唐以后的送别诗,不复初盛唐的高昂之调。我们要讲的这一首,是中唐诗人刘长卿的《送灵澈上人》,是一首五言古绝:

> 苍苍竹林寺,杳杳钟声晚。
> 荷笠带夕阳,青山独归远。

这首诗送别的对象是一位叫灵澈的僧人。灵澈,俗家姓汤,字澄源,会稽(今浙江绍兴)人,自幼出家为僧,后从严维学诗,与僧皎然游,为时人所重。上人,是对僧人的尊称。竹林寺,一称"鹤林寺",在今江苏省镇江市南黄鹤山上。诗歌没有像一般的送别诗一样,抒写离情;而是紧扣灵澈的身份,在苍冷寂寞的环境描写中,凸现出一位隐士高洁的形象,同时也是对自己所选择的淡泊的人生道路的肯定。

前两句以"苍苍"和"杳杳"相对,叠字的运用,烘托出寺院的幽深和晚钟的悠远,山水若有灵,一定也在等待灵澈的归来。后两句炼字精确,"带"字似见斜阳随灵澈的身影移动,紧随而不舍,同时造成斜阳有情的错觉，似乎它也要来送灵澈一程。在满地斜阳，杳杳钟声中，那个背着斗笠归来的人，就是高僧灵澈。在青山斜阳中归来，这个"归"字，不但是归山，还是归隐，一语双关。

这首诗的写法，与柳宗元《江雪》"千山鸟飞绝，万径人踪灭。孤舟蓑笠翁，独钓寒江雪"一样，都是在一个广大的背景上聚焦人物，凸现人物的品格和自身的精神追求，而意境自别。

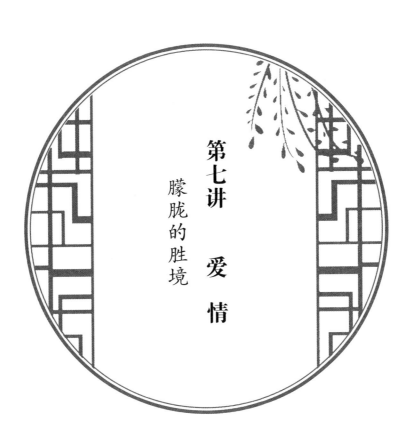

第七讲 爱情

朦胧的胜境

☙ ❧

爱情是人类所有情感中最变化莫测的一种，它有时宁静，如风和日丽的湖面，倒映着天光云影；有时又动荡，如波涛汹涌的大海，令日月无光。爱情可以折服世界上最勇敢的猛士，可以战胜最可怕的死亡。正如德国作家托马斯·曼在他的经典名著《魔山》中所说："是爱情——而非理性——比死亡更强大。"在古希腊，为了争夺海伦的爱，甚至引发了一场旷日持久的战争。而在古老的东方，对美人的过度宠爱，常被视作王朝衰亡的预兆。

爱情是人性的永恒主题，也是文学永恒的主题。英雄美人、才子佳人的爱情故事，永远是舞台上最受欢迎的剧目。古今中外，有无数讴歌爱情的名篇佳作流传。中国最古老的诗歌总集《诗经》的产生，与《荷马史诗》的问世差不多同时。《荷马史诗》讲述了海伦的故事，《诗经》中则收录了中国最古老的爱情诗篇。

一

《诗经》是中国诗歌的源头，也是中国爱情诗的渊薮。《诗经》中的爱情诗，大多抒写的是夫妇、男女的相思离别。汉代的儒生在解释《诗经》的时候，却往往将爱情图解为政治，这形成了一种强大的传统，直到宋代理学家朱熹加以重新阐释，这些诗歌才渐渐地恢复它们的本来面目。

《诗经》里的爱情诗，多存于《郑风》《卫风》，古人所谓"郑卫之音"。比如《郑风》中的《将仲子》篇，是女孩子对喜欢的人（仲子）的恳求：

> 将仲子兮，无逾我里，无折我树杞。岂敢爱之？
> 畏我父母。仲可怀也，父母之言亦可畏也。
> 将仲子兮，无逾我墙，无折我树桑。岂敢爱之？
> 畏我诸兄。仲可怀也，诸兄之言亦可畏也。
> 将仲子兮，无逾我园，无折我树檀。岂敢爱之？
> 畏人之多言。仲可怀也，人之多言亦可畏也。

古人五家为邻，五邻为里，二十五户人家为一里，每一里都有墙围着，有固定的出入口，以便于管理。这叫作坊里制，唐代还是如此。所以这首诗的第一章，用今天的话说就是：哎呀仲子，你不要跳我们小区的墙，你不要折断墙边的树杞（杞柳）枝，我哪里是舍不得树枝呢？是畏惧我的父母啊。仲子啊你让我怀思，父母要是问起来的话也可惧啊。"仲可怀也，父母之言亦可畏也"，这是将自己对仲子的喜爱坦荡荡地表达出来了，但是我们还得保密，免得父母说三道四。这个爱情故事里，有柳，有墙，还有男女的爱情。后来白居易《新乐府·井底引银瓶》诗，就由此敷衍出一个墙头马上的故事：

> 妾弄青梅凭短墙，君骑白马傍垂杨。
> 墙头马上遥相顾，一见知君即断肠。
> 知君断肠共君语，君指南山松柏树。
> 感君松柏化为心，暗合双鬟逐君去。

不过，《井底引银瓶》是一个始乱终弃的故事，我们只节引了自由恋爱的前半部分，后半部分因为"聘则为妻奔是妾"的社会观念，这个"暗合双鬟逐君去"的女子，不为公婆所容，终究还是被抛弃了。类似的故事在《卫风》里也有，《氓》就是一首类似的弃妇诗。

相爱时全心全意，失恋也不总是哭哭啼啼。我们看这一首《郑风·褰裳》：

> 子惠思我，褰裳涉溱。子不我思，岂无他人？
> 狂童之狂也且！
> 子惠思我，褰裳涉洧。子不我思，岂无他士？
> 狂童之狂也且！

这意思是说：你热恋我的时候，提起下裳跨过溱（zhēn）水来相会。你现在不想着我了，难道没有别人追求我吗？狂童啊真是狂妄无知！这比起后世主要由男性代言的哀怨的失恋诗，要有性格多了！相比之下，汉乐府《有所思》中，当抒情女主人公听说所思之人生出"它心"，她的反应就要激烈得多了：

> 有所思，乃在大海南。何用问遗君？双珠玳瑁簪。用玉绍缭之。闻君有它心，拉杂摧烧之。摧烧之，当风扬其灰。从今以往，勿复相思，相思与君绝。鸡鸣狗吠，兄嫂当知之。妃呼狶！秋风肃肃晨风飔，东方须臾高知之。

她将精心准备尚未送出的礼物"双珠玳瑁簪"拿出来，"拉杂摧烧之"以泄愤，这还不够，接着"当风扬其灰"，并且誓言"从今以后，勿复相思"。冷静下来以后,又生犹豫,最后以"东方须臾高(皓)知之"作结,意思是很快就天亮了,那时我就知道该怎么办了,很生动地展现出少女得知情变之后的复杂心理。

爱要专一,在《郑风·出其东门》里也有热烈的表白:

> 出其东门,有女如云。虽则如云,匪我思存。
> 缟衣綦巾,聊乐我员。
> 出其闉阇,有女如荼。虽则如荼,匪我思且。
> 缟衣茹藘,聊可与娱。

步出东门外,步出闉阇(yīndū,古代城门外瓮城的重门)外,少女多如天上的云朵。虽然少女多如云,不是我的心上人。我的心上人,她一身白衣青佩巾,我们相爱又相亲。这里头有一种找到意中人的安然与喜乐。南朝刘宋时,有一对男女相恋,男子相思而死,女子得知后,当男子棺木在华山畿经过女子家,棺木自开,女子歌唱,投棺殉情。所以乐府《华山畿》写专情,又别有一种天荒地老之感:"奈何许,天下人何限,慊(qiè)慊只为汝!"元稹"曾经沧海难为水,除却巫山不是云"(《离思五首》其四)也由此脱化而出,不过要平淡得多了。

爱情让人颠三倒四,魂不守舍,《诗经·周南·卷耳》这样歌唱:

> 采采卷耳,不盈顷筐。嗟我怀人,置彼周行。
> 陟彼崔嵬,我马虺隤。我姑酌彼金罍,维以不永怀。
> 陟彼高冈,我马玄黄。我姑酌彼兕觥,维以不永伤。
> 陟彼砠矣,我马瘏矣,我仆痡矣,云何吁矣。

采啊采啊采卷耳,半天不满一浅筐。啊我思念远行人,将筐放在大路旁。爱情让人神思不属,所以半天也采不满一筐。南朝陈西曲歌《拔蒲》有类似的歌唱:"朝发桂兰渚,昼息桑榆下。与君同拔蒲,竟日不成把。"和心爱的人一起,哪里有心思认真拔蒲呢?这是多么熟悉的生活场景,就像有同学在热恋中,一起去教室上自习,上了一整晚,书都没翻页。

爱是生死不渝,如汉乐府《上邪》:

> 上邪!我欲与君相知,长命无绝衰。山无陵,江水为竭,冬雷震震,夏雨雪,天地合,乃敢与君绝!

上天啊,我要与你相知相守,情义永不绝!除非山无陵,长江水枯竭,冬天雷声震震,夏天下雪,天地合在一起,才敢与你断绝!这五件事,每一件都是不可能发生之事。可这女孩子却说:要这五件不可能的事都发生,我才与你断情绝义。可以说,古往今来的爱情誓言,再也没有比这更斩钉截铁的,也没有比这更惊心动魄的了!相较而言,晋乐府《欢闻变歌》"锲臂饮清血,牛羊持祭天。没命成灰土,终不罢相怜",表达上则平淡多了。

男女对唱,表达爱慕,也是民歌中常见的一种形式。如晋代《子夜歌》就是这样:

> 落日出前门,瞻瞩见子度。
> 冶容多姿鬓,芳香已盈路。
>
> 芳是香所为,冶容不敢堂。
> 天不夺人愿,故使侬见郎。

前一首写男子被女子的"冶容"也就是艳丽的容貌所打动，向女子表达爱慕之情。后一首是女子的回应，两情相悦，皆大欢喜。

盛唐崔颢《长干曲四首》就继承了这样的传统。四首一口气读完，相当于看了一个爱情的小剧场：

> 君家何处住，妾住在横塘。
> 停船暂借问，或恐是同乡。
>
> 家临九江水，来去九江侧。
> 同是长干人，自小不相识。
>
> 下渚多风浪，莲舟渐觉稀。
> 那能不相待，独自逆潮归。
>
> 三江潮水急，五湖风浪涌。
> 由来花性轻，莫畏莲舟重。

第一首是女孩子的搭讪之辞，可见她的大胆和直率。第二首是男子的回答，彬彬有礼，既回答了"君家何处住""或恐是同乡"的疑问，也没有显示出更多的热情。第三首是女孩子的邀约：黄昏时，莲舟渐稀，风浪又起，相约一起划船回去。第四首是男子的回答，"三江潮水急，五湖风浪涌"，是呼应"下渚多风浪"的。后两句"由来花性轻，莫畏莲舟重"，意思是说，荷花很轻，不用害怕采莲船重，言下之意似乎是安慰女孩子不用担心，但究竟有没有和女孩子并船而归呢？这个历来是有争论的。分歧的焦点在于对"由来花性轻"一句的理解，有没有双关之意。杜诗说"轻薄桃花逐水流"（《绝句漫兴九首》其五），这里的"由来花性轻"，有没有讥讽女孩子举止轻薄的意思呢？我的理解，男子的表现一直是彬彬有礼的，即便是觉得女子举止轻薄，也不至于当面讥讽，所以还是就字面意思理解为上。两个善于弄舟的少年男女，应该是一起划着船，有说有笑地回去了。

《诗经》之后，汉乐府和南北朝民歌中也有对纯真爱情的热烈歌唱，这构成了一个连续的民间文学的传统。与之相对的文人文学传统中，自汉魏以来，一直缺少抒写爱情的名篇。到了中唐，这种情形开始改变，文人开始有意识地学习民间文学，创作了大量表现市井爱情的传奇小说，白居易《长恨歌》对唐玄宗和杨贵妃爱情的表现就是这种影响的产物。刘禹锡直接取法沅湘民歌创为《竹枝词》，吟咏风土，也歌唱男女相思：

> 山桃红花满上头，蜀江春水拍山流。
> 花红易衰似郎意，水流无限似侬愁。
>
> （《竹枝词九首》其一）
>
> 杨柳青青江水平，闻郎江上踏歌声。
> 东边日出西边雨，道是无晴却有晴。
>
> （《竹枝词二首》其一）

虽然是文人所作，但取法于巴渝民歌《竹枝词》，也多采用传统的比兴和双关，其性质可以说是文人拟乐府。

虽然中唐已经出现了一二爱情诗的名篇，但爱情这一题材的重要地位，是晚唐诗人李商隐确立的。李商隐的诗歌中有大量对爱情的抒写，其中最为人称道的是那些题为《无题》的作品。李商隐的无题诗中，抒写的爱情纯粹又浓烈，既有受到现实阻碍而受尽煎熬的痛苦，又有备受挫折却无怨无悔的执着，二者交织在一起，给读者以强烈的震撼。李商隐之后，"无题"成为爱情诗的代名词，历代诗人都有仿作，但至今尚未有人超出他的成就。

李商隐无题诗的独特魅力在于，它是一个可以兼容多重阐释的开放的文本，每首诗的语言和意象都有一个具体的指向，所指似呼之欲出，却始终朦胧，可以确认它是有寄托的，却无法确切地指认其具体所指。李商隐追求独与天地相往来的艺术境界，每一首诗都是一个小宇宙，是有限和无限的沟通，瞬时向永恒的转化。

二

在唐代，公主、贵女出家的很多，一部分宫人也被安置到道观，成为女冠。道观对外开放，甚至出租房子给士人居住。女冠以方外之人的身份和士人相交，有时会发生恋情。李商隐少年时曾在家乡的玉阳山学道，和灵都观（天宝二载唐玄宗为其妹玉真公主修建）的女道士宋华阳姊妹有一段恋情，陈贻焮先生《李商隐恋爱事迹考辨》一文有详尽的考索，其说较为可信。下面这首无题诗表现的，是暮春时节与热恋之人分别的伤感和别后的思念之情，情感真挚动人。相恋的对象，根据末联"蓬山此去无多路，青鸟殷勤为探看"，一般认为是一位女冠（女道士）。诗中所表现的，也许正是一段与女冠的恋情：

相见时难别亦难，东风无力百花残。

春蚕到死丝方尽，蜡炬成灰泪始干。

晓镜但愁云鬓改，夜吟应觉月光寒。

蓬山此去无多路，青鸟殷勤为探看。

诗以唱叹发端："相见时难别亦难！"第一句起得极高，也极概括，见出不是普通的离别。常言道，别易会难，这里却反过来说，七个字里有前后递进的两层意思：相见的机会难得，所以离别时自然格外难舍！下一句"东风无力百花残"，接得平缓，正写出离别之景：恰是暮春时节，春将归去，将百花吹开的东风，此刻却无力留得春住，只好任由百花凋谢。这句初读，不过是叹光阴难驻，仔细涵咏，却大有屈子"惟草木之零落兮，恐美人之迟暮"之感。其实何止是春天，这世间美好的一切，眼前的春天、爱情，乃至青春、理想，都必将逝去，且无可挽回。虽是写景，其意思却溢出景物之外，自成一种境界。在晚唐诗人中，唯李商隐有此种笔力。"东风无力百花残"，和"夕阳无限好，只是近黄昏"（李商隐《乐游原》）一样，虽是一时一地之景，却"消息甚大"，可以为一个时代写照。

"春蚕"两句，既写出情感的生死不渝，又流露出后会难期的悲伤，在情感和内容上，都有力地呼应了前面"相见时难别亦难"的感叹。两句都采用了民歌中最常见的双关隐喻手法，以"蚕丝"之"丝"双关"相思"之"思"，以"烛泪"之"泪"双关"眼泪"之"泪"。此别之后，不知何时才能再相见，故秉烛长谈，互诉衷情：别后相思，如同春蚕吐丝，绵绵不绝，至死方休。相思之泪，一直流到生命的尽头才干涸。这是不朽的爱情宣言：除了死亡，没有什么能阻止爱情！这两个譬喻也并非凭空而来，而是紧承前面两句：第三句由"春蚕吐丝"取譬，和"东风无力百花残"一样，都是春天之景；第四句"蜡炬成灰泪始干"，则是由首句离别之际的眼前之景取譬。

古人离别之前,往往秉烛长谈,直到天明启程。

"晓镜"两句,从设想对方落笔,进一步写出思念之深,离别之苦。诗人想象,一别之后,意中人的日常生活之景:晨起揽镜,只愁年华易逝,会合无期;夜深露重,独自吟诗,当感月色凄寒。如此相思不了,所以很自然地接出末联,寄希望于青鸟能够代为传信,以宽对方的别怀,以慰自己的相思。这种希望,大约是很渺茫的,却仍是无望中的希望。

总之,这首诗表现出诗人和相爱女子之间生死不渝的爱情。当然,本篇强烈的伤春伤别之情中,可能也寄托了诗人在政治上屡遭挫折、深感抱负难以实现的苦闷,以及在仕进上不能不有所求的执着之情。例如"春蚕"二句,当然也与诗人为了实现理想抱负,"虽九死其犹未悔"的执着是相通的。"蓬山"两句,既然表现的是绝望中的希望,自然也不限于爱情,也可兼容对理想的追求。但诗歌的主体还是写爱情的,这一点不容置疑。一些清代的学者,因为上述两联在阐释上的多义性,完全忽略了首联和颔联对男女相思离别的表现,认为这首诗的主题和爱情无关,表现的是政治上的挫折和执着,这是犯了以偏概全的毛病。

李商隐无题诗的多义性,造成对诗歌主题读解的难度,也构成了它魅力的一部分。这种多义性的造成,传统双关隐喻手法的采用是原因之一。双关分为两种,一种是谐音双关,如"丝"和"思",南朝乐府有一首《蚕丝歌》:

春蚕不应老,昼夜常怀丝。

何惜微躯尽,缠绵自有时。

春蚕每吐一根丝线,它自身就老去一分,却仍白天黑夜都不停地吐着丝。如同女子明知会因为相思而憔悴衰老,心中的爱恋仍不肯停歇,直至红颜老去。"相思令人老,岁月忽已晚",本是古典诗歌中常见的有关青春和爱情的慨叹。采用双关手法之后,爱情的强烈和抒情主人公的执着,得到了更为鲜明和生动的表现。李商隐"春蚕到死丝方尽"也是如此,而且将爱和死并置,爱成了生命本身,至死方休。

另一种是谐义双关,如将烛"泪"双关眼泪,也是南朝宫体诗常见的手法。和李商隐同时代的杜牧,有《赠别二首》(其二)这样写道:

> 多情却似总无情,惟觉樽前笑不成。
> 蜡烛有心还惜别,替人垂泪到天明。

这里,蜡烛的"芯"和人的"心"谐音双关。蜡烛替人垂泪,是说蜡烛燃烧时滴落的蜡油一滴滴的,如同离人眼中的热泪。李商隐的"蜡炬成灰泪始干"和"春蚕到死丝方尽"一样,是更加强烈的一种表达:蜡烛的"芯"一寸寸地燃尽了,化成了冷灰,蜡油(烛泪)也凝固不流。春蚕的"到死"和蜡炬的"成灰",李商隐透过它们体认到爱和生命同在,痛也和生命同在。他在《暮秋独游曲江》诗中这样写:"荷叶生时春恨生,荷叶枯时秋恨成。深知身在情长在,怅望江头江水声。"义山对人生之有情的体认如此深切,正见出诗人禀赋之多情。

三

李商隐的七律无题，艺术上最成熟，最能代表其无题诗的独特艺术风貌。下面我们要一起读的《无题二首》，内容都是抒写青年女子爱情失意的幽怨，相思无望的苦闷，又都采取女主人公深夜追思往事的方式，因此女主人公的心理独白也就构成了诗的主体。她的身世遭遇和爱情生活中某些具体情事，是通过追思回忆，或隐或显地表现出来的。我们先读"凤尾香罗薄几重"这一首：

> 凤尾香罗薄几重，碧文圆顶夜深缝。
> 扇裁月魄羞难掩，车走雷声语未通。
> 曾是寂寥金烬暗，断无消息石榴红。
> 斑骓只系垂杨岸，何处西南任好风。

首联写女主人公深夜缝制罗帐。凤尾香罗，是一种织有凤纹的薄罗；碧文圆顶，指有青碧花纹的圆顶罗帐。李商隐写诗特别讲求暗示，即使是律诗的首联，也往往不愿写得过于明显直遂，而是有意留下一些内容让读者去玩索体味。譬如这一联，就只写主人公在深夜做什么，而不点破这件事意味着什么，甚至连主人公的性别与身份都不作明确交代。我们通过"凤尾香罗""碧文圆顶"的字面和"夜深缝"的行动，可以推知主人公大概是一位幽居独处的闺中女子。这就像是谢朓《玉阶怨》，用"长夜缝罗衣，思君此何极"，来暗示宫女的希宠之心一样。罗帐，在古代诗歌中常常被用作男女好合的暗示。在寂寥的长夜中默默地缝制罗帐的女主人公，大概正沉浸在对往事的追忆和对会合的深情期待中吧。

接下来是女主人公的一段回忆，内容是她和意中人一次偶然的相遇——"扇裁月魄羞难掩，车走雷声语未通。"对方驱车匆匆走过，自己因为羞涩，用团扇遮面，虽相见而未及通一语。"扇裁月魄"脱化于古诗"裁为合欢扇，团团似明月"（班婕妤《怨歌行》），月魄即月亮。"车走雷声"，语出司马相如《长门赋》"雷隐隐而响起，声象君之车音"，意思是说，车声隐隐，如远处传来的不断的雷声。从上下文描写的情况看，这次相遇不像是初次邂逅，而是"断无消息"之前的最后一次照面。否则，不可能有深夜缝制罗帐、期待会合的举动。正因为是最后一次未通言语的相遇，在长期得不到对方音讯的今天回忆往事，就越发感到失去那次机缘的可惜，而那次相遇的情景也就越加清晰而深刻地留在记忆中。所以，这一联不仅描绘了女主人公爱情生活中一个难忘的片断，而且曲折地表达了她在追思往事时那种惋惜、怅惘而又深情回味的复杂心理。起联与颔联之间在情节上有很大的跳跃，最后一次照面之前的许多事情（比如她和对方如何结识、相爱等）统统省略了。

颈联写别后的相思寂寥。和上一联通过一个富于戏剧性的片断表现瞬间的情绪不同，这一联却是通过情景交融的艺术手法，概括地抒写一个较长时期中的生活和感情，具有更浓郁的抒情气氛和象征暗示色彩。这两句是说，自从那次匆匆相遇之后，对方便绝无音讯。不知道有多少次孤灯独坐，看着残焰渐渐化作灰烬，灰烬的金红又渐次黯淡成冷灰。"一寸相思一寸灰"，那渐次黯淡下来的余烬，不仅烘托出长夜的寂寥，它本身就仿佛是女主人公相思无望情绪的外化与象征。在无数寂寥的长夜之后，春天已经过去了，眼下是石榴花红的季节了。在这样寂寞的期待中，石榴花红给她带来的，不仅是流光易逝的惆怅，更多的还是青春虚度、相思无成的迷惘吧？从"金烬暗"到"石榴红"，在明和暗的对照和转换中，有多少情绪在累积，又在流逝！在幽深的夜晚里，烛火的那一点光明，终究由明亮复归于黯淡。而时光依旧流逝，又迎来了榴花照眼的五月，可惜却没法照亮为情所苦之人内心的幽暗。把象征暗示的表现手法运用得这样自然精妙，不露痕迹，这确实是艺术上炉火纯青境界的标志。宋初晏殊《浣溪沙》词"闲役梦魂孤烛暗，恨无消息画帘垂"，即从义山此联脱化而出，而精彩似有不逮。

末联仍旧回到深情的期待上来。"班骓"句，暗用乐府《神弦歌·明下童曲》"陆郎乘班骓……望门不欲归"句意，暗示意中人和她相隔并不遥远，也许此刻正系马某处垂杨岸边呢，只是咫尺天涯，无缘会合罢了。末句化用曹植《七哀》"愿为西南风，长逝入君怀"诗意，希望能有一阵好风，将自己吹送到对方身边。李商隐那些优秀的爱情诗，多数是写相思的痛苦与会合的难期的，但即使是无望的爱情，也总是贯穿着一种执着不移的追求，一种"春蚕到死丝方尽，蜡炬成灰泪始干"式的生死以之的感情。爱情在寂寞中燃烧又熄灭，造就一种特殊的美感。这是李商隐的爱情诗与一般艳体诗之间的重要区别，也是它至今仍能打动人心的重要原因之一。

相较第一首，《无题二首》"重帷深下莫愁堂"更侧重于抒写女主人公的身世遭遇之感，写法也更加概括：

> 重帷深下莫愁堂，卧后清宵细细长。
> 神女生涯原是梦，小姑居处本无郎。
> 风波不信菱枝弱，月露谁教桂叶香。
> 直道相思了无益，未妨惆怅是清狂。

一开头就撇开具体情事，从抒情主人公所处的环境氛围写起。重帷深垂，幽邃的居室笼罩在深夜的静寂之中。独处幽室的主人公，自思身世，辗转不眠，倍感静夜的漫长。这里尽管没有一笔正面抒写她的心理状态，但透过这静寂孤清的环境气氛，我们几乎可以触摸到她的内心世界，感觉到那帷幕深垂的居室中，弥漫着一种无名的幽怨。莫愁，代指闺中少女。南朝乐府中有两个莫愁，一个在石城，善歌谣，《莫愁乐》唱："莫愁在何处？莫愁石城西。"一个在洛阳，《河中之水歌》唱："河中之水向东流，洛阳女儿名莫愁。"这两个莫愁，应该都非特指，而是像罗敷一样，是对女性的美称。莫愁之名，尤其贴合无忧无虑的青春少女形象。

"神女"一联是夜深辗转时对往事的追忆。上句用巫山神女梦遇楚王"旦为朝云，暮为行雨。朝朝暮暮，阳台之下"（宋玉《高唐赋》）之事，下句脱化于乐府《青溪小姑曲》"小姑所居，独处无郎"。意思是说，曾经有过像神女和襄王之间那样热烈的过往，但到头来不过是幻梦一场；现在仍如青溪小姑那样，独处无郎，终身无托。神女，在唐诗的语境中，往往指向歌伎一流。李商隐《燕台诗·冬》中有"青溪白石不相忘，堂上远甚苍梧野"这样的诗句，可见是用青溪小姑和白石郎代指男女情侣的。"堂上远甚苍梧野"，即《诗经·郑风·东门之墠（shàn）》"其室则迩，其人甚远"之意，这和"班骓只系垂杨岸"一样，都暗示对方和自己虽然有情，但身份所限，虽然相距不远，却不能互相亲近。这一联的用典、造语都非常自然，可以说达到了驱使故典如己出的程度。叙述情事极为概括，却并不觉得有丝毫的抽象，一方面是因为典故本身所包含的神话传说能引发丰富的想象与联想；另一方面也是因为诗人以唱叹出之，并善于用虚字斡旋。"原"字暗含女子的一种自我劝慰，神女襄王之事，本就是一场梦，何须介怀；"本"字又隐含自我辩解的意味，似乎暗示某种处境：尽管独居无郎，无所依托，但人们则对她颇有议论。不过，上面所说的这两层意思，都写得隐约不露，需仔细揣摩才能体会。

"风波"一联连用两个比喻：说自己就像柔弱的菱枝，却偏遭风波的摧折；又像具有芬芳美质的桂叶，却无月露滋润，使之飘香。这一联含意比较隐晦，似乎是暗示她在生活中遭受了某种势力的摧残，并且得不到应有的同情与帮助。"不信"，是明知菱枝为弱质而偏加摧折，见"风波"之横暴；"谁教"，是本可滋润桂叶而竟不肯，见"月露"之无情。措辞婉转，而意极沉痛。

爱情遇合既同梦幻，身世遭逢又如此不幸，但女主人公并没有放弃对爱情的追求——"直道相思了无益，未妨惆怅是清狂。"即便相思全然无益，也不妨抱痴情而惆怅终身。在近乎幻灭的情况下仍然坚持不渝地追求，"相思"的铭心刻骨更是可想而知了。

中唐以来，以爱情、艳情为题材的诗歌逐渐增多。这类作品的共同特点是，叙事的成分比较多，情节性比较强，人物、场景的描绘相当细致，写女性的形貌体态较香艳露骨，未脱宫体窠臼，李商隐集中也有像《镜槛》这样的作品，很明显受到元稹《梦游春诗》等艳诗的影响。但李商隐的无题诗主要是以抒情为主体，着力抒写主人公的主观感觉、心理活动，表现她（他）们丰富复杂的内心世界。而为了加强抒情的形象性、生动性，又往往要在诗中织入某些情节的片断，在抒情中融入一定的叙事成分。这就使诗的内容密度大为增加，形成短小的体制与丰富的内容之间的矛盾。为了克服这一矛盾，他不得不极力加强诗句之间的跳跃性，并且借助双关隐喻、比拟、象征、联想等多种手法，来加强诗的暗示性。这让他的爱情诗具有蕴藉含蓄、意境深远、写情细腻的特点，经得起反复咀嚼与玩索。

无题诗究竟有没有寄托，是一个复杂的问题。离开诗歌艺术形象的整体，抓住其中的片言只语，附会现实生活中的某些具体人事，进行索隐猜谜式的解释，是完全违反艺术创作规律的。像冯浩那样，将"凤尾"首中的"垂杨岸"解为"寓柳姓"（指诗人的幕主剑南东川节度使柳仲郢），将"西南"解为"蜀地"，从而把这两首诗说成是诗人"将赴东川，往别令狐，留宿，而有悲歌之作"，就是穿凿附会的典型。但这并不妨碍我们从诗歌的整体出发，联系诗人的身世遭遇和其他作品，区别不同情况，对其中的某些无题诗作这方面的探讨。就这两首无题诗看，"重帏"首着重写女主人公如梦似幻，无所依托，横遭摧折的凄苦身世，笔意空灵概括，意在言外，其中就可能寓含或渗透作者自己的身世之感。熟悉作者身世的读者，不难从"神女"一联中体味出，诗人在回顾往事时深慨辗转相依、终归空无的无限怅惘。"风波"一联，如果考虑诗人地位寒微，"内无强近，外乏因依"（《祭徐氏姊文》），仕途上不仅未得有力援助，反遭朋党势力摧抑的情境，则也可以理解为诗人借菱枝遭风波摧折、桂叶无月露滋润来抒写自己的人生感慨。他在一首托宫怨以寄慨的《深宫》诗中说："狂飙不惜萝阴薄，清露偏知桂叶浓"，取譬与"风波"二句相似（不过，"清露"句与"月露"句托意正相反而已），也可证"风波"二句确有寄托。何焯说这首无题"直露（自伤不遇）本意"，是比较符合实际的。和"重帏"首相比，"凤尾"首的寄托痕迹就很不明显，因为诗中对女主人公爱情生活中的某些具体情事描绘得相当细致（如"扇裁月魄"一联），写实的特点比较突出。但不论这两首无题诗有无寄托，它们都首先是成功的爱情诗。我们单纯把它们作为爱情诗来读，无损其艺术价值。

四

《锦瑟》是李商隐的代表作，最能够代表他迷离惝恍的风格。也正因为如此，自宋元以来，对于这首诗的主题，一直都是揣测纷纷，莫衷一是。本篇虽然以锦瑟为题，却不是以锦瑟为对象的咏物诗，而是和《昨夜》等诗一样，只是截取首句的两个字为题，实际上仍是一首无题诗：

> 锦瑟无端五十弦，一弦一柱思华年。
> 庄生晓梦迷蝴蝶，望帝春心托杜鹃。
> 沧海月明珠有泪，蓝田日暖玉生烟。
> 此情可待成追忆，只是当时已惘然。

诗以锦瑟起兴，引出对盛年往事的追忆。根据《史记·封禅书》的记载，"泰帝使素女鼓五十弦瑟，悲。帝禁不止，故破其瑟为二十五弦"。可见五十弦瑟弹奏起来是很悲伤的。诗人因瑟声触动情思，也因此奠定了全篇以感伤为主的基调。尾联点出，追忆的指向乃是"情"——此情可待成追忆，只是当时已惘然——在当时就已是惘然自失，何况今日追怀，心头更是一片迷茫。人的一生中要经历多种的情感，爱情、亲情、友情，而其中最让人颠倒，难以自持的，非爱情莫属。起句之"无端"者，犹言"没来由地""平白无故地"，此诗人之痴语也。锦瑟本来就有那么多弦，这并无"不是"或"过错"；诗人却偏来埋怨它：锦瑟呀，你好端端为何要有这么多根弦呢！这埋怨当然是毫无道理。正所谓，伤心人别有怀抱。瑟具弦五十，音节最为繁富可知，其繁音促节，常令听者难以为怀。据记载，古瑟五十弦。《楚辞·远游》又有"使湘灵鼓瑟兮，令海若舞冯夷"之句，故唐诗中写瑟，常用"五十"之数，如"五十弦瑟海上闻"（李贺《上云乐》）、"娥皇五十弦，秋深汉江水"（鲍溶《悲湘灵》）、"竹上泪迹生不尽，寄哀云和五十丝"（鲍溶《湘妃列女操》）、"逡巡又过潇湘雨，雨打湘灵五十弦"（李商隐《七月二十八日夜与王郑二秀才听雨后梦作》）、"遥知月落酒醒处，五十弦从波上来"（吴融《送荆南从事之岳州》）等，并无特殊用意。瑟，到底原有多少条弦，到李商隐时代又实有多少条弦，其实都不必"考证"，诗人不过借以遣词见意而已。"一弦一柱思华年"，关键在于"华年"二字。一弦一柱犹言一音一节。词人贺铸说："锦瑟华年谁与度？"诗人元好问说："佳人锦瑟怨华年！"（《论诗三十首》其十二）华年，就是盛年。

　　李商隐一生中有过多次恋爱的经历，本篇所回忆的，当是其中最刻骨铭心的一段。中间两联，通过典故和意象，隐去了和现实的联系，所以历来都得不到确解。

　　"庄生"句，用庄周梦蝶的典故，出于《庄子·齐物论》："昔者庄周梦为胡蝶，栩栩然胡蝶也，自喻适志与！不知周也。俄然觉，则蘧蘧然周也。不知周之梦为胡蝶与，胡蝶之梦为周与？"感叹自己与所爱之人相恋的经历，就像是一个美梦，一个"迷"字，道尽了对梦中情事的无限依恋。李商隐《过楚宫》诗说："微生尽恋人间乐，只有襄王忆梦中。"襄王在梦中与神女欢会，从此不觉人间有欢乐。李商隐"晓梦迷蝴蝶"，所沉迷的也是"蝴蝶"之譬喻所指向的情爱欢乐。李商隐常以蝴蝶来自比恋情中的自己，如《蜂》"青陵粉蝶休离恨，长定相逢二月中"一联，将细腰的恋人比作蜂，自比"粉蝶"，期待来年二月再相会。《青陵台》"莫许韩凭为蛱蝶，等闲飞上别枝花"，又以深爱妻子、死后化蝶的韩凭自比。"庄生晓梦迷蝴蝶"，是说这一段情事短暂而美好，自己如同化身为蝶的韩凭，对所爱之人生死不渝。但梦会醒，情已断，而自己犹自时常沉迷于旧事，不能自拔。

"望帝"句，用了望帝啼鹃的典故。"望帝"是传说中周朝末年蜀地的君主，名叫杜宇。后来禅位退隐，不幸国亡身死，死后魂化为鸟，暮春啼苦，至于口中流血，其声哀怨凄悲，动人心腑，名为杜鹃。李商隐的初恋对象是早年在玉阳山学道时结识的宋华阳姊妹，即《燕台诗·冬》中的"桃叶桃根双姊妹"，李商隐集中的恋爱诗大多是为她们写的。后来流落到木棉花开的南方，所以诗人问"蜀魂寂寞有伴未，几夜瘴花开木棉"。"望帝"就是"蜀魂"①，即诗人之所爱。"庄生晓梦迷蝴蝶"，表现的是诗人自己的痴情沉迷；"望帝春心托杜鹃"，则是想象（也是体贴）对方的相思之苦，有如春日杜鹃的悲啼。

"沧海"两句顺接。有情人啼下的眼泪，在明亮的月光映照下，如同大海里鲛人泣下的泪珠，如梦如幻。鲛人泣珠的故事，据《搜神记》《博物志》的记载，南海有鲛人（传说中的人鱼），泣下之泪落在盘中，化成颗颗珍珠。而这一切终将逝去，如同最美好的蓝田紫玉，终将化作一缕轻烟，消散人间——玉人从此再无消息。自汉代以来，蓝田山即以出美玉而著称。"玉生烟"，似兼用《搜神记》所载紫玉与韩重恋爱事。紫玉是吴王夫差小女，爱韩重，王不允，紫玉气结死。死后与重相会，取明珠赠重。重持珠告吴王，吴王不信。紫玉见王，"夫人闻之，出而抱之，玉如烟然"。"玉生烟"，暗示不仅旧情已杳，旧爱亦不在人世。晚唐诗人司空图引述戴叔伦的话

---

① 吴融《岐下闻子规》："剑阁西南远凤台，蜀魂何事此飞来。"也以"蜀魂"指代子规（即杜鹃）。南唐李中《暮春吟怀寄姚端先辈》"庄梦断时灯欲烬，蜀魂啼处酒初醒"亦然，且以"庄梦"与"蜀魂"作对，似受到李商隐此联的影响。

说："诗家美景,如蓝田日暖,良玉生烟,可望而不可置于眉睫之前也。""可望而不可置于眉睫之前",人生的种种遗憾,都在这里了。由此引出"此情"二句,叹如此情怀,岂待今朝回忆始感无穷怅恨,即在当时早已是令人不胜怅惘了。

李商隐《回中牡丹为雨所败二首》其二有"锦瑟惊弦破梦频"之句。回顾本篇,应该是李商隐的晓梦为锦瑟所惊破,回忆旧事,心头惘惘然,写下此诗。这应当是一个春天的早晨,诗人晓梦初醒。远处杜鹃声声,唤着"不如归去";近处不知何人在鼓瑟,其声清怨。这瑟声如此悲切,如此熟悉,让诗人陷入了对少年时一段刻骨铭心之爱的回忆中。回首当年,少年时的热恋如同一梦,如果可能,诗人是多么想旧梦重温啊。可是年华已逝,好梦难成,于是写下了这首充满迷惘与沉醉的诗作。他在一首送别诗中说:"庾信生多感,杨朱死有情。弦危中妇瑟,甲冷想夫筝"(《送千牛李将军赴阙五十韵》),可知在筝瑟之曲中,往往有生死哀怨之情存焉。

关于这首诗的主题,近年来有种主流看法认为是以悼亡为主,一个主要的根据就是,瑟在后世以二十五弦为主,诗人说"无端五十弦",暗喻"断弦"之意。而李商隐的夫人王氏是弹瑟的,王氏过世之后,李商隐有"归来已不见,锦瑟长于人"(《房中曲》)之句,故以此诗属之王氏。这当然是一种误解。原因有三:(一)古人以琴瑟喻夫妇,故以"断弦"喻妻子亡故,这是自古以来就有的。但将妻子亡故比作二十五弦齐断而成五十弦,未免笨伯,非诗语,义山亦绝不为此等煞风景语。并且李商隐《七月二十八日夜与王郑二秀才听雨后梦作》写与女冠恋爱事,其中有"逡巡又过潇湘雨,雨打湘灵五十弦",和此处"无端五十弦"一样,都是以古代神女比喻所爱之人,可见将五十弦解为断弦,只是后人没有根据的臆测。(二)

王氏固然知音，但瑟非王氏独长，李商隐回忆早年在玉阳山学仙事并和女冠恋爱的事，就常用瑟的典故和意象：一为《史记》中素女弹瑟之事，如"心悬紫云阁，梦断赤城标。素女悲清瑟，秦娥弄玉箫"（《送从翁从东川弘农尚书幕》）；二出《楚辞·远游》："使湘灵鼓瑟兮，令海若舞冯夷。"湘灵是百川之神，传说是尧的女儿，即《九歌》中的湘夫人。李商隐多处用湘灵鼓瑟的典故，如《碧城三首》"赤鳞狂舞拨湘弦"，《银河吹笙》"不须浪作缑（gōu）山意，湘瑟秦箫自有情"，以及前引"雨打湘灵五十弦"等。这是因为，二人相识之时，在玉溪之水畔，女子又是道姑，长于鼓瑟吹笙，所以以素女、湘灵比之。（三）悼亡诗的写作自有传统，李商隐诸悼伤亡妻之作，如《王十二兄与畏之员外相访见招小饮，时予以悼亡日近不去因寄》《正月崇让宅》《房中曲》《悼伤后赴东蜀辟至散关遇雪》，都是正面表现妻子亡故之后，自己和子女在生活上的改变以及在情感上对亡妻的依恋，是直写其事，直抒其情，和本篇隐约其人、闪烁其辞的风格迥乎不同。综上可见，《锦瑟》诗的主题断非悼亡。

当然，本篇虽然是以追怀往日的情事为主，但人的情感是复杂的，在对旧情的回忆中带入对世事的感慨，与主题也并不矛盾。将"庄生晓梦迷蝴蝶，望帝春心托杜鹃"一联抽出来看，也不妨理解为身世遭逢如梦似幻，伤春感时如鹃啼血。甚至"沧海月明珠有泪，蓝田日暖玉生烟"也可以理解为伤悼亡者（但未必是其妻子），如同明月之珠沉入大海，蓝田美玉化作轻烟。但如果要对全诗作一通贯的解释，则只有追忆恋情最为合理。结合《燕台诗四首》"歌唇一世衔雨看，可惜馨香手中故"，"破鬟倭堕凌朝寒，白玉燕钗黄金蝉。风车雨马不持去，蜡烛啼红怨天曙"的描写来看，诗人与之相恋的这两位姐妹可能也已故去。

第八讲 悼亡

真情独白

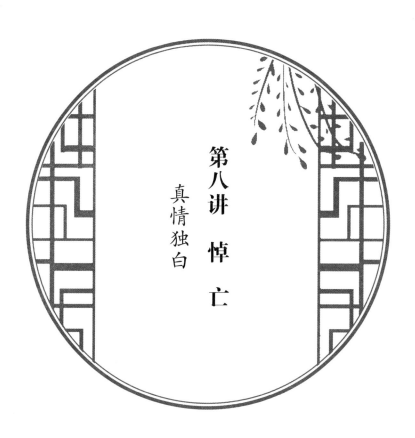

○3 ○80

"悼亡"一词的本义是追念死者。西晋潘岳妻子去世，潘岳作《悼亡诗三首》。后世遂以"悼亡"特指追念亡妻。所以在文学史上，悼亡诗特指的是追念亡妻的诗歌。严格来讲，追悼妻子之外的其他人的诗歌，都不是悼亡诗，可以称为伤悼诗。潘岳《悼亡诗》对后世影响很大，所以悼亡这一讲，先从潘岳说起。

一

潘岳（247—300），字安仁，荥阳中牟人。他是中国古代著名的美男子。《世说新语·容止》说他"妙有姿容，好神情。少时挟弹出洛阳道，妇人遇者，莫不连手共萦之。左太冲绝丑，亦复效岳游遨。于是群妪齐共乱唾之，委顿而返。"魏晋是一个崇尚美的时代，这种美不仅表现在姿色容貌，还包括仪态在内，是由内而外的一种修养与气度，是我们常说的"魏晋风度"的一部分。他和友人夏侯湛一起出游，号为"联璧"。这是说两人都温润如玉，走在一起就是一对璧人。"言念君子，温其如玉"（《诗经·秦风·小戎》），对古人而言，这是一种很高的赞美。有一个成语叫"掷果盈车"，说的就是潘岳太美了，每次出行，就连老太太也会按捺不住爱美之心，往他坐的小车上投掷果子，把潘岳的小车都装满了。古诗中常说的"潘鬓"也来自潘岳，他在《秋兴赋》中感叹："余春秋三十有二，始见二毛。"二毛，即双鬓生出了白发，有黑白两色，故称二毛，所以"潘鬓"即鬓生白发，比喻年华老去。

潘安年少颖悟，文采风流，在家乡被誉为"奇童"，是终军、贾谊一流的人物。十二岁时就得到荆州刺史杨肇的赏识，为他扬名，还将女儿许配给他。大家知道，《三国演义》中，为了荆州，东吴和西蜀是各用心机，刘备用计借荆州，关羽大意失荆州，直接影响吴蜀两国的实力。这是因为，荆州地处上游，便于控制下游的建业（今南京），在军事上具有重要地位。故荆州刺史在魏晋时期一直属于朝廷的要职。可惜杨肇在泰始八年（272年）因西陵之败而被免，两年后去世，让尚未出仕的潘岳失去了政治上的一大依靠。

潘岳人物隽秀，才华出众，而且又积极进取，在崇尚风度的魏晋时代，按说该有个好前程。可惜事与愿违，他的仕途并不顺遂。泰始二年（266年），二十岁的潘岳走上仕途，入车骑将军贾充府任掾属，后陆续转司空掾、太尉掾。贾充对司马氏有拥戴之功（命令成济杀害高贵乡公），所以在晋武帝即位后，被任命为车骑将军，泰始八年为司空，咸宁二年（276年）为太尉，位高权重。一个女儿嫁给齐王攸（晋武帝同母弟司马攸）为王妃，一个女儿为太子（晋武帝长子司马衷，后即位为惠帝）妃，可以说是荣显至极。潘岳靠着这棵大树，却因为"才名冠世，为众所疾"（《晋书·潘岳传》），并未就此迎来政治上的机遇，而是在三十二岁时被外放为河阳令，四年后（282年）转为怀县令（同年贾充薨），仕途上很不得意。潘岳为县令时勤于政事，太康七年（286年）回京任度支郎，迁廷尉评，不久又被免。永熙元年（290年），晋武帝崩，杨骏为太傅辅政，辟潘岳为太傅府主簿。杨骏是武帝皇后杨芷的父亲，惠帝的外祖父。惠帝即位后，杨骏多树党羽，专擅朝政，引起惠帝皇后贾南风不满，与楚王司马玮密谋杀杨骏。杨骏被杀日，潘岳取急（因私事请假）

在外，又得楚王长史公孙宏（少孤贫，善鼓琴，能属文，潘安任河阳令时待之甚厚）援救，得以免死，除名为民。

潘岳身处乱世，急于进取，所以不久他又投靠了贾氏集团，"与石崇等谄事贾谧，每候其出，与崇辄望尘而拜"（《晋书·潘岳传》）。或许正是因为这个缘故，元康二年（292年）他被任命为长安令，赴任途中爱子夭折。元康六年左右被召回京，征补为博士，未召拜，因母疾免官，闲居洛阳，作了一篇《闲居赋》，见载于《晋书》，至今传诵。元好问《论诗三十首》其六："心声心画总失真，文章宁复见为人？高情千古《闲居赋》，争信安仁拜路尘。"就是讽刺他言行不一的，一边自称要闲居远世，一边却又"望尘而拜"，不知羞耻。这两件事和金谷园雅集都发生在元康六年，潘岳时年五十。

贾谧是韩寿与贾午之子，贾充与郭槐的外孙。"韩寿偷香"的典故说的就是贾谧父母之事。因为贾充之子黎民早夭，遂立贾谧为黎民之嗣子，外孙就成了嫡孙。晋武帝朝，贾午的姐姐贾南风嫁给太子司马衷，后太子即位为惠帝，贾南风被立为皇后。贾后专权，贾谧"权过人主""贵游豪戚及浮竞之徒，莫不尽礼事之"（《晋书·贾谧传》）。石崇、潘岳、陆机、陆云、挚虞、左思、刘琨等人都依附贾谧，当时号为"二十四友"，而潘岳居首。"二十四友"将西晋文坛几乎"一网打尽"，尤其潘岳和陆机，钟嵘《诗品》列为上品，并盛赞"陆才如海，潘才如江"。

潘岳和妻子杨氏（据《离合诗》，杨氏闺名容姬）泰始十年（274年）成婚，到元康八年（298年）杨氏过世，一起生活了差不多二十四年，生育了两女一男。妻子去世时，长女已经出嫁，唯一的儿子夭亡（潘岳《伤弱子辞》），留下幼女金鹿。所以潘岳《悼亡赋》说："伊良嫔之初降，几二纪以迄兹。遭两门之不造，备荼毒而尝之。"所谓"两门之不造",指潘杨两家的不幸,具体指潘岳父亲亡故(不详何年),以及成婚后的第二年,岳父杨肇卒,内兄杨潭"不幸短命,父子凋陨"(《怀旧赋》),次年妻妹亡故(《寡妇赋》),再三年外甥女又死(《为任子咸妻作孤女泽兰哀辞》)这一系列不幸。

潘岳婚后,和妻子感情很好。他在刚到怀县任县令时所写的《内顾诗二首》(其二),抒写了极为缠绵的夫妻相思之情:

独悲安所慕,人生若朝露。
绵邈寄绝域,眷恋想平素。
尔情既来追,我心亦还顾。
形体隔不达,精爽交中路。
不见山上松,隆冬不易故。
不见陵涧柏,岁寒守一度。
无谓希见疏,在远分弥固。

"尔情既来追,我心亦还顾。形体隔不达,精爽交中路"四句,读之真有惊心动魄之感。后来陶渊明诗"情通万里外,形迹滞江山"(《答庞参军》),似乎受此启发。最后六句,以岁寒不凋的松柏比喻夫妇之情牢不可破,也是古诗中从未有过的写法。

潘岳"美姿仪,辞藻绝丽,尤善为哀诔之文"。杨氏死后,潘岳极为伤痛,为妻子守孝一年。孝期内,女儿金鹿又不幸辞世,所谓"良嫔短世,令子夭昏。既披我干,又剪我根。块如瘣(huì)木,枯荄独存"(《金鹿哀辞》),内心的惨痛实在难以言表,写下《悼亡赋》《伤永逝文》《悼亡诗三首》等一系列伤悼的诗文。《悼亡诗三首》就写于一年孝期已满后的元康九年冬(何焯《义门读书记》主此说),

感情真挚，惨恻动人。现在我们一起来读《悼亡诗三首》的第一首：

> 荏苒冬春谢，寒暑忽流易。
> 之子归穷泉，重壤永幽隔。
> 私怀谁克从，淹留亦何益。
> 僶俛恭朝命，回心反初役。
> 望庐思其人，入室想所历。
> 帏屏无仿佛，翰墨有余迹。
> 流芳未及歇，遗挂犹在壁。
> 怅恍如或存，周遑忡惊惕。
> 如彼翰林鸟，双栖一朝只。
> 如彼游川鱼，比目中路析。
> 春风缘隙来，晨霤承檐滴。
> 寝息何时忘，沉忧日盈积。
> 庶几有时衰，庄缶犹可击。

开头两句，形容时光流逝：冬去春来，酷暑也忽忽过去。"之子"，这个人，指的是亡妻杨氏，她永归黄泉，埋葬于重壤之下，彼此阴阳永隔。在古代，"之子于归"，一般是指女子出嫁，如《诗经·周南·桃夭》："桃之夭夭，灼灼其华。之子于归，宜其室家。"这是祝福的话，是说新嫁娘对夫家必有助益。又《召南·鹊巢》："维鹊有巢，维鸠居之。之子于归，百两御之。"迎亲足有一百辆马车之多，这阵势可不小，应该是嫁了个好人家。《豳风·东山》："仓庚于飞，熠耀其羽。之子于归，皇驳其马。"黄鹂鸟美丽的羽毛在春天闪耀，迎娶新嫁娘的车子，拉车的马儿毛色黄白间杂，也很漂亮！

《邶风·燕燕》："燕燕于飞，差池其羽。之子于归，远送于野。瞻望弗及，泣涕如雨。"是做哥哥的送妹妹出嫁的场景：一直送到郊外很远的地方，直到看不见妹妹的背影了，眼泪如雨点一般纷纷落下。在古人的观念里，丈夫是女子的归宿，而死亡则是生命的归宿。显然，这里的"归"，指的是后一种，体现出古人以生为寄而死为归的生死观，这里包含对生死的洞见，也是一种无可奈何。因为向死而生，这是每个人都无从改变的现实。死者长已矣，活着的人还得继续活下去，所以下面紧接着说："私怀谁克从，淹留亦何益！"不能听从自己伤悼亡妻的私心，纵使久留在家中伤心难过，也改变不了天人永隔这一现实。我要勉力恭奉朝廷的命令，从悼伤的心情中解脱出来，回朝任职。以上八句，是写作悼亡诗的缘起——安排好妻子的后事，就要回原来的岗位任职了。临别之际，难以为怀，故写下了这三首诗以寄托哀思。

"望庐"以下十二句，是临别的情景。看见妻子生活过的房舍，就会想起妻子的样子，进入内室，回想亡妻的生活经历，无数的记忆纷至沓来。帏屏间不再有伊人的身影，只有书画还留存着妻子的手迹。衣物上残留着的芬芳还没有消失，衣物还挂在墙壁上，仿佛她从未离开。有时一恍惚，好像妻子还活着，回过神来，更觉内心充满了对未来生活的忧惧：就好像林中的鸟儿，日日双宿双飞，一朝形单影只；又好像是水中的游鱼，相濡以沫，却中途分离。将如此复杂的情感表达得鲜明生动，这是潘岳的创举。

末六句是眼前之景：春风从门窗的缝隙中吹来，听见屋檐下滴水的声音。睡卧在床上更加难忘，内心的忧思一天一天地加长。真希望自己能像庄子一样达观，在妻子亡故后鼓盆而歌，聊以稍减哀思。"鼓盆而歌"，典出《庄子·至乐》："庄子妻死，惠子吊之，庄子则方箕踞鼓盆而歌"。惠子问他为何不哭。庄子回答说："察其始而本无生，非徒无生也而本无形，非徒无形也而本无气。杂乎芒芴之间，气变而有形，形变而有生，今又变而之死。是相与为春夏秋冬四时行也。人且偃然寝于巨室，而我嗷嗷然随而哭之，自以为不通乎命，故止也。"表达了庄子对生死的达观态度，远非常人所及。

第二首写夜中悼伤之情：

> 皎皎窗中月，照我室南端。
> 清商应秋至，溽暑随节阑。
> 凛凛凉风升，始觉夏衾单。
> 岂曰无重纩，谁与同岁寒。
> 岁寒无与同，朗月何胧胧。
> 展转眄（xì）枕席，长簟竟床空。
> 床空委清尘，室虚来悲风。
> 独无李氏灵，仿佛睹尔容。
> 抚衿长叹息，不觉涕沾胸。
> 沾胸安能已，悲怀从中起。
> 寝兴目存形，遗音犹在耳。
> 上惭东门吴，下愧蒙庄子。
> 赋诗欲言志，此志难具纪。
> 命也可奈何，长戚自令鄙。

明月入南窗，照见室内。夏日的潮热渐消，肃杀凄清的西风应时而来。寒风凛冽，早觉夏被单薄。并非没有重纩（厚丝绵）可盖，但再也没有人和我一起在冬夜相拥。只有朗月皎洁，照见长夜难眠的人。夜深辗转，看着床上的枕席，竹席铺满了整张床，空床上集聚了清尘，空屋里吹来寒风。一切陈设如旧，唯独幽灵不来，让我无法在恍惚中重见你的容颜。"独无李氏灵，仿佛睹尔容"两句，用《汉书·外戚传》的典故：

> 上思念李夫人不已，方士齐人少翁言能致其神。乃夜张灯烛，设帷帐，陈酒肉，而令上居他帐，遥望见好女如李夫人之貌，还幄坐而步。又不得就视，上愈益相思悲感，为作诗曰："是邪，非邪？立而望之，偏何姗姗其来迟！"

这里是将亡妻比作李夫人，希望她能像李夫人一样显灵，以告慰生者的思念。这当然是不可能的，所以抚胸长叹，不觉泪水打湿了衣襟。悲伤的思念，一旦从心中兴起，就再也难以停止。眼中是你起居的样子，耳边是你生前的嘱托（我只有满怀惭愧，因为我们唯一的女儿金鹿也随你走了）。末六句是自怨自艾之语。"上惭东门吴，下愧蒙庄子"，是说自己不能像东门吴和庄周那样豁达。东门吴是魏国人，"其子死而不忧"。他的家臣很奇怪，问他说："公之爱子，天下无有。今子死不忧，何也？"东门吴回答说："吾常无子，无子之时不忧。今子死，乃与向无子同，臣奚忧焉？"（《列子·力命》）诗人沉浸在哀思之中，难以自拔，所以抱愧。想要赋诗言志，但内心复杂的情思又难以一一言明。这是令人无可奈何的命运，常怀忧戚，自己也瞧不上自己。

第三首写一年服丧期满，将要离家就任：

> 曜灵运天机，四节代迁逝。
> 凄凄朝露凝，烈烈夕风厉。

奈何悼淑俪，仪容永潜翳。
念此如昨日，谁知已卒岁。
改服从朝政，哀心寄私制。
茵帱张故房，朔望临尔祭。
尔祭讵几时，朔望忽复尽。
衾裳一毁撤，千载不复引。
亹亹期月周，戚戚弥相愍。
悲怀感物来，泣涕应情陨。
驾言陟东阜，望坟思纡轸。
徘徊墟墓间，欲去复不忍。
徘徊不忍去，徙倚步踟蹰。
落叶委埏侧，枯荄带坟隅。
孤魂独茕茕，安知灵与无。
投心遵朝命，挥涕强就车。
谁谓帝宫远，路极悲有余。

太阳运转，四时代序，又到清秋。朝露凄凄，夜风烈烈。悼伤我美好的配偶，无奈你的仪容就此隐匿不见。一切好像发生在昨天，谁知道你已经去世了一整年。古代妻子去世，丈夫要守孝一年，为齐（zī）衰（cuī）。齐衰为五服之一。丧服用粗麻布制成，以其缉边缝齐，故称"齐衰"。服期有三年的，为继母、慈母；有一年的，为"齐衰期"，如孙为祖父母，夫为妻。诗人说：现在一年的孝期已满，我将要脱下丧服，回到朝廷，只有通过个人的行为来寄托我的哀思：悼念你所设的帐缦还张挂在你旧居的房舍，每当朔望（初一和十五）都来祭奠你的亡魂。朔望过得飞快，这样的祭奠岂能长久！帷帐和丧服一旦撤下烧毁，就永远也不会再陈设了。时光流逝，我盼望着月圆（十五），内心戚戚难解，更加沉痛。感物而生悲怀，动情而落热泪。驾车登上东边的土山，望见你的坟地，内心郁结隐痛。徘徊于墓地间，想要离开又不忍。徘徊难舍，不禁流连，脚步踌躇。埏（yán）为墓道。枯荄（gāi）是干枯的草根。落叶积聚在墓道的一侧，干枯的草根围绕在坟地的一隅。谁知道灵魂究竟有没有呢？如果有，那也是孤零零地无依无靠。抛开悼念亡妻的心情，遵从朝廷的指派，拭泪勉强自己登车上路。谁说皇宫的道路很远？路已经走完了，而我心头的悲伤却没有休止。

元康九年（299年）冬，潘岳还朝，任给事黄门侍郎。这年十二月，他竟卷入贾南风废愍怀太子司马遹（晋惠帝司马衷的长子）的阴谋中。贾后无子，养妹夫韩寿之子慰祖（贾谧的同母弟）为己子。将废太子，诈称惠帝身体不适，呼太子入朝。既至，贾后不见，置太子于别室，遣婢陈舞赐以酒枣，逼饮醉之。使黄门侍郎潘岳作书草，若祷神之文，有如太子素意，因醉而书之，令小婢承福以纸笔及书草使太子书之。其中有"陛下宜自了；不自了，吾当入了之。中宫又宜速自了；不了，吾当手了之"这样大逆不道的话。太子醉迷不觉，遂依而写之，其字半不成。既而补成之，后以呈帝。太子被废为庶人。

明年三月，贾后矫诏，让孙虑赐太子巴豆杏子丸，太子不肯服，孙虑用药杵打死太子。四月，赵王伦、梁王彤矫诏废贾后为庶人，贾谧及其党羽被杀。赵王伦辅政，孙秀为中书令。孙秀是潘岳之父潘芘任琅琊内史（掌管王国内行政事务）时琅琊王司马伦府中的小吏，为人"狡黠自喜"，曾屡次被潘岳挞辱，一直怀恨在心，又向石崇索要名妓绿珠不得，乃借机诬告石崇、欧阳建（石崇外甥）与潘岳意图谋反，矫诏收之，夷三族。刑场上，石崇对潘岳说："安仁，卿亦复尔邪！"潘岳答："可谓'白首同所归'。"潘岳元康六年《金谷诗》中有"投分寄石友，白首同所归"之句，后来"石友"就成为"金石之交"的代名词。"三族"包括父母、兄弟、妻子。潘岳的母亲屡次责备他说："尔当知足，而干没不已乎？"但他终不能改，令老母亲和兄弟都跟着自己上了刑场。"岳母及兄侍御史释、弟燕令豹、司徒掾据、据弟诜，兄弟之子，己出之女，无长幼，一时被害，唯释子伯武逃难得免。而豹女与其母相抱号呼不可解，会诏原之。"这样看来，杨氏死在潘岳之前，终究还是有福气的。

二

唐人的悼亡诗，最为知名的，当属中唐诗人元稹悼念亡妻韦丛的《遣悲怀三首》。

元稹（779—831），字微之。元氏家族是鲜卑族拓跋氏的后裔，北魏孝文帝时改汉姓元。孝文帝迁都洛阳，元氏也自称洛阳人。元稹八岁丧父，母亲郑夫人亲自教授，九岁能属文。十五岁明经擢第，二十四岁授秘书省校书郎。元和四年（809年），应制举才识兼茂、明于体用科，共十八人登第，元稹排第一，授左拾遗。他少有才名，二十四岁时与大他八岁的白居易同登书判拔萃科，并入秘书省任校书郎，二人就此结为好友，并称"元白"。从衣冠士子到闾阎下俚都传诵其诗，因盛行元和年间，被称为"元和体"。令狐楚很欣赏他，曾索要他的别集，称赞他是当代的鲍（照）、谢（灵运）。

元稹在右拾遗、监察御史任上正直敢言，为执政不喜，屡遭贬谪。曾在返京途中宿敷水驿（在陕西华阴县西），宦官刘士元后至，争夺馆驿正厅。刘士元跋扈，破门直入，夺取鞍马，索要弓箭，元稹连袜子都来不及穿好，就被刘士元以棰击伤面部。诉于朝廷，反被安了个"少年后辈，务作威福"（《旧唐书·元稹传》）的罪名，贬为江陵府士曹参军。这就是著名的"争厅案"。可见当时宦官气焰之盛，甚至任意凌辱朝臣。

安史之乱以后，宦官专权，正直的朝臣都以依附宦官为耻。元稹遭辱被贬之后，反而结交宦官以为进身之道，这一点一直为当时和后世之人诟病。他在穆宗长庆初年知制诰，就是出于宦官崔潭峻的推荐。官员的任命当出于宰相，所以他的这次任命其实是被人看轻的。但元稹擅长文章，"辞诰所出，夐然与古为俦，遂盛传于代"，于是极受穆宗宠幸。不久入翰林，为中书舍人、承旨学士，甚至拜相。《旧唐书》本传说，宦官因为他与崔潭峻交好之故，争相结交元稹，而知枢密魏弘简尤其与他交好，穆宗也因之更加看重他。河东节度使裴度曾再三上疏，说他与魏弘简为刎颈之交，谋乱朝政，言辞激烈。穆宗顾忌朝野内外的舆论，才免了元稹在禁中之职，授工部侍郎。但对他的恩顾未衰，长庆二年（822年）拜他为平章事。诏下之日，朝野无不轻笑之。可见当时的舆论所向。后来他被外放到越州，放意娱游，不修边幅，以渎货（贪污财物）闻名。文宗太和三年（829年）入朝，"振举纪纲，出郎官颇乖公议者七人"，这本来是好事，但由于他素无节操，所以众人并不信服。宰相王播卒，元稹又经营相位，但未成功。次年暴卒于第，年五十三。

简单介绍过元稹的生平，我们来了解一下他的婚姻情况。贞元十九年（803年），元稹二十四岁，授秘书省校书郎，并娶太子宾客韦夏卿幼女韦丛为妻。婚后的第七年，也就是元和四年（809年），韦丛病故，年仅二十七岁。韩愈所撰韦丛墓志说她"实生五子，一女之存"（《监察御史元君妻京兆韦氏夫人墓志铭》），只留下了一个女儿保子。韦丛死后，元稹《答友封见赠》诗云："荀令香销潘簟空，悼亡诗满旧屏风。扶床小女君先识，应为些些似外翁。"诗中长得有点像外公的"扶床小女"就是保子。元和五年，元稹出贬江陵士曹参军，病中不能照顾幼女，在好友李景俭的张罗下，纳安仙嫔为妾，生子元荆。（元稹《葬安氏志》）四年后安仙嫔病故，元荆才四岁，后六年也夭折了。安仙嫔病故的第二年，元稹出贬通州，大病百余日后北上兴元（今陕西汉中），与继配裴淑结婚，生育五女一子，其中两女早夭。按唐人的礼法，男子丧妻，要待妻子过世三年后方可再娶，所谓"达子之志"（《通典》卷八十九"齐衰三年"条）。因为子女三年不离于父母之怀，所以要为母亲服三年丧。如果孝期未满，而父亲已再娶，这会有害于子女的孝心。据贞观元年（627年）二月诏："男年二十女年十五以上，及妻丧达制之后，孀居服纪已除，并须申以婚媾，令其好合。若守志贞洁，并任其情，无劳抑以嫁娶。"（《通典》卷五十九）这里将"妻丧达制"与"孀居服纪"并提，可见夫妻都要为对方守制。但据诸家年谱，元稹丧妻之后并未守制，不知是谱误还是实际情形如是？暂存疑。王维和李商隐丧妻都未再娶，正是诏书中所说的"若守志贞洁，并任其情"的例子。

　　元稹和韦丛一起生活了前后七个年头。初婚的三年很平顺，那时韦丛的生父、庶母和婆婆都健在，婚后又很快怀孕，夫妇随韦夏卿在洛阳居住。结婚第二年春天，元稹回长安任秘书省校书郎，九月撰《传奇》（即《莺莺传》）。一般认为《莺莺传》属于自传。从写作时间看，元稹写作《莺莺传》，倒像是元稹对自己这段过往情事的一个交代，给莺莺，给自己，也是给妻子韦丛。为什么这样说呢？

因为这时元稹第一个孩子将要/刚出生，他带着初为人父的喜悦，所以才能坦然地对这段少年情事在内心作一个了结，也是对妻子韦丛的一个承诺。元和元年（806年）正月，岳父韦夏卿薨于洛阳，韦丛失怙，作为出嫁女要为父守孝一年。而此时元稹与白居易一起在长安华阳观闭户备考，于四月登才识兼茂、明于体用科，授左拾遗，正是他政治上最积极进取之时，"为执政所忌，（九月）出为河南县尉"（《旧唐书·元稹传》），韦丛在洛阳日夜祝祷，希望"官家欲赦乌报妻"（《听庾及之弹乌夜啼引》）。元稹到任洛阳，韦丛悲喜交集，但很快传来婆母（九月十六日）亡故的消息，元稹"泣血西归"，丁母忧，夫妻又别。《礼记·三年问》："三年之丧，二十五月而毕。"按唐律，父母丧，当守制二十七个月，服斩衰（用粗麻布制成，左右和下边不缝，服制三年。子及未嫁女为父母，媳为公婆，妻妾为夫，均服斩衰），到元和三年十二月才服丧期满。中国古代，孝子在父母的丧期内，未满十三个月不能吃蔬菜水果，未满二十五个月菜里不能放调料，更不用说食荤腥了。据唐人《户婚律》，凡居父母丧生子，处徒刑一年。也就是说，从元和元年正月韦夏卿丧韦丛为父服丧，到三年十二月元稹丁母忧满除服，这三年时间夫妻俩都在守丧，韦丛在此期间不可能受孕。而韦丛在七年的婚姻中曾五次怀孕生子，唯一的可能是，元和元年韦夏卿卒前，韦丛第四次怀孕已数月；元和三年十二月刚一除服，韦丛又第五次怀孕，次年七月早产而亡。此前元稹仕宦于外，到六月因为得罪权贵分司东台，才在洛阳与韦丛团聚。这时候离韦丛离世只有一个月了。

　　婚后小夫妻的生活，应该是贫困而不失温馨的。元稹在《祭亡妻韦氏文》中这样叙述：

况夫人之生也，选甘而味，借光而衣，顺耳而声，便心而使，亲戚骄其意，父兄可其求，将二十年矣，非女子之幸耶？逮归于我，始知贱贫，食亦不饱，衣亦不温，然而不悔于色，不戚于言，他人以我为拙，夫人以我为尊。置生涯于濩落，夫人以我为适道；捐昼夜于朋宴，夫人以我为狎贤，隐于幸中之言。呜呼！成我者朋友，恕我者夫人，有夫如此其感也，非夫人之仁耶？

呜呼歔欷，恨亦有之。始予为吏，得禄甚微，当日前之戚戚，每相缓以前期，纵斯言之可践，奈夫人之已而。况携手于千里，忽分形而独飞，昔惨凄于少别，今永逝与终离，将何以解予怀之万恨。（《元氏长庆集》卷六十）

可见韦丛不仅甘守贫贱，而且不问外事，对元稹所作所为皆毫无怨言，可谓能行忠恕之道，正是传统的贤妻良母。祭文中"捐昼夜于朋宴"也并非虚语，而是元稹婚后社交生活的实录。白居易回忆元和元年之前诗酒风流的生活，就有"征伶皆绝艺，选妓悉名姬"（《代书诗一百韵寄微之》）之句。元稹《酬翰林白学士代书一百韵》也不讳言当初"密携长上乐，偷宿静坊姬"的偷香窃玉行径。其中有关"绿袍因醉典，乌帽逆风遗""何曾爱官序，不省计家资"的叙述，正是"置生涯于濩落"的具体表现。

韦氏以"宽"待元稹，令元稹大起知己之感。虽然仍旧狎妓，但不过是文人常态。白居易是元稹的密友，其《和梦游春诗一百韵》这样叙述元稹的旧恋、狎妓和婚姻：

心惊睡易觉，梦断魂难续。

> 笼委独栖禽，剑分连理木。
> 存诚期有感，誓志贞无黩。
> 壮年徒自弃，佳会应无复。
> 鸾歌不重闻，凤兆从兹卜。
> 韦门女清贵，裴氏甥贤淑。
> 罗扇夹花灯，金鞍攒绣毂。
> 既倾南国貌，遂坦东床腹。
> 刘阮心渐忘，潘杨意方睦。

言下之意，元稹既看重韦氏门第清贵，又倾倒于韦丛的美貌，故结姻亲。白居易诗写实，这叙述可说是相当客观了。

韦丛七月九日离世，十月十三日葬于咸阳。元稹于次日作《空屋题》诗云：

> 朝从空屋里，骑马入空台。
> 尽日推闲事，还归空屋来。
> 月明穿暗隙，灯烬落残灰。
> 更想咸阳道，魂车昨夜回。

但他牵于公务，仍在洛阳，并未亲往。《六年春遣怀八首》（其二）有"检得旧书三四纸，高低阔狭粗成行"之句。正如陈寅恪说的，韦丛的形象是典型的贤妻良母，迥异于"工刀札，善属文"的莺莺，并无惊才绝艳，却能甘守贫贱。了解过上述情况，再来读《遣悲怀三首》，就知诗中所写正是两人生活实录。第一首写韦丛嫁给自己后，甘于贫困，对自己百般体贴：

> 谢公最小偏怜女，嫁与黔娄百事乖。
> 顾我无衣搜荩箧，泥他沽酒拔金钗。
> 野蔬充膳甘长藿，落叶添薪仰古槐。
> 今日俸钱过十万，与君营奠复营斋。

首句倒装，原本的顺序是"谢公偏怜最小女"。谢公，东晋谢安，诗中指岳父韦夏卿。也有人认为是指谢奕，谢道韫的父亲。但韦丛不是才女，从下文看，诗人也并无以谢道韫比韦丛之意，主要还是强调韦丛的出身门第，以及得父兄之爱。黔娄，春秋时齐国贫士，洁身自好，有志节，诗人用来自比。这两句的意思是说，妻子出身的门第，是像陈郡谢氏这样的名门望族，在出嫁之前又得父兄偏爱，生活优裕。自从嫁给自己，凡事都难以称心如意。中间两联都是对"自嫁黔娄百事乖"的具体形容：看我没有蔽体之衣，就搜索荩箧（用荩草编织的箱子）翻找陪嫁之物。无钱买酒，只要软缠几句，就拔下头上的金钗换酒。用野菜和豆叶来充饥，也甘之如饴；没钱买柴，就指望着古槐的落叶来添柴。现在我的俸禄超过了十万钱，却只能祭奠你，为你置办斋饭。

第二首写韦丛死后：

> 昔日戏言身后事，今朝都到眼前来。
> 衣裳已施行看（kān）尽，针线犹存未忍开。
> 尚想旧情怜婢仆，也曾因梦送钱财。
> 诚知此恨人人有，贫贱夫妻百事哀。

开头两句充满沉痛：当初开玩笑般说到身后之事，音容笑貌恍在；

现在你真的离开了，那些戏言变成现实，一一都到眼前。中间两联即具体地写"身后事"：你说要将衣裳多施舍给人，现在已经差不多都施舍完了。只有你亲手缝制的几件，还留存着你的针线，一直珍藏，不忍心拿出来看。旧情难忘，对当初侍奉过你的婢仆格外看顾。因思成梦，梦里相逢，醒来后烧送纸钱，聊以自慰。世间夫妻离别之恨，人人都有；贫穷卑贱的夫妻，事事艰难，处处悲辛。这首诗纯用白描，字字朴素，句句深情，三首之中，最为感人。元稹另有《六年春遣怀八首》，也是悼念韦丛的，其中有"婢仆晒君余服用"（其四）之句，也就是"衣裳已施行看尽""尚想旧情怜婢仆"；又说"重纩犹存孤枕在，春衫无复旧裁缝"（其一），可为"针线犹存未忍开"之旁证，还说"怪来醒后傍人泣，醉里时时错问君"（其五），也可与"也曾因梦送钱财"对读。可见本篇句句是实写，盖从诗人肺腑中出，所以能打动人。

前两首都是以悲悼韦丛（悲君）为主，第三首转到自伤（自悲），抒发了自己对韦丛深深的怀念：

> 闲坐悲君亦自悲，百年都是几多时。
> 邓攸无子寻知命，潘岳悼亡犹费词。
> 同穴窅冥何所望，他生缘会更难期。
> 惟将终夜长开眼，报答平生未展眉。

开头两句，是感叹人生短暂，百年难久。妻子只活了短短的二十七年，固然可悲；自己可以活得更久，但人寿不过百年，又长得了多久呢？也同样的可悲。中间两联是"自悲"的具体内容：邓攸，西晋末年任河东太守，逢战乱，携妻子、儿子和侄子一起逃难，遇险，为保全侄子而舍弃了自己的儿子,以后再也未能有子。韦丛没有留下儿子,所以说"邓攸无子",只能认命。当然元稹和后来的夫人是有儿子的。就算自己的这三首诗作得再好,就像潘岳《悼亡诗》三首一样,也只能抒发生者的悲哀,却不能起亡者于地下。何时能够夫妻同葬,来生再修夫妻的缘分,更是难以指望。只有整夜整夜地失眠,才能报答你嫁给我之后所经历的愁眉不展。

这三首诗相互补充,构成韦丛与元稹夫妻生活的完整画面。与元稹在悼亡赋中叙述的情形也很契合。诗歌纯用真实,所以能感动人。其悼亡诗之所以能够成功,正如陈寅恪所言,"就贫贱夫妻实写,而无溢美之词,所以情文并佳,遂成千古之名篇。""微之为成之所作悼亡诸诗,所以特为佳作者,直以韦氏之不好虚荣,微之之尚未富贵。贫贱夫妻,关系纯洁。因能措意遣词,悉为真实之故。夫唯真实,遂造诣独绝欤。"(《元白诗笺证稿》第四章《艳诗及悼亡诗》)但我们将《遣悲怀》组诗与潘岳《悼亡诗》相比,还是有浅、深之别。

三

唐代的悼亡诗,元稹《遣悲怀三首》之外还有韦应物和李商隐的悼亡之作,他们在妻子亡故之后都没有再娶,写下的悼亡诗也格外感人。韦应物生长于盛唐,他的诗歌创作则主要在中唐,诗风朴素,悼亡诗也具有同样的特点,有兴趣的同学可以课后找来阅读。李商隐也是我们熟悉的诗人,尤其是他的爱情诗,我们在第七讲中已经有较多的介绍。我们也知道,李商隐是一个深于情之人,他的悼亡诗也别具芬芳悱恻之美。

开成二年（837年），李商隐二十六岁，进士科中第，不久娶王茂元之女为妻。在此之前，李商隐应该还有一次婚姻，不过我们对此所知甚少，可以确定的是，时间很短，对方就亡故了。和王氏成婚后，李商隐大多时候都在各地幕府中任职，妻子则寄居于岳父王茂元在长安的宅邸。大中五年（851年）夏秋之交，王氏卒，留下一双儿女。夫妻共同生活了前后十五年的时间，感情甚笃。王氏故去后，李商隐到东川节度使柳仲郢幕中任职。柳仲郢打算赠送给他一个乐伎，方便为他做些缝补之事。这在当时应该是寻常的事情，譬如元稹就在韦丛死后不久纳安仙嫔为妾。但李商隐不肯接受，还特意写了一封信婉辞。我们从这封《上河东公启》，可以窥见李商隐当时的心境：

> 两日前，于张评事处伏睹手笔，兼评事传指意，于乐籍中赐一人，以备纫补。某悼伤以来，光阴未几。梧桐半死，方有述哀；灵光独存，且兼多病。眷言息胤，不暇提携。或小于叔夜之男，或幼于伯喈之女。检庾信荀娘之启，常有酸辛；咏陶潜通子之诗，每嗟漂泊。所赖因依德宇，驰骤府庭。方思效命旌旄，不敢载怀乡土。锦茵象榻，石馆金台，入则陪奉光尘，出则揣摩铅钝。兼之早岁，志在玄门，及到此都，更敦夙契。自安衰薄，微得端倪。至于南国妖姬，丛台妙妓，虽有涉于篇什，实不接于风流。况张懿仙本自无双，曾来独立，既从上将，又托英寮。汲县勒铭，方依崔瑗；汉庭曳履，犹忆郑崇。宁复河里飞星，云间堕月，窥西家之宋玉，恨东舍之王昌。诚出恩私，非

所宜称。伏惟克从至愿，赐寝前言，使国人尽保展禽，酒肆不疑阮籍。则恩优之理，何以加焉。干冒尊严，伏用惶灼。谨启。

这时王氏故去才数月，所以说是"悼伤以来，光阴未几"。"梧桐半死，方有述哀；灵光独存，且兼多病"，是说妻子死后，自己如同经历了一场大劫，虽然活下来了，但就好像枚乘《七发》中写到的龙门之桐，"半死半生"，生意萧索。况且己身多病，王氏留下一双年幼的儿女，自己也没有余力留在身边照顾。日常翻阅庾信感谢赵王送丝布给女儿的信，就会想到自己的幼子无人照看，感到酸楚；读到陶渊明《责子》诗，便想到自己长年漂泊在外，无法早晚教诲儿子，每每叹息。现托庇于柳仲郢的门下，唯思报恩效力，不敢有怀乡念家之心。况且早年就曾学道，到梓州幕府之后，更坚定了修道之念，并且略有领悟。"至于南国妖姬，丛台妙妓，虽有涉于篇什，实不接于风流"，意思是，虽然诗中多写到歌伎，但与她们并无实际的来往。何况张懿仙艳丽无双，已是心有所属，旧情难忘，又怎会再眷恋别人呢？最后希望柳仲郢收回成命。后来李商隐直到故去，也没有再娶。

王氏故去的这年七夕，李商隐写了《辛未七夕》这首诗：

恐是仙家好别离，故教迢递作佳期。
由来碧落银河畔，可要（yào）金风玉露时。
清漏渐移相望久，微云未接过来迟。
岂能无意酬乌鹊，惟与蜘蛛乞巧丝。

传说牛郎、织女为银河所隔，每年仅在农历七月初七夜晚，通过鹊桥相会一次。李商隐漂泊幕府，与王氏聚少离多，与牛郎织女一期一会的境遇相似。而今妻子亡故，连一期一会都不可能了。本篇以七夕寄托悼亡之心绪，正是伤心人别有怀抱。开头两句是疑问，也是断语：恐怕是神仙喜欢离别，所以才有了七夕牛女迢迢相会这样的佳期！次联反问：历来碧落银河边，就是良会之地，又何必非得在金风玉露的七夕才相会呢？这是诗人的质问，也是对造化弄人的感叹。颔联仍就"仙家好别离"说：清漏渐移，相望已久；微云淡淡，渡河尚迟，相会之期如此短暂，竟然还迟迟不相见，简直不懂得珍惜。七夕有蜘蛛丝乞巧的习俗，所以末二句又说：岂能不着意酬谢乌鹊，仅令织女传巧丝予蜘蛛呢？字字句句都是对"仙家好别离"的不解，也是诗人自己与妻子永"别离"之愁恨。首联疑问，颈联反问，颔联否定，尾联反问，每一联都是强烈的情绪句，全用虚字斡旋，诗人内心强烈的情感，简直要喷薄而出。但从艺术表达的角度看，全从对"仙家好别离"的不解与惋惜写出，又是极为克制的。后来秦观七夕词《鹊桥仙》："纤云弄巧，飞星传恨，银汉迢迢暗度。金风玉露一相逢，便胜却人间无数。　柔情似水，佳期如梦，忍顾鹊桥归路。两情若是久长时，又岂在朝朝暮暮。"即由本篇脱化而出，用的却是翻案法。

同年秋天，舅兄王十二和连襟韩瞻（字畏之）邀其小饮，李商隐以"悼亡日近"，未赴约，写下《王十二兄与畏之员外相访见招小饮，时予以悼亡日近不去因寄》这首诗：

谢傅门庭旧末行，今朝歌管属檀郎。
更无人处帘垂地，欲拂尘时簟竟床。

> 嵇氏幼男犹可悯，左家娇女岂能忘。
> 秋霖腹疾俱难遣，万里西风夜正长。

首句以谢安（死后追赠太傅）借指王茂元。谢安的侄女谢道韫对丈夫王凝之不满，认为夫婿不如她娘家的叔辈和兄弟辈。她说："一门叔父，则有阿大（谢尚）、中郎（谢据）；群从兄弟，则有封（谢韶）、胡（谢朗）、遏（谢玄）、末（谢渊）。不意天壤之中，乃有王郎！"（《世说新语·贤媛》）李商隐以王凝之自比，一方面是表示自谦，说自己在几个女婿之中是最不出色的，这样就抬举了连襟韩畏之（也是王茂元的女婿），兼含对岳家以及舅兄的推重，意思是，王氏家族的门第堪比东晋谢氏，舅兄王十二就像是谢道韫引以为傲的那些兄长一样优秀。在古代，诗歌不是案头的纯文学，很多时候是应酬和交际的工具，所以凡涉及人际关系，自谦并抬举对方是一种基本的社交礼仪。檀奴是潘岳的小字，郎是对年轻男子的称呼，所以后人称潘岳为檀郎。潘岳是杨家的女婿，故唐人也惯称女婿为檀郎，这里指王茂元的另一位女婿韩瞻（即题中"畏之员外"），和李商隐是连襟。次句说今日的歌吹宴饮只有韩瞻才能享用，言外之意是说，自己因悼亡日近，无心宴饮。"更无人处帘垂地"二句，是说室空人亡，帘内形影已空，床上的竹席积满了灰尘，与潘岳《悼亡诗》"帏屏无仿佛，翰墨有余迹""展转眄枕席，长簟竟床空。床空委清尘，室虚来悲风"的意境相近。嵇氏幼男，嵇康被司马氏杀死时，儿子嵇绍年仅十岁，所以称"幼男"，这里指王氏留下的儿子衮师，这一年才六岁，所以前引《上河东公启》说到他时，有"或小于叔夜之男"之句。左思有《娇女诗》，这里用"左家娇女"来指代自己的女儿。所以"嵇氏"二句，是说王氏死后，留下一双儿女尚幼，需要自己照顾。尾联说连绵的秋雨，再加上自己腹痛，已经难以排遣，更何况值此万里西风的漫漫长夜。"万里西风夜正长"是实写，也渗透了诗人的身世之感。

这年冬天，李商隐应柳仲郢辟，赴东川（治梓州，今四川三台县）任节度书记。散关在陕西宝鸡县南，即"铁马秋风大散关"（陆游《书愤》）的大散关，是巴蜀、汉中出入关中的咽喉要道。李商隐从长安去蜀中，途经大散关，写下《悼伤后赴东蜀辟至散关遇雪》这首诗：

剑外从军远，无家与寄衣。
散关三尺雪，回梦旧鸳机。

首句"剑外从军远"，是说自己远赴梓州幕府。"剑外"是剑阁（在今四川剑阁县，即大、小剑山之间的一条栈道）之外，这里指梓州。从军，指赴节度使幕。"无家与寄衣"，客子离乡，征夫戍边，家人必寄冬衣，所以唐人诗句中写到征夫从军，就有"九月寒砧催木叶，十年征戍忆辽阳"（沈佺期《古意呈补阙乔知之》）、"可怜楼上月徘徊，应照离人妆镜台。玉户帘中卷不去，捣衣砧上拂还来"（张若虚《春江花月夜》）这样的诗句。但现在妻子亡故，再没有人为他手缝冬衣远寄蜀中了。末二句一转，实中带虚，虚中见实：写在散关遇雪，梦见妻子在为自己裁制寒衣。纪昀说："回梦旧鸳机，犹作有家想也。"正见出诗歌在浑成中见曲折的特点。

李商隐悼亡诗的代表作，还是七律《正月崇让宅》：

密锁重关掩绿苔，廊深阁迥此徘徊。
先知风起月含晕，尚自露寒花未开。

蝙拂帘旌终展转，鼠翻窗网小惊猜。

背灯独共余香语，不觉犹歌《起夜来》。

诗作于大中十一年（857年）春初，诗人从东川幕府归来，回到王家在京城的旧居崇让宅，此时亡妻王氏故去已近六年。眼见春天已来，亡人不在，追忆过去，格外伤感。首句写出旧居无人，重门深锁，庭院中生出了绿苔。古诗中常用"绿苔"来形容庭院荒芜，如李白《长相思》诗中，就以"门前迟行迹，一一生绿苔"之句，写出丈夫远行之后闺中的寂寞：丈夫出门时在门前留下的足迹上也长出了绿苔。幽深的长廊与高阁之间曾有过多少与妻儿的欢乐时光，但自从妻子亡故，这里就成为寂寞凄凉的旧地。"高阁客竟去，小园花乱飞"（李商隐《落花》），无论水流花谢，都暗示着生命的消逝。"归来已不见，锦瑟长于人"（李商隐《房中曲》），更引发物在人亡之痛。"先知风起月含晕"两句，意为预知风将起，盖因月亮含晕；此际正风露清寒，所以春花未开。相比早年《春日寄怀》诗中所说"纵使有花兼有月，可堪无酒更无人"之句，可谓更进一层，已伏颈联荒凉之境。末四句写夜深独卧，思念之情难抑的恍惚之境：明知是蝙蝠拂动帘旌，仍终夜为之辗转难眠；明知是老鼠从窗网翻过，而伏枕为之惊猜。至于背灯闭目，而仿佛余香，朦胧私语，夜起重歌，竟忘其已是亡故之人。《起夜来》是乐府曲名。"起夜来"，就是"夜来"，"起"是起身、采取行动之意。梁代柳恽《起夜来》说："洞房且莫掩，应门或复开。飒飒秋桂响，非君起夜来。"后二句言风吹秋桂，飒飒作声，误以为是所候之情郎连夜来会，其情境与本篇相似。刘学锴《李商隐诗歌集解》说它表现的是"幻中之幻，痴中之痴"，信然。

第九讲 音乐

写声的艺术

☙ ❧

美国批评家苏珊·朗格认为，艺术创造幻象，绘画、雕塑、建筑的基本幻象是"虚幻的空间"，舞蹈的基本幻象是"虚幻的力"，而音乐的基本幻象是"虚幻的时间"（苏珊·朗格《情感与形式》）。在所有这些艺术形式中，音乐是最抽象的，它本质上诉诸听觉。音乐的展开是一种流动，音符一个接着一个出现，又接连消失在时间里，它的完成和消失是同步的。而它所激起的，是在我们脑海里的与现实空间不相连续的虚幻的时间。要想用语言将这种时间的幻觉表现出来，非诗人的妙手不可。

唐人对于音乐极为喜爱，诗和乐的关系也极为密切。第六讲中提到的旗亭画壁故事，就是我们在谈论唐代声诗入乐时最常举的例子。一方面，乐人将诗奏入管弦，诗成为乐的一部分；另一方面，诗人们也热衷在诗歌中表现音乐的主题，并写下了许多名篇。

一

琴是中国的民族乐器。传说五弦琴是舜帝所制，《南风》是最早的琴歌。司马迁说："昔者舜作五弦之琴，以歌《南风》；夔始作乐，以赏诸侯。"（《史记·乐书》）《尚书·舜典》中说，尧帝死后，"四海遏密八音"，意思是禁绝音乐。八音指的是用金、石、丝、竹、匏、土、革、木八种材质制成的乐器。琴、瑟属于八音之一的"丝"音。可见，在尧舜时代，琴已经是当时重要的弦乐器了。产生于商周时代的乐歌总集《诗三百》（汉以后称作《诗经》）中，琴作为乐器是经常出现的，如《周南·关雎》"窈窕淑女，琴瑟友之"，《小雅·鹿鸣》"我有嘉宾，鼓瑟鼓琴"，《小雅·常棣》"妻子好合，如鼓瑟琴"，《小雅·鼓钟》"鼓钟钦钦，鼓瑟鼓琴"，《鄘风·定之方中》"椅桐梓漆，爰伐琴桑"，《郑风·女曰鸡鸣》"琴瑟在御，莫不静好"，《小雅·甫田》"琴瑟击鼓，以御田祖"等，琴曲可以在宴会上飨客，祭祀时迎神，独处时怡情。

琴是士大夫之乐。孔子曾向师襄学鼓琴，并创作琴曲《陬操》，以伤悼被赵简子杀害的两位贤大夫。汉代独尊儒术，《白虎通德论》提出"琴者，禁也。所以禁止淫邪，正人心也"，将鼓琴与士大夫的修养相联系。所以，琴被后世文人士大夫视作雅乐的代表。

琴的形制，根据汉代桓谭《新论》的记载："神农之琴，以纯丝做弦，刻桐木为琴。至五帝时，始改为八尺六寸。虞舜改为五弦，文王武王改为七弦。"琴的形制应该在东汉时就已经定型。蔡邕《琴操》是有关于当时琴曲的专著。

隋唐时期流行胡乐，琴风稍替。唐代琴师，著名的有董庭兰，即高适《别董大》诗送别的"董大"。斫琴在唐朝也有巨大的发展，如四川雷氏家族所斫的"九霄环珮"为传世名琴。唐琴在历代都被视为稀世之宝。唐代减字谱逐渐成熟，成为记录琴乐的主要谱式。

总之，琴是士大夫的乐器，弹琴被视作传统士大夫的一种修养。现在我们要讲唐诗中的音乐主题，就先从听琴诗开始。今天，我们先欣赏李白的《听蜀僧浚弹琴》：

蜀僧抱绿绮，西下峨眉峰。
为我一挥手，如听万壑松。

客心洗流水，余响入霜钟。

不觉碧山暮，秋云暗几重。

绿绮，是古琴之名。晋傅玄《琴赋序》："司马相如有绿绮。"西晋张载《拟四愁》诗说："佳人遗我绿绮琴，何以赠之双南金。""南金"，是荆州、扬州所产的黄金，品质纯良。可见在西晋人眼里，绿绮琴已经是名贵的古琴了，价值"双南金"。司马相如是蜀人，弹琴的僧人也是从蜀地而来，所以这里用绿绮的典故。当然，并不是说蜀僧所抱之琴，真就是司马相如弹奏过的绿绮琴，这里绿绮不过是琴的美称。"蜀僧抱绿绮，西下峨眉峰"，意思是说，蜀僧浚（jùn）抱琴，自故乡峨眉山而来，写得很潇洒，有一种飘然尘外之致。

"为我一挥手，如听万壑松"这一联，给人以丰富的联想。"为我一挥手"，写出蜀僧弹琴的自得从容之态。"挥"点出弹琴的特点，魏晋著名的音乐家嵇康形容弹琴就常有这样的描述，如"伯牙挥手，钟期听声"（《琴赋》）、"目送归鸿，手挥五弦。俯仰自得，游心太玄"（《送秀才入军诗》）。"如听万壑松"，与蜀僧"西下峨眉峰"的画面呼应，从听者的角度，写出音声之入神，其实这何尝没有融进一颗感动的心灵呢？

"客心洗流水"，从字面上理解，是琴声如同流水一样淙淙悦耳，让游子的心灵如同被流水荡涤过一般，客中的种种情累为之一空；同时也暗用伯牙和子期高山流水遇知音的故事：

> 伯牙善鼓琴，钟子期善听。伯牙鼓琴，志在高山，钟子期曰："善哉，峨峨兮若泰山！"志在流水，钟子期曰："善哉，洋洋兮若江河！"（《列子·汤问》）

诗人借助这个典故自然地表达了通过音乐建立起来的知己之感，这是心领神会的默契。

"余响入霜钟"写出了音乐的旋律优美、回环不绝、久久萦绕在人耳畔的感觉，突出了琴声的魅力。"霜钟"语出《山海经·中山经》："丰山……有九钟焉，是知霜鸣。"郭璞注："霜降则钟鸣，故言知也。""霜钟"二字点明时令，与下面"秋云暗几重"照应。"余响入霜钟"句意是说，音乐终止之后，余音久久不绝，和薄暮时分寺庙的钟声融合在一起。《列子·汤问》里有"余音绕梁，三日不绝"之语，后世苏轼在《前赤壁赋》里也用"余音袅袅，不绝如缕"来形容洞箫的余音。

尾联用时间飞逝来暗示琴声的感染力。弹者高超的技艺和杰出的音乐才能都生动地表现了出来，给读者带来无穷的想象和回味。另一方面，我们也真切地感到诗人内心的感激、知遇之情，正像这绕梁的"余响"那样流动不止。

全诗了无痕迹地化用了五个典故，着重表现听者的感受，弹者和听者的感情交流，给人以清新明快之感。

二

韩愈《听颖师弹琴》，是唐代写声的名篇：

> 昵昵儿女语，恩怨相尔汝。划然变轩昂，勇士赴敌场。浮云柳絮无根蒂，天地阔远随飞扬。喧啾百鸟群，忽见孤凤凰。跻攀分寸不可上，失势一落千丈强。嗟余有两

耳,未省听丝篁。自闻颖师弹,起坐在一旁。推手遽止之,湿衣泪滂滂。颖师尔诚能,无以冰炭置我肠。

清人方扶南将它与白居易《琵琶行》、李贺《李凭箜篌引》相提并论,推许为"摹写声音至文"(方扶南《李长吉诗集批注》卷一)。

这首诗采用"先声夺人"的手法,一开头就撇开一切,用一连串的比喻直接形容自己听琴的感受:如同小儿女之间的亲密低语,你呀我呀,恩恩怨怨,声音应该是轻柔的;忽然一变为高昂,如同勇士奔赴杀敌的战场;又一变为阔远,如同无根的浮云和柳絮,在辽阔的天地间随风飞扬飘荡;又如同一片喧啾的鸟啼声中,忽然出现一只孤高的凤凰;声音高低抑扬,极高时如同手脚并用地攀爬悬崖峭壁,欲再往上一寸也不可得,陡降时又如失去权柄一落千丈。十句描写出琴声的五种变化。

诗人在运用不同的比喻时,还善于配合相适应的语音,更强化了摹声传情的效果。例如前两句比以儿女之情,十个字除"相"字外,没有开口呼,语音轻柔细碎,与儿女私语的情境契合。三、四句用疆场男儿来形容,便以开口呼"划"字领起,用洪声韵"昂""扬"作韵脚,中间也多用高亢的语音,恰切地传达出昂扬奋进的情境。

后八句由主观的形容转入叙述,慨叹自己虽然有两只耳朵,从来不懂得欣赏丝篁(代指琴瑟和箫管)之声;但自从听了颖师的弹奏,不由自主地起身坐在他旁边。甚至仓促间去推颖师的手,想要止住他的弹奏,此刻我泪落纷纷,如同雨水滂沱,打湿了我的衣襟。"颖师啊你确实善于鼓琴!不要如此忽冷忽热,如同将冰和炭同时置于我的肠中!"

这首诗写声极妙,由此还引发了一场争论。争论最早是由欧阳修提出来的，认为韩愈这首诗虽然"奇丽"，但不是琴诗，而是琵琶诗。言下之意就是韩愈没有扣住琵琶的音质和特点来写。苏轼《水调歌头》词序最早提到这段公案：

> 欧阳文忠公尝问余："琴诗何者最善？"答以退之《听颖师弹琴》诗最善。公曰："此诗最奇丽，然非听琴，乃听琵琶也。"余深然之。建安章质夫家善琵琶者乞为歌词，余久不作。特取退之词，稍加櫽括，使就声律，以遗之云。①

显然，苏轼是赞同欧阳修的观点的。他还将韩愈诗略加改动，填入《水调歌头》词调，送给章质夫家善琵琶者：

> 昵昵儿女语，灯火夜微明。恩怨尔汝来去，弹指泪和声。忽变轩昂勇士，一鼓填然作气，千里不留行。回首暮云远，飞絮搅青冥。
>
> 众禽里，真彩凤，独不鸣。跻攀寸步千险，一落百寻轻。烦子指间风雨，置我肠中冰炭，起坐不能平。推手从归去，无泪与君倾。

苏轼后来还另写了一首《听贤师琴》（《苏轼诗集》卷八）：

> 大弦春温和且平，小弦廉折亮以清。平生未识宫与角，但闻牛鸣盎中雉登木。门前剥啄谁叩门，山僧未闲君勿嗔。归家且觅千斛水，净洗从前筝笛耳。

---

① 胡仔《苕溪渔隐丛话》后集卷十《韩退之》也记载了这一段公案。

据他后来回忆说，诗刚写成，就想要寄给欧阳修看，可惜后来欧阳修过世了，一直没有机会得到欧阳修的首肯，所以一直引以为憾。（苏轼《杂书琴事十首赠陈季常》之二《欧阳公论琴事》）这里头，其实颇有与韩愈一争高下的意思。

在《听贤师琴》诗后，王文诰说："永叔诋为琵琶，公此诗因永叔而发，而昌黎诗由是传为口舌，至尽屈仰莫申，无有敢正之者。"王文诰是清代人，他这样说很容易引起误会，以为从宋代一直到明清，都没有人驳正欧、苏之说。其实在东坡当世，三吴僧义海就提出过不同意见，见载于蔡绦（蔡京之子）《西清诗话》"义海论琴诗"条[①]：

> 三吴僧义海以琴名世。六一居士尝问东坡："琴诗孰优？"东坡答以退之《听颖师琴》。公曰："此只是听琵琶耳。"或以问海，海曰："欧阳公一代英伟，然斯语误矣。'昵昵儿女语，恩怨相尔汝'，言轻柔细屑，真情出见也。'划然变轩昂，勇士赴敌场'，言精神溢余，竦观听也。'浮云柳絮无根蒂，天地阔远随飞扬'，言纵横变态，浩乎不失自然也。'喧啾百鸟群，忽见孤凤凰'，又见颖孤绝，不同流俗下俚声也。'跻攀分寸不可上，失势一落千丈强'，言起伏抑扬，不主故常也。皆指下丝声妙处，惟琴为然。琵琶格上声，乌能尔邪？退之深然其趣，未易讥评也。"

吴僧义海通过对诗意的阐释，指出欧阳修的看法是错误的。并且认为苏轼和欧阳修一样，并不真的懂琴，所谓"亦未知琴"：

---

① 胡仔《苕溪渔隐丛话》前集卷十六《韩吏部上》亦载此事。

东坡后有《听惟贤琴》诗云（略），诗成欲寄欧公，而公亡，每以为恨。客复以问海，海曰："东坡词气倒山倾海，然亦未知琴。'春温和且平'，'廉折亮以清'，丝声皆然，何独琴也。又特言大小弦声，不及'指下'之韵。'牛鸣盎中雉登木'，概言宫角耳。八音宫角皆然，何独丝也。"闻者以海为知言。余尝考今昔琴谱，谓宫者非宫，角者非角，又五调叠犯，特宫声为多，与五音之正者异，此又坡所未知也。

欧阳修、苏轼既非知音，其所论韩愈《听颖师弹琴》诗的意见亦难免有误。"三吴僧义海以琴名世"，这里包含着两条信息：义海乃僧人，而韩愈《听颖师弹琴》中的颖师亦僧人，同在空门，其感易同，此其一；又"以琴名世"，在琴艺上造诣很深，属于专业人士，故其判断更具权威性，理应格外引起重视，此其二。所以其论既出，后世多循其说，少有出其右者。

明代张萱是欧、苏之说的支持者，其《疑耀》云：

韩昌黎《听颖师弹琴》诗，欧阳文忠以语苏东坡，谓琵琶语。而吴僧海者，以善琴名，又谓此诗皆指下丝声妙处，为琴为然。若琵琶则格上音，岂能如此？而谓文忠未得琴趣。故妄为讥评耳。余有亡妾善琴，亦善琵琶，尝细按之，乃知文忠之言非谬，而僧海非精于琴也。琴乃雅乐，音主和平。若如昌黎诗，儿女相语，忽变而战士赴敌；又如柳絮轻浮，百鸟喧啾。上下分寸，失辄千丈，此等音调，乃躁急之甚，岂琴音所宜有乎？至于结句泪滂满衣，冰炭置肠，亦惟听琵琶者或然。琴音和平，即能感人，亦不宜令人之至于悲而伤也。故据此诗，昌黎固非知音者，即颖师亦非善琴矣。

张萱的论证看似有理，其实欠推敲。毕竟宋明异代，宋代流行的琴曲，很多都已不传。而且即便是在汉唐，琴音也并不像张萱所说的那样一律"和平"，例如名曲《广陵散》，一般认为吟咏的是战国时铸剑工匠之子聂政为报杀父之仇，刺死韩王后自杀的悲壮故事，旋律激昂慷慨，正属于"划然变轩昂，勇士赴敌场"的描写对象。而且琴音也有高下抑扬，有各种复杂多变的指法，诗人用"跻攀分寸不可上，失势一落千丈强"加以形容，并无不可。清代许顗《彦周诗话》就说：

"浮云柳絮无根蒂，天地阔远随飞扬"，此泛声也，谓轻非丝、重非木也。"喧啾百鸟群，忽见孤凤凰"，此泛声中寄指声也。"跻攀分寸不可上"，吟绎声也。"失势一落千丈强"，顺下声也。善琴者此数声最难工。

其实上述关于是"琴声"还是"琵琶声"的争论，反映出对"写声"艺术的理解的不同。韩愈在写声时，强调的是自己的主观感受，应该并没有刻意地将琴声区别于琵琶声。苏轼论诗画创作时说："论画以形似，见与儿童邻。赋诗必此诗，定非知诗人。诗画本一律，天工与清新。边鸾雀写生，赵昌花传神。何如此两幅，疏澹含精匀。谁言一点红，解寄无边春。"（《书鄢陵王主簿所画折枝二首》其一）是特别强调神似的，这是很高明的看法。可惜他在论音乐时，受到欧阳修观点的左右，似乎忘了此点。

三

在唐代，古琴作为一种雅乐，其实离日常生活较远。李白和韩愈都是复古的诗人，而且弹琴之人都是像蜀僧、颖师这样的方外之人。中唐刘长卿有一首《听弹琴》诗："泠泠七弦上，静听松风寒。古调虽自爱，今人多不弹。"正写出了古琴在中唐世俗生活中备受冷落的这一实况。

唐代社会上流行的，主要是胡乐。岑参《白雪歌送武判官归京》"中军置酒饮归客，胡琴琵琶与羌笛"，正反映了当时军中送别的宴会上演奏胡乐的情形。白居易《琵琶行》与李贺《李凭箜篌引》，是中唐写声的名篇，所表现的也都是流行的琵琶乐与箜篌乐。在敦煌壁画中，琵琶与箜篌是出现频率最高的乐器，由此可见世俗的流行趋势以及士民的狂热。

最早被称为"琵琶"的乐器，大约在中国秦朝出现。"琵琶"二字中的"珏"，意为"二玉相碰，发出悦耳碰击声"，表示这是一种以弹碰琴弦的方式发声的乐器。据汉代《风俗通义》"批把"条："推手前曰批，引手却曰把，长三尺五寸，法天地人与五行，四弦象四时。"也就是说，琵和琶原是两种弹奏手法的名称，琵（批）是右手向前弹，琶（把）是右手向后挑。日本人藤原师长的琵琶谱《三五要录》，取"三五"来代指琵琶，也渊源于此说。唐代琵琶有四弦的，也有五弦的。《旧唐书·礼乐志》："五弦，如琵琶而小，北国所出，旧以木拨弹，乐工裴神符初以手弹，太宗悦甚，后人习为搊琵琶。"白居易另有《五弦弹》《秦中吟十首·五弦》，可见当时人习称琵琶者例为四弦。白居易《琵琶行》诗中琵琶女所弹奏的，也是四弦琵琶。唐人弹琵琶时会使用一种叫"拨"的配件,它会刮擦琵琶面板。所以唐代琵琶的面板上都有皮革保护层,称为捍拨,以免面板受损。明代,琵琶不再用"拨子","捍拨"也随之废弃。我们今天还能看到的唐琵琶都有捍拨,不仅彩绘,还装饰以金珠螺钿,看起来极为华丽。

《琵琶行》是白居易的代表作,也是唐代写声的名篇。白居易写作《琵琶行》的缘起,在序中交代得很清楚:

> 元和十年,予左迁九江郡司马。明年秋,送客湓浦口,闻舟中夜弹琵琶者。听其音,铮铮然有京都声。问其人,本长安倡女,尝学琵琶于穆、曹二善才,年长色衰,委身为贾人妇。遂命酒,使快弹数曲,曲罢悯然。自叙少小时欢乐事,今漂沦憔悴,转徙于江湖间。予出官二年,恬然自安,感斯人言,是夕始觉有迁谪意。因为长句,歌以赠之,凡六百一十六言,命曰《琵琶行》。

九江郡,是隋代郡名,治所在今江西九江市,这里是沿用隋代的旧称。唐代称江州浔阳郡,所以下文又说"浔阳城""江州",这里用的是唐代的称呼。司马,是地方刺史官属下掌管军事的副职,中唐时期不过备员而已,多用来安置由京官迁谪外地者,实际上已经成了一种冗员散职的性质。白居易《江州司马厅记》就说"唯员与俸在",又说:

> 莅之者,进不课其能,退不殿其不能,才不才,一也。若有人畜器贮用,急于兼济者居之,虽一日不乐。若有人养志忘名,安于独善者处之,虽终身无闷。官不官,系于

时也，适不适，在乎人也。江州左匡庐，右江湖，土高气清，富有佳境。刺史，守土臣，不可远观游；群吏，执事官，不敢自暇佚；惟司马绰绰可以从容于山水诗酒间。由是郡南楼山、北楼水、湓亭、百花亭、风篁、石岩、瀑布、庐宫、源潭洞、东西二林寺、泉石松雪，司马尽有之矣。苟有志于吏隐者，舍此官何求焉？案唐典：上州司马，秩五品，岁廪数百石，月俸六七万。官足以庇身，食足以给家。州民康，非司马功；郡政坏，非司马罪。无言责，无事忧。噫！为国谋，则尸素之尤蠹者；为身谋，则禄仕之优稳者。（《白氏长庆集》卷四十三）

这对于白居易在江州浔阳郡司马任上的官况、生活和思想感情是很好的说明。从这篇小序来看，白居易元和九年（814年）来浔阳郡任司马，次年秋在九江湓浦口送客的时候，遇见了从京城流落到九江的琵琶女，听她说起自己少小欢乐与如今憔悴，不由得勾起自己的身世之感，想到自己从京城贬谪到浔阳的种种，写下了这首长达六百余字的《琵琶行》。行，是乐府歌辞的一种，通常与"歌"连言，泛称歌行。据《唐音癸签》，"歌"是曲的总名，"行"则是"衍其事而歌之"，则"行"是具有铺叙纪事之性质的歌辞，如李白《长干行》、杜甫《兵车行》、王维《老将行》等，都是"行"体的名篇，也都具有铺叙的特点。《琵琶行》长达六百余字，下面我们来逐段欣赏：

> 浔阳江头夜送客，枫叶荻花秋瑟瑟。
> 主人下马客在船，举酒欲饮无管弦。
> 醉不成欢惨将别，别时茫茫江浸月。

> 忽闻水上琵琶声，主人忘归客不发。
> 寻声暗问弹者谁，琵琶声停欲语迟。
> 移船相近邀相见，添酒回灯重开宴。
> 千呼万唤始出来，犹抱琵琶半遮面。

"浔阳江头夜送客"以下八句，叙送别。"枫叶荻花秋瑟瑟"，点染秋景如画。"瑟瑟"，一作"索索"，拟声词，形容花叶为秋风吹动的声音。"主人下马客在船"，是互文见义，意思是说主客一起下马，然后上船。船上备有酒宴，可惜没有音乐，唯有明月的影子倒映在江心，照亮彼此的离愁。一顿闷酒喝完，宾主都有了醉意，正要作别，忽然听到水上传来铮铮的琵琶声，主人忘了要走，客人也忘了要离开。

"寻声暗问弹者谁"以下六句，叙相邀。"琵琶声停欲语迟"，写出琵琶女的迟疑。琵琶女现在的身份是商人妇，她孤身一人，又是晚上，对陌生人的探问是宜谨慎的。待白居易将船靠拢，亮出自己的身份，请她上船相见。"千呼万唤始出来，犹抱琵琶半遮面"这两句写出她的身份。从后文看，昔日她是酒筵歌席的常客，并不怯场；但现在僻处九江且已为人妇，这样贸然上船，自然少不了顾虑。奈何白居易他们相邀之意甚坚，对方都是官员，白居易还是本地司马，不宜峻拒，所以是"千呼万唤始出来，犹抱琵琶半遮面"。而相见之难，也让人对接下来的演奏更添一分期待。

接下来一段，极力摹写琵琶女的演奏艺术，也展现了白居易在音乐欣赏方面的造诣：

> 转轴拨弦三两声，未成曲调先有情。
> 弦弦掩抑声声思，似诉平生不得志。

低眉信手续续弹，说尽心中无限事。
轻拢慢捻抹复挑，初为《霓裳》后《绿腰》。
大弦嘈嘈如急雨，小弦切切如私语。
嘈嘈切切错杂弹，大珠小珠落玉盘。
间关莺语花底滑，幽咽泉流冰下难。
冰泉冷涩弦凝绝，凝绝不通声暂歇。
别有幽愁暗恨生，此时无声胜有声。
银瓶乍破水浆迸，铁骑突出刀枪鸣。
曲终收拨当心画，四弦一声如裂帛。
东船西舫悄无言，唯见江心秋月白。

"转轴"两句，是写在弹奏前通过拧轴拨弦来定弦。轴是琵琶上用以缠绞丝弦的部分，拧转此轴，可以通过松弦、紧弦来调节音高。弹奏久了，因轴的滑动或弦的松紧，往往音调失准，需要重新校正。所以在弹奏前总要先定弦调音。虽然不是正式弹奏，但在这三两声琵琶中，已经带出琵琶女独特的情韵。"弦弦"以下四句，是写琵琶女在定弦之后，试弹一种散调序奏，所谓散序（还没起拍子的散板引子部分）。这种调子都很缓慢，所以多用掩按抑遏的手法，其声幽咽，每一声听起来都含思有情。所谓"掩抑"，据白居易"蕤宾掩抑娇多怨，散水玲珑峭更清"（《代琵琶弟子谢女师曹供奉寄新调弄谱》）、"第五弦声最掩抑，陇水冻咽流不得"（《五弦弹》），以及刘禹锡"悄如促柱弦，掩抑多不平"（《送李策秀才还湖南，因寄幕中亲故兼简衡州吕八郎中》），可知表达的是幽咽不平之情。"低眉"两句，写出琵琶女的弹奏毫无矜持做作，情思无限，也表现出序奏由迟涩之音而趋于流走。

"轻拢"两句，写琵琶女左按右弹，都有工夫。拢（lóng）和撚（niǎn）是左手按弦的指法，拢是以手指掠叩，即所谓"叩弦"法，撚是以手指揉弦。"抹"和"挑"是右手弹弦的指法，顺手下拨为抹，反手回拨为挑。据《乐府杂录》"琵琶"条："曹纲善运拨，若风雨，而不事叩弦；（裴）兴奴长于拢撚，下拨稍软。时人谓曹纲'有右手'，兴奴'有左手'。"像琵琶女这样左右手的技艺都擅长是很难得的。《霓裳》即《霓裳羽衣曲》，本名《婆罗门》，天宝十三载改名《霓裳羽衣曲》。据说是西凉节度使杨敬述献给玄宗的。白居易《霓裳羽衣歌》云："由来能事皆有主，杨氏创声君造谱。"即说到杨敬述献曲事，所谓"创声"；此后玄宗又加以润色，所谓"造谱"。故《杨太真外传》注云：《霓裳羽衣曲》者，是玄宗登三乡驿望女几山所作也，故刘禹锡有诗《三乡驿楼伏睹玄宗望女几山诗，小臣斐然有感》云："开元天子万事足，唯惜当时光景促。三乡陌上望仙山，归作《霓裳羽衣曲》。"在宫廷极为流行。《绿腰》，琵琶曲名，一作《乐世》，也作《六幺》《录要》，也是中唐时流行的曲子。元稹《琵琶歌》："曲名无限知者鲜，《霓裳羽衣》偏宛转。《凉州》大遍最豪嘈，《六幺》散序多笼撚。"可见《霓裳》和《六幺》都是当时最流行的琵琶曲。

"大弦"指四弦中最粗的弦，"小弦"指最细的弦。嘈嘈，形容声音之沉重悠长；切切，形容声音细促急切。顾况《李供奉弹箜篌歌》："大弦似秋雁，联联度陇关；小弦似春燕，喃喃向人语。手头疾，腕头软，来来去去如风卷。声清泠泠鸣索索，垂珠碎玉空中落。"白居易《秦中吟·五弦》："大声粗若散，飒飒风和雨。小声细欲绝，切切鬼神语。"大弦和小弦，其声有宏大和纤细之别，故诗人往往错杂来写。"大弦"以下，形容渐入曲子的正腔，繁音急节的部分：或大弦嘈嘈，声如急雨；或小弦切切，如同私语。大弦之声和小弦之声错杂连贯，如同大小不同的珠子泻落在玉盘上，声音流转清脆。宛转流走，如同黄莺在花下啼啭；幽咽吞涩，又似冰泉下流时受到阻碍，好像弦要折断，声音也暂时停止。晏殊《木兰花》"陇头呜咽水声繁，叶下间关莺语近"，就从白居易"间关莺语花底滑，幽咽泉流冰下难"这两句脱化而出。由此也可见，白居易"幽咽泉流"句，也脱化于汉乐府横吹曲《陇头歌辞》"陇头流水，鸣声幽咽"。用典令人不觉，这是白居易诗歌的一个重要的特点。

琵琶声暂歇，而在这无声之处，诗人仿佛听见了琵琶女的"幽愁暗恨"，比有声时更觉惊心动魄。就像英国诗人济慈在《希腊花瓶歌》中说的："听得见的声调固然幽美，听不见的声调尤其幽美。"这大约是因为，"听得见的声调"（有声）是"听之以耳"，而"听不见的声调"（无声）则是"听之以心"（《庄子·人间世》）。听之以耳，诉诸我们的听觉；而听之以心，则诉诸我们的心灵。听觉有限，而心灵的世界则是无限的，所以才能在无声处听出琵琶女满腹的"幽愁暗恨"。所以，"别有幽愁暗恨生，此时无声胜有声"，实在是知音之赏。后来鲁迅《无题》"心事浩茫连广宇，于无声处听惊雷"，同样是听之以心，所听取的，又非个人的愁恨，而是万民流离转徙的哀歌。从章法而言，"别有幽愁暗恨生"，又暗示了在这样一个短暂的停顿之后，即将迎来一个高潮，于是琵琶声陡然高亢：好像是银瓶破碎，水浆崩泻；骑兵突出，兵戈相击。并由此戛然而止，已经到了尾声，收场一拨，拨子在琵琶槽的中心并合四弦用力一划，发出裂帛之声。这时东舟西舫悄然无声，全都沉浸在音乐的境界中，只见一轮秋月，独照江心。"东舟西舫悄无言，唯见江心秋月白"，让我们想起钱起《省试湘灵鼓瑟》"曲终人不见，江上数峰青"，都是以不写写之，可谓深得写声之三昧。既云收"拨"，下文又写到放

"拨"插弦中,可见琵琶女的弹奏,是以木拨弹而非以手弹。这一大段展现出白居易高超的写声艺术,诗人从演奏者的技术和听众的审美感受两方面入手,双管齐下,可见诗人对琵琶演奏技术非常熟悉,而且也具有敏锐的艺术感受力,所以特别脍炙人口。

下面一大段,是琵琶女自叙身世,补充交代了她在琵琶演奏方面过人的造诣:

> 沉吟放拨插弦中,整顿衣裳起敛容。
> 自言本是京城女,家在虾蟆陵下住。
> 十三学得琵琶成,名属教坊第一部。
> 曲罢曾教善才服,妆成每被秋娘妒。
> 五陵年少争缠头,一曲红绡不知数。
> 钿头云篦击节碎,血色罗裙翻酒污。
> 今年欢笑复明年,秋月春风等闲度。
> 弟走从军阿姨死,暮去朝来颜色故。
> 门前冷落鞍马稀,老大嫁作商人妇。
> 商人重利轻别离,前月浮梁买茶去。
> 去来江口守空船,绕船月明江水寒。
> 夜深忽梦少年事,梦啼妆泪红阑干。

琵琶女将拨子收起,置放在弦间插拨的地方,整顿衣裳,站起来时已经收敛了因演奏而内心激动的面部表情,态度恭敬严肃。自称本来是京城人,家在下马陵(谐音虾蟆陵,在曲江附近,是酒楼舞榭很多的地方)居住。十三岁琵琶就已经学成,在教坊里属于头号人物。教坊是唐代官方设立的教习歌舞技艺的教练所,有左右教坊、内教坊，歌舞艺人也有"内人"和"外供奉"的区别。琵琶女与"五陵年少"打交道，不会是宫里的"内人"，应该是"外供奉"之类，曾挂名于教坊的。一曲弹罢，曾让善琵琶的曹善才叹服，盛装之美，让秋娘生妒。一首曲子，五陵年少（代指贵游子弟）争相打赏，打赏的红绡不计其数。贵重的头饰，因歌舞击节而被打碎；鲜红的罗裙，因酒宴调笑而被酒水沾污，可见当时的生活是多么的奢华放纵。就这样纵情欢乐，年复一年，当时并不觉得这样的良辰美景值得珍惜，只道是寻常，所以轻易也就过去了。阿弟从军，阿姨也死了，自己的容色也一天天衰老。门前冷落，车马逐渐稀少，老来嫁作商人妇。商人重利轻离别，前月浮梁买茶去。白居易的诗真是老妪能解，不烦解释。浮梁属今天江西省景德镇市，唐代时为重要的茶叶集散地。夜深忽梦少年事，因梦境而伤心啼哭，妆泪（犹言红泪，眼泪和脂粉屑合在一起）纵横。

"我闻"句以下二十句，是第三大段，将"知音"之感，扩大为"同是天涯沦落人，相逢何必曾相识"的感慨：

> 我闻琵琶已叹息，又闻此语重唧唧。
> 同是天涯沦落人，相逢何必曾相识。
> 我从去年辞帝京，谪居卧病浔阳城。
> 浔阳地僻无音乐，终岁不闻丝竹声。
> 住近湓江地低湿，黄芦苦竹绕宅生。
> 其间旦暮闻何物，杜鹃啼血猿哀鸣。
> 春江花朝秋月夜，往往取酒还独倾。
> 岂无山歌与村笛，呕哑嘲哳难为听。
> 今夜闻君琵琶语，如听仙乐耳暂明。

> 莫辞更坐弹一曲，为君翻作琵琶行。
> 感我此言良久立，却坐促弦弦转急。
> 凄凄不似向前声，满座重闻皆掩泣。
> 座中泣下谁最多，江州司马青衫湿。

我听琵琶已经叹息，听了琵琶女自叙身世，更是叹息不已。同是他乡异域之人，因遭际、心境相通而一见如故，又何必从前相识呢！"同是天涯沦落人，相逢何必曾相识"，这两句是一篇之眼，也可视作诗人自述创作动机。换句话说，琵琶女盛年时在京城曲惊四座，纵情欢乐，到年长色衰，嫁作商妇，独守空船，这一番遭际，又何尝不是诗人"沦落天涯"的写照呢？

故以下叙自己的贬谪经历：我从去年离开长安，谪居浔阳，卧病在床。浔阳地处偏僻，无乐可赏，一年到头都听不见丝竹之声。住所在湓江附近，地势低洼潮湿，绕宅唯有黄栌和苦竹。春江花朝，秋江月夜，往往借酒消愁，自斟自饮。岂无山歌与村笛，呕（ōu）哑（yā）嘲（zhāo）哳（zhā），杂乱琐碎不成调，实在是难听。这里早晚听什么呢？唯有杜鹃啼血，猿猴哀鸣。今夜闻君弹一曲，如听仙乐，耳朵也恢复了聪明。请不要推辞，再弹一曲，我为你写一首《琵琶行》以配乐。就章法而言，这一段叙自己的"天涯沦落"，相对琵琶女的叙述，就要简单多了，只用"我从去年辞帝京，谪居卧病浔阳城"一笔带过，谪居之苦，只举"浔阳地僻无音乐，终岁不闻丝竹声"一事，接下"今夜闻君琵琶语，如听仙乐耳暂明"，又回到琵琶的主题，而以"不辞更坐弹一曲，为君翻作琵琶行"为请，所谓"识曲听其真"（《古诗十九首》"今日良宴会"），更见知音。

"感我"以下六句，为收束。琵琶女为我的话感动，久立无言。

重新入座后,将音调调得更高,弹出弦声急促。其声凄凄,不似刚才所奏,满座重听,都掩面而泣(不出声的哭为泣)。座中谁落泪最多呢?江州司马的青衫(白居易的官职为从九品将仕郎,其官服为青色)都被泪水打湿了。前后两次弹奏,叙述则一繁一简。而就情感而言,则在经过前面互陈"天涯沦落"之事后,可以想象,琵琶女演奏将更投入,也会更自由地吐露自己的心声,所以第二次的演奏,才会"凄凄不似向前声",令满座之人重听时,无一不掩袖而泣。而诗人因同此"天涯沦落"之痛,故泪下最多。这一次的演奏,更多的是"听之以心",故略去了对琵琶声的形容,只表现听者的感动。

四

箜篌也属于胡乐,为弹拨乐器,有卧箜篌、竖箜篌、凤首箜篌等多种。梁简文帝萧纲有一首《赋乐器名得箜篌诗》:

> 捩迟初挑吹,弄急时催舞。
> 钏响逐弦鸣,衫回半障柱。
> 欲知心不平,君看黛眉聚。

日本学者林谦三认为诗中所赋的是卧箜篌,即后来流传于高句丽的玄鹤琴,省称玄琴(《东亚乐器考》第三章《弦乐器·卧箜篌的前历》)。卧箜篌的形制,是介乎琴筝之间的。最早记录此种乐器的是《史记·封禅书》:

> 其春,既灭南越……于是塞南越,祷祠太一、后土,始用乐舞,益召歌儿,作二十五弦及空侯,琴瑟自此起。

这空侯就是箜篌,又名坎侯。东汉应劭《风俗通义》云:

> 空侯。谨按《汉书》,孝武皇帝塞南越,祷祠太乙、后土,始用乐人侯调依琴作坎坎之乐,言其坎坎应节奏也;侯,以姓冠章耳。或说空侯取其空中;琴瑟皆空,何独坎侯耶?斯论是也。

关于箜篌的得名,另有不同的说法。如唐人段安节《乐府杂录》认为其"为亡国之音,故号'空国之侯'"。这说法并不那么可靠,却也反映了当时士大夫的一种观念,即箜篌乐作为胡乐,往往是被视作亡国之音的,中唐白居易等人就有类似的看法。近人伯希和则认为箜篌是古代土耳其蒙古人的译音字。

竖琴传入稍晚,也称箜篌。为避免混淆,故世人将玄琴称为卧箜篌(此用林谦三说),竖琴称竖箜篌。箜篌在唐以前是四弦的,用拨——即前引萧纲诗中的"挒(liè)"——弹奏,和琵琶相近。唐代卧箜篌,根据杜佑《通典》的记载,为七弦弹拨乐器,形制近瑟。杜佑《通典·乐四》:

> 竖箜篌,胡乐也。汉灵帝好之。体曲而长,二十三弦,竖抱于怀中,用两手齐奏,俗谓之擘箜篌。

李贺《李凭箜篌引》诗中有"二十三丝动紫皇"句,则李凭所弹正是竖箜篌。敦煌壁画中乐舞图中的箜篌，也大多是竖箜篌。

箜篌盛行于汉唐。汉乐府有《箜篌引》曲，亦名《公无渡河曲》。据崔豹《古今注》记载：

> 《箜篌引》，朝鲜津卒霍里子高妻丽玉所作也。子高晨起，刺船而棹。有一白首狂夫，披发提壶，乱流而渡。其妻随呼止之，不及，遂堕河而死。于是援箜篌而鼓之，作《公无渡河》之歌，声甚凄怆。曲终，自投河而死。霍里子高还，以其声语其妻丽玉。玉伤之，乃引箜篌而写其声……名曰《箜篌引》。

可见，最早演奏此曲的，是白首狂夫的妻子。朝鲜津卒霍里子高在场，回家后将曲子告诉妻子丽玉，丽玉用箜篌演奏其声，所以名为《箜篌引》。其辞云："公无渡河！公竟渡河！堕河而死，当奈公何！"根据这个故事和古辞，此箜篌曲的情调是很激越的。曹植《野田黄雀行》，《文选》题作《箜篌引》，中有"惊风飘白日，光景驰西流。生存华屋处，零落归山丘"之句，充满忧生之嗟，可以想象其声情之摇荡。《古诗为焦仲卿作》中，刘兰芝未嫁仲卿之前，"十五弹箜篌，十六诵诗书"，可见当时弹箜篌是音乐修养的体现。

传世文献中，有关弹箜篌的记载不少，且辞连鬼神。如旧题陶元亮《搜神后记》载，汉代有个会稽人野外投宿，有"少女（其实是名陈阿登的女鬼）不欲与丈夫共宿，呼邻人家女自伴，夜共弹箜篌"。梁代吴均《续齐谐记》载，宋元嘉中，会稽人赵文韶月下唱《乌飞曲》，遇到一位十八九岁的绝色女郎（其实是青溪神女），相邀作歌。文韶即为歌《草生盘石下》，女郎"取箜篌鼓之，泠泠似楚曲。又令侍婢歌《繁霜》，自脱金簪扣箜篌和之"。

唐宪宗元和年间，诗人李贺在长安任奉礼郎。当时梨园弟子李凭以善弹箜篌而名噪一时。"天子一日一回见，王侯将相立马迎"（顾况《李供奉弹箜篌歌》），身价之高甚至远超玄宗朝著名歌手李龟年。这一年的秋天，李凭在宫中演奏箜篌，李贺听后，写下了乐府诗《李凭箜篌引》。这首诗以想象丰富、设色瑰丽而著称，艺术感染力很强，是李贺诗的代表作之一。清代诗论家方扶南将这首《李凭箜篌引》与白居易《琵琶行》、韩愈《听颖师弹琴》并列，称赞它们是"摹写声音至文"（《李长吉诗集批注》卷一）。"笔补造化天无功"（《高轩过》）的李贺，会怎样摹写李凭在箜篌上弹奏出的天籁之音呢？下面我们一起来欣赏：

> 吴丝蜀桐张高秋，空山凝云颓不流。
> 江娥啼竹素女愁，李凭中国弹箜篌。
> 昆山玉碎凤凰叫，芙蓉泣露香兰笑。
> 十二门前融冷光，二十三丝动紫皇。
> 女娲炼石补天处，石破天惊逗秋雨。
> 梦入神山教神妪，老鱼跳波瘦蛟舞。
> 吴质不眠倚桂树，露脚斜飞湿玉兔。

吴地以产丝著称，"吴丝"代指优质的蚕丝。"蜀桐"，蜀地产的桐木，宜于制作琴瑟等乐器。吴丝蜀桐，形容箜篌制作精良，弦用吴丝，琴身用蜀桐。"张高秋"，点出时令。东汉宋子侯《董娇娆》诗云："高秋八九月，白露变为霜。"相比"深秋"、"暮秋"，"高秋"更富意蕴，有一种天高气清之感，不禁让人联想到"南山与秋色，气势两相高"（杜牧《长安秋望》）。"空山凝云颓不流"，用秦青故事，见《列子·汤问》：

> 薛谭学讴于秦青，未穷青之技，自谓尽之，遂辞归。秦青弗止，饯于郊衢，抚节悲歌，声振林木，响遏行云。薛谭乃谢，求反，终身不敢言归。

"空山凝云颓不流"，即"响遏行云"的形象化，形容在高爽的秋天，箜篌之声高亢入云，浮云也因之凝滞，颓然不复流动。

"江娥啼竹"，用湘妃啼竹故事，见晋人张华《博物志》：

> 洞庭之山，帝之二女啼，以涕挥竹，竹尽斑。（欧阳询《艺文类聚》卷八十九）

江娥就是"帝之二女"，即帝舜的妃子娥皇、女英。传说帝舜死于苍梧之野，二妃追至洞庭湖，听到帝舜的死讯，南向而哭，眼泪洒落在竹上，就成了现在湘江一带的斑竹。"素女愁"，用素女鼓瑟故事，见《史记·孝武本纪》：

> 泰帝使素女鼓五十弦瑟，悲，帝禁不止，故破其瑟为二十五弦。

泰帝，也作"太帝"，即太昊伏羲氏，传说中的上古帝王。素女是她的侍女，善于鼓瑟。"江娥啼竹素女愁"，是说箜篌之声呜咽，如同江娥的啼泣之声，令素女生愁。"中国"即国中，国指国都，国中即在都城长安中。"李凭中国弹箜篌"，意思是李凭在都城长安弹奏箜篌。看似平铺直叙，实则收"句奇语重"（李商隐《韩碑》）之效。今天读来，李凭、箜篌与"中国"这样的大词并置，效果尤奇，仿佛天地之间，唯有李凭的箜篌之声。当代诗人梁小斌有一首诗，题目叫"中国，我的钥匙丢了"，其中的机杼是一样的。前面四句，按照一般的叙述顺序，"李凭中国弹箜篌"这一句应该放在开头，诗人却先写乐器，再写演奏效果，最后推出乐师，这样的文势，突兀可喜，对读者而言，又有一种从产生悬念到好奇心得到满足的放松。虽然迭用典故，但诗思并不滞碍，而且由于每句都用韵，读之有一种流走的美感。寥寥数句中，通过空山凝云、江娥啼竹、素女悲愁等一系列的形象或事象，已表现出李凭箜篌演奏之美，具有"动天地、感鬼神"的神奇效果。

"昆山玉碎"两句，着重表现乐声的节奏多变。"昆山玉碎凤凰叫"，是说箜篌之声清脆，如同昆仑山玉石破碎；乐声之和美，又如同凤凰鸣叫——这是以声写声，和白居易《琵琶行》"嘈嘈切切错杂弹，大珠小珠落玉盘。间关莺语花底滑，幽咽泉流冰下难"有异曲同工之妙。"芙蓉泣露香兰笑"，形容乐声之幽咽，如同芙蓉带露而泣；乐声之欢畅，又如幽兰含笑——将听觉转化为视觉，兼用通感。"泣"和"笑"既是对芙蓉含露和兰花盛放的形容（兰花茎叶细长，从根部而上向外扩散，倒是像嫣然一笑在空气中所产生的振动），又兼写乐声触发的哀乐之情。

"十二门前融冷光"，冷光，指秋月的寒光。这句形容乐声之和悦，消融了长安城门前的寒光。与杨巨源"君王听乐梨园暖，翻到云门第几声"（《听李凭弹箜篌二首》其一）造意相近。"二十三丝动紫皇"，"二十三丝"代指竖箜篌，"紫皇"犹言天帝，是地位最高的天神。李凭是供奉内廷的乐人，受宪宗皇帝宠幸。"二十三丝动紫皇",言下是说无论天帝还是人间的帝王都为之动容。同时也巧妙地从人寰过渡到天庭,把读者带进更为神奇瑰丽的境界,引出女娲补天、神妪弹箜篌、鲍巴鼓琴、月中玉兔等一系列与音乐有关的神话传说。

"女娲补天"故事,《淮南子》《列子》等诸多典籍都有记载。王充《论衡·谈天篇》所记,叙述最为委曲:

共工与颛顼争为天子,不胜,怒而触不周之山,使天柱折,地维绝。女娲销炼五色石以补苍天。

"女娲炼石补天处,石破天惊逗秋雨",形容乐声之高亢嘹亮,令昔日女娲炼石修补的那一片天空竟然破裂,逗漏下点点秋雨。因秋雨点点,想象天空有一处被高亢的乐声震破了,这是奇;而震开的一处,恰是女娲昔日用五色石修补过的裂缝,又颇合情理。李贺想象力的奇妙,就在于将此种合乎情理与出人意料相融合。此刻的乐声,从"十二门前融冷光"的和悦,一变为高亢,犹《琵琶行》由"此时无声胜有声"转为"银瓶乍破水浆迸,铁骑突出刀枪鸣",从音乐演奏的角度来说,是一个高潮。就写声之艺术而言,则此二句的写声,在想象力的驰骋方面,相比白居易,又有奇、凡之别,真可谓非李贺不能道。需要强调的是,这个想象又并非凿空乱道:我们看演奏之初,诗人用"空山凝云颓不流"来形容,是阴云密布之景;此刻"石破天惊逗秋雨",点点秋雨洒落,正是密云作雨,与前文相呼应。可见李贺之诗想象虽奇,仍是有迹可循的,终究留有蛛丝马迹。但需要极细心的揣摩体会,方可发现一二。此种想象之景与现实之景的呼应,经由典故而得以曲折地勾连,可以说是一种特

殊的触物起兴。这实是李贺苦心经营之处，所谓"是儿要当呕出心肝始已耳！"（李商隐《李贺小传》）

"梦入神山教神妪"，神妪，即神女，指成夫人，事见《搜神记》卷四：

> 永嘉中，有神见兖州，自称樊道基。有妪，号成夫人。夫人好音乐，能弹箜篌。闻人弦歌，辄便起舞。

永嘉是西晋怀帝司马炽的年号，而李凭弹箜篌在宪宗元和年间，前后相距约五百年。但历史的时空岂能限制诗人想象的翅膀！李凭的箜篌曲弹奏得如此出神入化，诗人不禁想象，传说中"能弹箜篌"的神女成夫人，她演奏箜篌的妙艺，怕不是李凭梦中进入神山教给她的！这是极言李凭弹奏箜篌的神妙，可以折服山中神女。又《列子》记载：

> 匏巴鼓琴而鸟舞鱼跃。

又《荀子·劝学篇》：

> 匏巴鼓瑟，而沉鱼出听；伯牙鼓琴，而六马仰秣。

匏（páo）巴是传说中的乐人，以善于鼓琴称，据说琴声能令鸟飞鱼跃。显然，"老鱼跳波瘦蛟舞"，正是将李凭与上古的乐人匏巴相比，称赞他的弹奏，感动得老鱼也跃出波涛，渊中的瘦蛟也舞动起来。鱼是"老鱼"，蛟是"瘦蛟"，都是羸弱乏力的形象，不料竟随着音乐的旋律,在波浪中腾跃起舞,这种出奇不意的形象描写,使那无形美妙的箜篌声浮雕般地呈现在读者的眼前了。

末二句"吴质不眠倚桂树,露脚斜飞湿寒兔",历来争论较多。"吴质不眠倚桂树",字面的意思是,乐声之妙让吴质忘记了睡眠,倚靠在桂树旁。吴质是三国魏太子曹丕的朋友,爱好音乐(见曹植《与吴季重书》),这里代指知音之人。传说月中有桂树,最早见于西汉刘安《淮南子》的记载,晋人虞喜《安天论》(《太平御览》卷四引)说:

俗传月中仙人桂树,今视其初生,见仙人之足,渐以成形,桂树后生焉。

月宫中又有玉兔和蟾蜍。古人咏月,往往连类而及。例如李白《古朗月行》说:

小时不识月,呼作白玉盘。
又疑瑶台镜,飞在青云端。
仙人垂两足,桂树作团团。
白兔捣药成,问言与谁餐。

"露脚斜飞湿寒兔",是说月桂树上的露水,沾湿了树下的玉兔,月光更显清冷了。这两句所写的实际情形,是雨后月出之景,故诗人的想象,无论桂树、寒兔、露脚,都围绕着月亮展开。诗人夜深难眠,倚着桂树,"凝视着月中露湿寒兔的凄清景色出神"(陈贻焮《诗人李贺》)。但由于和月亮相关的,另有吴刚伐桂的故事,如段成式《酉阳杂俎·天咫》载:

> 旧言月中有桂，有蟾蜍。故异书言，月桂高五百丈，下有一人，常斫之，树创随合，人姓吴，名刚，西河人，学仙有过，谪令伐树。

所以有的注释，就说吴质就是吴刚，质是他的字，但并没有什么根据。有的学者指出，吴刚伐桂故事的文字记载，最早见于晚唐，李贺写诗的时候，所知道的只能是口头故事，就将这两个名字弄混了，所以虽然吴刚和吴质是两个人，但李贺是把两个人的故事，都安在这位"吴质"身上。这样的说法，也不能说全无道理，但不免曲折。其实不如直接将吴质当作吴质就好，他是一位懂音乐的知音，是诗人自己的写照。根据韩偓"吴质谩言愁得病"（《阑干》）这样的诗句，他还是个多愁多病的身，与李贺的形象还是有相似之处的。

由此我们还原出李贺听此曲的情景：这是一个秋天的夜晚（就像顾况《李供奉弹箜篌歌》所描绘的，"夜静遥歌明月楼"），天空中阴云密布，所以当李凭奏响箜篌，诗人用"空山凝云颓不流"来形容，虽是用典，亦由眼前之景所触发。乐声如泣如诉，令江娥哭泣，素女哀愁。声调变化，一忽儿清脆如昆山玉碎，一忽儿和美如凤凰啼叫，一忽儿幽咽，如芙蓉泣露，一忽儿欢快，如兰花绽放。美妙的弦歌声，一时和悦，让人浑然忘却了深秋时节长安城的风寒露冷，连天上的紫皇也被深深地打动；又乍然高亢，令女娲修补过的那一片天被惊破，逗漏出秋雨。这样神妙的技巧，足以折服山中神女，令老鱼跳波、瘦蛟起舞。曲尽夜深，云散月出，吴质（诗人自比）犹自陶醉，倚着桂树不肯睡去，凝望着秋月（想象月桂树上滴落的露水打湿了寒兔）久久难以回神，不觉秋露沾衣。最后两句，极写音乐的感染力，可与《琵琶行》"东船西舫悄无言，唯见江心秋月白"对读。

这首诗，句句用韵，意象翩翩，新奇瑰丽，令人目不暇接。这些意象，大体可分为物象和事象两类，前者多出于自然，后者多用典故，典故又多神话传说。故方扶南说"足以泣鬼"，应该也注意到本篇在这方面的特色的。李贺写箜篌声，多用神话传说，或许与前述会稽人遇女鬼（陈阿登）、女神（青溪小姑）的传说有关，但显然不是主要的。李贺素有"鬼才"之称，驱使他上天入地地驰骋想象的，不是别的，正是他"笔补造化天无功"的雄心与抱负。

五

最后，我想和大家一起读一首现代诗人徐志摩的《半夜深巷琵琶》①，作为本章的结束。这首作于近一个世纪前的诗作，它的情调当然是新的，又还带着些旧的底子：

> 又被它从睡梦中惊醒，深夜里的琵琶！
> 　　是谁的悲思，
> 　　是谁的手指，
> 像一阵凄风，像一阵惨雨，像一阵落花，
> 　　在这夜深深时，
> 　　在这睡昏昏时，
> 挑动着紧促的弦索，乱弹着宫商角徵，
> 　　和着这深夜，荒街，

---

① 发表于1926年5月20日《晨报副刊·诗镌》第8期，收入诗集《翡冷翠的一夜》。

柳梢头有残月挂,
啊,半轮的残月,像是破碎的希望他,他
　　头戴一顶开花帽,
　　身上带着铁链条,
在光阴的道上疯了似的跳,疯了似的笑,
　　完了,他说,吹糊你的灯,
　　她在坟墓的那一边等,
等你去亲吻,等你去亲吻,等你去亲吻!

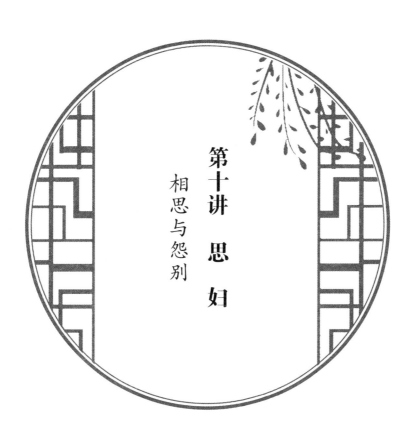

第十讲 思妇
相思与怨别

ଓ ଚ

　　思妇，特指思念远行丈夫的妇女。思妇诗的主题，主要是表现对远行在外的丈夫的思念。丈夫出行在外，或征戍，或经商，或游宦，日积月累，年深日久，妻子在家，不免牵挂，恨不早早归来。所以，相思和怨别是思妇诗的主要内容，这二者是相互联系、不可分割的。

一

　　在我国最早的诗歌总集《诗经》中，思妇诗中所表现的，多是对征戍在外的"征夫"的思念。这一类诗歌，可以称之为征夫思妇之词。例如《卫风·伯兮》：

　　　　伯兮朅兮，邦之桀兮。伯也执殳，为王前驱。
　　　　自伯之东，首如飞蓬。岂无膏沐？谁适为容！
　　　　其雨其雨，杲杲出日。愿言思伯，甘心首疾。
　　　　焉得谖草？言树之背。愿言思伯，使我心痗。

　　这首诗一共四章。首章是对丈夫的赞美之辞：伯是对男子的尊称，这里也可能是丈夫的字。"伯兮朅（qiè）兮，邦之桀（jié）兮"，意思是说，我的丈夫啊，英武又勇敢，堪称一国之英杰。桀，通"杰

（傑）"，本意是才智出众。《白虎通义》引《礼别名记》说："五人曰茂，十人曰选，百人曰俊，千人曰英，倍英曰贤，万人曰杰，万杰曰圣。"可见才智要"万里挑一"，才能称为"杰"。你看他手执兵器"殳"，充当君王的前导，真是威风凛凛！殳（shū）是上古的冷兵器，湖北随县曾侯乙墓出土的殳分两种：一种叫锐殳，殳头为带有三棱尖刃的铜套，是实战武器，应该由安装金属头的木棒演化而来，形制较长，便于在战车上攻击敌人；一种叫晋殳，殳头无刃，仅有铜套，为仪仗用的礼器。所以诗中这位"伯"的形象，可谓"赳赳武夫，公侯干（gān）城"（《周南·兔罝》），是雄赳赳的武士，像盾牌和城堡一样捍卫着邦国。次章直接抒写相思之情，"自伯之东，首如飞蓬"，自从丈夫东行，自己是"首如飞蓬"，头发乱糟糟的，如同被风吹得乱转的蓬草，这当然是一种夸张，形容自己无心梳洗。"岂无膏沐？谁适（dí）为容"，意思一转，直抒胸臆：我不是没有沐浴、滋润头发的油膏，而是觉得没有必要打扮。"女为悦己者容"嘛，我打扮给谁看呢？这是巧妙地表白相思。第三章最妙："其雨其雨，杲杲出日"，盼着下雨，却出了大太阳，这是赋。连下面两句来看，又兼比兴，形容事与愿违，丈夫仍旧未归。我们仿佛看到，思妇一大早暗暗地盼望，下雨吧下雨吧，如果下雨，丈夫肯定就回来了，结果，天一亮，大日头就明晃晃地照着。所以下面说"愿言思伯，甘心首疾"，我心心念念地想着你，纵使头疼也心甘情愿。末章和三章一样，写自己甘受相思之苦：在哪里可以得到一棵忘忧草呢，我要将它栽种在北堂，我心心念念地思念你，让我得了相思病。从"首如飞蓬"到"甘心首疾"，再到"使我心痗"，这相思是一层层地加深，苦楚也是一重重地加重。而这怨思之苦的根源，仍在于为王出征，故上位者读之，当以穷兵黩武为戒。

《王风·君子于役》是一首典型的思妇诗,写法又自不同:

> 君子于役,不知其期。曷至哉?鸡栖于埘。
> 日之夕矣,羊牛下来。君子于役,如之何勿思!
>
> 君子于役,不日不月。曷其有佸?鸡栖于桀。
> 日之夕矣,羊牛下括。君子于役,苟无饥渴?

君子于役,是服劳役还是服兵役呢?诗中没有交代,但已经出去很久了,也不知道什么时候能回来。"君子于役,不知其期",措语是平淡的,但是这平淡的背后,有着日复一日的守候与相思。"不知其期",可能是经冬历春,也可能是三年五载,十年二十年,甚至可能永远都等不到了。所以这四个字,对思妇来说,是很沉重的。汉乐府《十五从军征》中,那位"八十始得归"的征夫,终于回到家乡,旧日房舍和家人已经化为一片"松柏冢累累",看见的是"兔从狗窦入,雉从梁上飞。中庭生旅谷,井上生旅葵"的荒芜景象,他舂谷为饭,采葵作羹,做熟了却不知道端给谁吃,因为一个家人都没有了。当然,"十五从军征"这首是从征夫角度来写的;如果从思妇的角度来写(古人结婚早,李白《长干行》诗中就说"十四为君妇"),那么是刚成婚,丈夫就上了战场,妻子日思夜盼,年复一年,一直到老死,也没有盼到丈夫。这当然是一个极端的例子,但这样的事情在现实中是有的。"曷至哉?"什么时候回来呢?这是思妇的自言自语,是心底日思夜想的牵挂。这牵挂里有担忧,还有怨苦。"鸡栖于埘。日之夕矣,羊牛下来。"写出乡村黄昏之景,富有一种诗意,后来班彪《北征赋》"日晻晻其将暮兮,睹牛羊之下来。寤旷怨之伤情兮，哀诗人之叹时"，王维《渭川田家》"斜光照墟落，穷巷牛羊归"，都由此受到启发。农耕社会，日出而作，日落而息。黄昏时，鸡已归窝，羊已回圈，牛也归栏，征夫什么时候回来呢？"畜产出入，尚有旦暮之节，而行役之君子，乃无休息之时。"（朱熹《诗集传》）朱熹这个话，是很能体贴诗人之意的。所以，这一章的末尾说："君子于役，如之何勿思！"君子奔波在外，我如何能不挂念呢？下一章"君子于役，苟无饥渴"，将这一层意思表达得更明确。

汉乐府《饮马长城窟行》是较早的五言思妇诗：

> 青青河边草，绵绵思远道。
> 远道不可思，宿昔梦见之。
> 梦见在我傍，忽觉在他乡。
> 他乡各异县，展转不可见。
> 枯桑知天风，海水知天寒。
> 入门各自媚，谁肯相为言。
> 客从远方来，遗我双鲤鱼。
> 呼儿烹鲤鱼，中有尺素书。
> 长跪读素书，书上竟何如？
> 上有加餐食，下有长相忆。

《楚辞·招隐士》说："王孙游兮不归，春草生兮萋萋。"在古典诗歌的语境中，常用春草兴起念远之情，"青青河边草，绵绵思远道"也是如此。细密如丝的春草，沿着河岸绵延不绝，触动了闺中人绵绵不绝的相思。春草随着河水、沿着河岸的道路，延伸到那遥不可及的远方；相思也如同春草，将要绿遍天涯。这里的"远道"，既指远方的道路，也指远行在外之人。开头这两句，以春草兴起对远人的相思，后来白居易《赋得古原草送别》"远芳侵古道，晴翠接荒城。又送王孙去，萋萋满别情"，也受到这首诗的影响。从"绵绵思远道"到"远道不可思"，从修辞来说是顶针格，是顺接，具有一种歌谣的风格。从句意来说，从"绵绵思远道"到"宿昔梦见之"，因思成梦，是递进。从"梦见在我傍，忽觉在他乡"到"他乡各异县，展转不可见"，仍是顶针格；就句法而言，则是倒叙：先说梦见你在我身旁，醒来后发现你仍远在他乡；接下来才补充说，你一直辗转于异地他乡，难以相见。"枯桑知天风，海水知天寒"，意思是，枯桑虽然叶子落光了，也不会感觉不到风；海水虽然不结冰，也不会感觉不到天冷。在那远方的人，纵然随着时间的流逝，感情变得淡薄，也不至于不知道我的孤凄和想念。（这两句的解释用余冠英之说）这两句触物起兴，但景色已经从"青青河边草"这样生意勃发的春景，转入萧条的冬季，可见自从春日分别之后，直到冬天，丈夫始终音信全无。这时候妻子心里头不能不担心。"入门各自媚，谁肯相为言"，是说一般人都各爱自己的所欢，谁肯代为捎个信呢？这是思妇自己宽慰自己的话，并不是你不给我写信，而是没人替你捎信。正想着呢，就有人送信来了："客从远方来，遗我双鲤鱼。呼儿烹鲤鱼，中有尺素书。"双鲤鱼，就是藏书信的函，也就是两块木板，一底一盖，把书信夹里面。这两块木板刻成鱼形，称"双鲤鱼"，是一种俏皮的说法。"呼儿烹鲤鱼"，烹制前要剖开鱼腹，所以开启信函就是"呼儿烹鲤鱼"。尺素书，就是书信的意思。古人将信写在生绢上，故称"素书"。生绢长约一尺，故称"尺素"。"客从"四句，将客人送信、发函取书、书中有信，写得如此活泼俏皮，充分地表现出思妇意外得到丈夫来信的喜出望外。"长跪"，就是伸长了腰跪着。古人席地而坐,坐时两膝着地,臀部压在脚后跟上;跪时将腰挺直,上身就显得长了,所以叫长跪。"长跪",表现出对丈夫的敬重。"长跪读素书,书上竟何如",这两句节奏舒缓,内里实包含一种迫切的期待。接下来两句是回答:"上有加餐食,下有长相忆。"流露出失望之情。在文意突变的地方换韵,古乐府常见,这两句也是这样。

东汉末年,脱胎于乐府母体的文人诗《古诗十九首》,由于作者多为游宦羁旅的文人,思妇思念的对象不再是传统的征夫,而是产生了新的形象——游子,思妇诗无论内容还是艺术表现,都随之发生新的变化。游子思妇之辞是《古诗十九首》的主体,既有从思妇角度写相思怨别之情的,也有从游子角度写仕途奔波之苦和思乡怀人之情的。思妇诗中必然要写到游子,而游子诗则未必关联思妇,所以二者还是有区别的。《古诗十九首》一般认为非一人所作,所以它表现的其实是各种不同情境中思妇的相思怨别之情。"行行重行行"首的抒写,最富于代表性:

> 行行重行行,与君生别离。
> 相去万余里,各在天一涯。
> 道路阻且长,会面安可知。
> 胡马依北风,越鸟巢南枝。
> 相去日已远,衣带日已缓。
> 浮云蔽白日,游子不顾返。
> 思君令人老,岁月忽已晚。
> 弃捐勿复道,努力加餐饭。

这一首从离别开始写起,"行行重行行,与君生别离",落笔极为郑重,写出离别的不舍。一别之后,相去万里,天各一方,而道路阻隔,不知何时才能再见。"相去万余里"四句,如同口语,极为朴质自然。"胡马依北风,越鸟巢南枝",是说胡马和越鸟虽然离开家乡,但依然眷恋故土,所以不改其原有的习性。鸟兽尚且如此,何况是人呢?这里有对丈夫奔波劳苦的牵挂,也有对丈夫久去不返的担忧,其中的意思是很复杂的。"北风""南枝",也暗含时光的流逝。所以下面说"相去日已远,衣带日已缓",也就是为相思瘦损腰肢的意思,后世如李煜"沈腰潘鬓销磨"(《破阵子》),柳永"衣带渐宽终不悔,为伊消得人憔悴"(《蝶恋花》),就由此意脱化而来。但柳词直露,不如这两句浑厚。这里有时代的原因,也有体裁的关系。"浮云蔽白日,游子不顾返",是说丈夫久客不归,就像白日被浮云遮蔽,其中的原因,或关于政治,浮云比喻小人,因为小人的谗言而导致丈夫不能回乡;或关于情感,浮云比喻妻子之外的女性,丈夫因此不乐归家。这些都是妻子内心的猜度,她自己也不清楚,所以用比兴之法出之。最后说"思君令人老,岁月忽已晚",是说相思令人老,何况又到岁末。算了吧,什么都不说了,努力保重身体,生活总要继续。"弃捐勿复道,努力加餐饭",这是对自己说的,也是对丈夫说的,里面有一种对于生活的坚守和信念在,所以是很有力量的。这首诗的写法,在思妇诗中是很有代表性的。诗歌将初别的依依不舍,到天各一方的担忧牵挂,以及久客不归的猜疑和苦恼,最后收拾心情、"努力加餐饭"的坚守和自持这整个的过程写得清清楚楚,妻子的心理更是纤毫毕现。

"庭中有奇树"首,则是用漫长的离居生活中的一个片段,来表现妻子对丈夫的思念。这是一个春天,庭树枝叶繁茂,枝头繁花盛

开,芬芳袭人。妻子折下一朵,想要将它送给远人,以表相思之情:

庭中有奇树,绿叶发华滋。
攀条折其荣,将以遗所思。
馨香盈怀袖,路远莫致之。
此物何足贵?但感别经时。

"馨香盈怀袖,路远莫致之",鲜花的馨香会消散,女子的青春又能几时?这首诗写得是很美的,末二句"此物何足贵,但感别经时",逗漏出一二相思之苦。

"涉江采芙蓉"首,也是折芳赠远的主题,是丈夫写给远在旧乡的妻子的,而以"同心而离居,忧伤以终老"作结:

涉江采芙蓉,兰泽多芳草。
采之欲遗谁?所思在远道。
还顾望旧乡,长路漫浩浩。
同心而离居,忧伤以终老。

两首合读,实见夫妻婉娈之情。有情之人不能长相厮守,更是令人叹惋。

"客从远方来"首,则是围绕着"一端绮"展开一段叙事:

客从远方来,遗我一端绮。
相去万余里,故人心尚尔。
文彩双鸳鸯,裁为合欢被。

> 著以长相思，缘以结不解。
> 以胶投漆中，谁能别离此？

"绮"是有文彩的丝织品，比较贵重。"一端绮"，犹言半匹锦缎，可以用来裁制衣物，汉乐府《陌上桑》就说"缃绮为下裙"。这"一端绮"是丈夫不远万里托人送来的，锦缎上还绣着双鸳鸯的图案，其心意不问可知。妻子见到，哪里有不明白的？一句"故人心尚尔"，其中包含着多少柔情蜜意，恐怕也少不了一两分释然。为了报答这一份如旧日不变的"故人心"，妻子将这"一端绮"剪成一条合欢被（面），又在被面里填入丝绵（即"著以长相思"），还在被面的四条边上打上不解的结，最后用胶和漆粘住。这一床合欢被，缠绕着绵绵不绝的相思，象征着夫妇之间的恩义牢不可破，如同不解的结，就像胶漆相投，永不分开。思妇的回应如此热烈，既见出夫妇之情，同时也暗示闺中相思的煎熬。

"明月何皎皎"首，则写出思妇哀哀无告的苦楚：

> 明月何皎皎，照我罗床帏。
> 忧愁不能寐，揽衣起徘徊。
> 客行虽云乐，不如早旋归。
> 出户独彷徨，愁思当告谁？
> 引领还入房，泪下沾裳衣。

"客行虽云乐，不如早旋归"，就像是"浮云蔽白日，游子不顾返"一样，这里头是有着猜疑的，这猜疑又不足为外人道，所以只能独自回房落泪。

比较特殊的是"青青河畔草"首，这里的思妇曾经是一名"倡家女"：

青青河畔草，郁郁园中柳。
盈盈楼上女，皎皎当窗牖。
娥娥红粉妆，纤纤出素手。
昔为倡家女，今为荡子妇。
荡子行不归，空床难独守。

青草已经绿遍了天涯，园中一片柳色青青。这两句是写景，也是起兴。"盈盈"写其身姿，"皎皎"见其容色。"当窗牖"就是对着窗户、在窗下的意思。思妇"当窗"做什么呢？是织布，"犹恐君无衣，夜夜当窗织"（王僧孺《与司马治书同闻邻妇夜织》）；是弹瑟，"落日照红妆，挟瑟当窗牖"（《王筠《游望》》）；还是梳妆，"当窗理云鬓，对镜帖花黄"（《木兰诗》）？从下文"娥娥红粉妆，纤纤出素手"来看，显然是梳妆。这种形象，和《卫风·伯兮》中的"自伯之东，首如飞蓬"、"行行重行行"首中的"相去日已远，衣带日已缓"等塑造的相思憔悴无心梳洗的思妇形象，是迥然不同的。

"娥娥红粉妆"，见出理妆已毕。"纤纤出素手"，出手又是为何呢？"迢迢牵牛星"首有"纤纤擢素手，札札弄机杼"，出手为的是纺织劳作。陆机《拟青青河畔草》也想象"皎皎彼姝女，阿那当轩织"。鲍令晖《拟青青河畔草》则说"鸣弦惭夜月，绀黛羞春风"。比较一下，似乎女诗人鲍令晖所写要合乎情理一些。倡家女就是乐伎，她素习被教养的是要弹丝吹竹，而非纺织缝补。所以这位盛装打扮的妙龄少妇在理完"娥娥红粉妆"之后，再"纤纤出素手"，很有可能是要弹奏一曲,所谓"被服罗裳衣,当户理清曲"(《古诗十九首·东城高且长》)。就像琵琶女"夜深忽梦少年事,梦啼妆泪红阑干"之后弹奏琵琶曲一样,倡家女以歌舞为业,弹琴理曲是她们表现喜怒哀乐的方式。

如此才总收到"昔为倡家女,今为荡子妇"这两句:她曾经的生活格外繁华热闹,就像白居易笔下的琵琶女那样,过着"五陵年少争缠头,一曲红绡不知数。钿头云篦击节碎,血色罗裙翻酒污。今年欢笑复明年,秋月春风等闲度"(《琵琶行》)的生活。一旦嫁为"荡子妇",荡子又远行不归,自然格外觉得寂寞。故出之以"荡子行不归,空床难独守"这样的怨词。这两句,一般认为,是倡女对"荡子"的抱怨。言下之意,荡子久客不归,我的日子太难过!盛唐诗人孟浩然《赋得盈盈楼上女》末二句说"空床难独守,谁为报金微",金微即今阿尔泰山,诗中常用来指边关戍守之地。意思是独守空房的日子太难,谁为我传信到金微山,让丈夫早日归来呢?近人徐仁甫《古诗别解》卷三解"昔为倡家女"四句,也持与孟浩然类似的看法,认为主旨是"促远人归","其词甚俗,其情甚真",可谓能得诗人之旨。

这首诗有一个特别的地方,就是前面六句其实是一个旁观者的视角。从河畔,到园中,再到楼上,由远而近。诗人的笔触,就好像电影镜头一样,从无边春色,到园中杨柳,再到"盈盈楼上女",最后聚焦到女子的纤纤素手。现代诗人卞之琳《短章》诗云:

你站在桥上看风景,
看风景的人在楼上看你。

在这首诗的背后也隐藏着一个"看风景人"。就结构章法而言，从柳丝春色一直写到红粉蛾眉，这种和汉魏思妇诗迥然不同的写法，还是为了贴合她"昔为倡家女"的身份。《古诗十九首》中，如"行行重行行""庭中有奇树""客从远方来""明月何皎皎"诸首，都是直接抒写相思愁怨之情，并不着墨于思妇本身。盖思妇一心之所萦，只在游子身上的缘故。我们看曹植《七哀》中的"荡子妻"：

> 明月照高楼，流光正徘徊。
> 上有愁思妇，悲叹有余哀。
> 借问叹者谁，言是宕子妻。
> 君行逾十年，孤妾常独栖。
> 君若清路尘，妾若浊水泥。
> 浮沉各异势，会合何时谐？
> 愿为西南风，长逝入君怀。
> 君怀良不开，贱妾当何依。

荡子，即宕子。虽然曹植这首诗历来被认为是有寄托的，但他所塑造的这位"宕子妻"在高楼月下，愁思叹息，其形象却是和"明月何皎皎"首中"出户独彷徨，愁思当告谁？引领还入房，泪下沾裳衣"的描写是一脉相承的，是"宕子妻"的典型形象。这当然也反映了当时社会对妻子的伦理要求。而本篇的思妇，却因"昔为倡家女"，其生活和情感的状态，实际上是有别于一般的良家妇女的。故诗人在表现时也一反常态，用较多的篇幅去表现她的女性之美。毕竟在传统的观念里，女性之美只能被她的丈夫所见。并且丈夫对妻子形象的塑造，也是以德行为先的。从这个意义上来说，本篇中思妇的形象是全新的，冲破了传统道德的藩篱，具有某种解放的价值。在本篇中，女性不仅仅是作为思念丈夫的妻子而存在，而且是作为自身（"昔为倡家女"）而存在，是具有独立的审美价值的。"荡子行不归，空床难独守"，也是基于她自身的情感和渴望而发出的呼喊，不免惊世骇俗。一般理解为是抒情主人公的内心独白，是怨。但其实还有一种解释，就是"看风景人"的揣测，这种揣测与其说是恶意的，不如说是出于社会的一种习见。如果是这样，那么就带有一种讥刺了。清代陈祚明《采菽堂古诗选》说："当窗出手，讽刺显然。"应该是将"出手"理解为伸手推窗，认为讽刺的正是"倡家女"。也有认为是兼刺荡子的，如张玉谷《古诗赏析》卷四就说"此见妖冶而傲荡游之诗"，"为既娶倡女而仍舍之远行者致傲深矣"。

吴声西曲多男女恋歌，其中也有思妇之辞，如吴声《丁督护歌》：

督护初征时，侬亦恶闻许。
愿作石尤风，四面断行旅。

石尤风，就是打头的逆风。《江湖纪闻》（元伊世珍《嫏嬛记》引）中记载了石尤风的故事："传闻石氏女嫁为尤郎妇，情好甚笃。为商远行，妻阻之，不从。尤出不归，妻忆之，病亡。临亡长叹曰：'吾恨不能阻其行，以至于此，今凡有商旅远行，吾当作大风，为天下妇人阻之。'自后商旅发船，值打头逆风，则曰'此石尤风也'，遂止不行。"故事的基本情节，就是妻子对远行不归的丈夫的相思。在本篇中，丈夫远行，走的也是水路，故发此奇想：要是自己能够化作石尤风（打头的逆风）就好了，这样所有的船只都无法出行，丈夫也可以不必远行了。故事和歌辞，不知道哪一个更早。但这种奇想在民歌里头并不鲜见。如晋代西曲《那呵滩》写男女之情："闻欢下扬州，相送江津湾。愿得篙橹折，交郎到头还。"造意相似。《那呵滩》属西曲歌，逯钦立《先秦汉魏晋南北朝诗》录为晋辞，而《丁督护歌》属于吴声，是晋宋间曲。二作流传之地不同，思致则一，都是出于至情。

梁代诗人柳恽有一首拟乐府《江南曲》，用一种流丽之笔写出思妇的幽怨：

汀洲采白蘋，日落江南春。
洞庭有归客，潇湘逢故人。
故人何不返，春华复应晚。
不道新知乐，只言行路远。

采芳赠远，是《古诗十九首》的常见主题。"汀洲采白蘋，日落江南春"，写江南春日的黄昏，在汀洲（水中平地）采白蘋之景，有一种情兴之美。起二句以采芳起兴，而且用的是逆笔，将采芳于汀洲的女子放在"日落江南春"的背景下来写，无边的江南春色，隐没沉沦于茫茫的暮色中，写出一种惆怅，情思是很婉转的。"采之欲遗谁"呢？是所思的"故人"。"洞庭有归客，潇湘逢故人"两句，是说"客"从洞庭归来，他在潇湘遇见了"故人"。"潇湘"指的是湘水，它和资水、沅水、澧水一起流入洞庭湖。在本诗中，"潇湘"就是"洞庭"，也就是客和"故人"相遇之处。下四句是思妇的心曲：故人为何不归来呢？这一年的春花又将开败。就字面而言，是说白蘋花又要开败，又一个春天将要过去，言外之意则是，若故人迟迟不归，自己的容华也将要像春花一样凋谢，即"过时而不采，将随秋草萎"(《古诗十九首·冉冉孤生竹》)之意。末二句是揣测之辞:为什么久久不归呢?思妇疑心故人已有"新知",所以沉迷不返,只是托言道途遥远。此种猜疑,就像前面讲过的"浮云蔽白日,游子不顾返"一样,也是相思的一种表现。

二

唐代的思妇诗,名篇甚多,写法各别,其中仍以盛唐成就最高。例如,金昌绪《春怨》:

> 打起黄莺儿,莫教枝上啼。
> 啼时惊妾梦,不得到辽西。

这首诗和《送元二使安西》一样,曾谱入乐府,名为《伊州歌》。诗中所表现的,是春闺别后,相思入梦,又被黄莺惊破。"辽西"即辽河以西,此处代指良人服役的边地。中晚唐之际的诗人令狐楚有一首《闺人赠远》(一名《长相思》)说:"绮席春眠觉,纱窗晓望迷。朦胧残梦里,犹自在辽西。"就从此诗脱化而出。相比之下,金昌绪出语自然,也很活泼;令狐楚以景语起,"绮席""纱窗",语带齐梁,就要逊色一些。

王昌龄是盛唐著名诗人,擅长"以男子作闺音",宫怨和闺怨都有名篇。他有一首《闺怨》,是唐人闺怨诗的代表作,也是一首思妇诗:

> 闺中少妇不知愁,春日凝妆上翠楼。
> 忽见陌头杨柳色,悔教夫婿觅封侯。

"闺中少妇不知愁,春日凝妆上翠楼",盛装登楼的少妇形象,接近前述古诗中"盈盈楼上女,皎皎当窗牖。娥娥红粉妆,纤纤出素手"的"荡子妇"。后面三句,都从"不知愁"三字翻出:春日独自盛妆登楼,正见出她的"不知愁"。三句一转,"忽见陌头杨柳色","柳"谐音"留",唐人有折柳送别之习俗。陌头杨柳青青,触动少妇的愁肠:当日自己也在此折柳送别,想着好男儿自当建功立业,封侯拜相,毕竟"功名只向马上取,真是英雄一丈夫"(岑参《送李副使赴碛西官军》);而今春色无边,独自一人,只觉青春虚度,那遥不可及的功名怎能与眼下的青春欢乐相比呢?所以说"忽见陌头杨柳色,悔教夫婿觅封侯"。全诗先抑后扬,以反跌作收,倍觉精彩。

朝鲜诗论家徐居正(1420—1492)《东人诗话》中有一则,将王昌龄这首《闺怨》与朝鲜诗人高垂基《寄远》诗比较:

> 唐诗:"幽闺小妇不知愁,春日凝妆上小楼。忽见陌头杨柳色,悔教夫婿觅封侯。"古今以为绝唱。曾见高平章垂基《寄远》诗:"锦字裁成寄玉关,劝君珍重好加餐。封侯自是男儿事,不斩楼兰未拟还。"唐诗虽好,不过形容念夫之深,爱夫之笃,情义狎昵之私耳。高诗句法不及唐诗远甚,然先之以思念之深,信书之勤,继之以征戍之慎、饮食之谨,卒勉之以功名事业之盛,无一语及乎燕昵之私,隐然有《国风》之遗意。诗可以工拙论乎哉?

就诗论诗,徐居正所论未为不当。但他忽略了一点,即"形容念夫之深,爱夫之笃",正是闺怨诗、思妇诗的题中应有之意。高诗《寄远》语虽豪迈,出之于征夫之口则可,出之于闺中人,却不免背离人情，非"《国风》之遗意"。若单论豪迈，又无法和"黄沙百战穿金甲，不破楼兰终不还"相比。

盛唐诗人中，最善于写思妇的，是天才的诗人李白。他的笔下，有各种各样的思妇形象，写得都很生动。其中《子夜吴歌》的《秋歌》和《冬歌》两首，都是写秋冬为丈夫准备寒衣的，而写法不同，各不相袭：

> 长安一片月，万户捣衣声。
> 秋风吹不尽，总是玉关情。
> 何日平胡虏，良人罢远征。
>
> （《秋歌》）
>
> 明朝驿使发，一夜絮征袍。
> 素手抽针冷，那堪把剪刀。
> 裁缝寄远道，几日到临洮。
>
> （《冬歌》）

《秋歌》如钱志熙所言，"寓纤细而柔韧的儿女之情于广阔寥萧的境界。其写征夫思妇之工，夺前人无数笔墨。境界上具如此宏纤结合之工者，唯此诗与《春江花月夜》"（《李白诗选》）。诗以"长安一片月，万户捣衣声"发端，境界阔大，虽是写景，而月下念远之情已在其中矣。"捣衣""絮袍"，思妇想要借助劳动缓解思念之情，但思念却在劳动中变得愈发深浓。"秋风吹不尽"之"尽"，犹"海风吹不断"（李白《望庐山瀑布水二首》其一）之"断"。秋风吹不断的，是皎皎的月光，是断续的捣衣声，更是对远在玉门关戍守的良人的思念之情。"何日平胡虏，良人罢远征"，如同《君子于役》中的"曷至哉",是最深的叹息。"章法而言,前四为一段,后二为一段。其体势可谓无垂不缩。末二句具矫然、戛然之势,而情绪无不倒灌于前四句。长安片月、万户砧声中,无不有此语幽然传响:'何日平胡虏,良人罢远征!'"(同前《李白诗选》)李白乐府《关山月》的写法造境与这一首相互呼应,可以对读:

> 明月出天山,苍茫云海间。
> 长风几万里,吹度玉门关。
> 汉下白登道,胡窥青海湾。
> 由来征战地,不见有人还。
> 戍客望边色,思归多苦颜。
> 高楼当此夜,叹息未应闲。

戍客思归,思念的是室家之乐,是高楼上叹息不已的思妇。而思妇最深切的叹息,正是"何日平胡虏,良人罢远征!"《冬歌》则选取了"明朝驿使发"这样一个特殊的时刻,表现"一夜絮征袍"的特殊场景,并且用"素手抽针冷,那堪把剪刀"的细节,将深冬赶制冬衣的场景表现得真切动人,不叙情而情自动人。"裁缝寄远道,几日到临洮",更是将思妇体恤征夫之劳的心情写出来了。

李白长于写儿女之情,思妇诗中亦多温柔旖旎之情,如《春思》:

> 燕草如碧丝,秦桑低绿枝。
> 当君怀归日,是妾断肠时。
> 春风不相识,何事入罗帏。

征人在燕地戍边，思妇在秦地采桑，首二句分写两地之景，景中含情，正是太白长处。萧士赟说："燕北地寒，草生迟。当秦桑低绿之时，燕草方生，如丝之碧也。"这体会是对的，但尚未说透。燕草如碧丝，"丝"谐音"思"，燕草方生，相思已生，遥接"当君怀归日"；"秦桑低绿枝"，古《越人歌》辞云"山有木兮木有枝，心悦君兮君不知"，桑树低垂的枝条知道我对你的思念，遥接"是妾断肠时"。"当君怀归日"，兼用《楚辞·招隐士》"王孙游兮不归，春草生兮萋萋"。末二句"春风不相识，何事入罗帏"，从晋代乐府"春风复多情，吹我罗裳开"（《子夜四时歌·春歌二十首》之十）化出。另刘宋时《华山畿》歌云："夜相思。风吹窗帘动，言是所欢来。"可见在民歌中，风吹罗帐，往往兴起男女之情。这里说"春风不相识"，将它和"秦桑低绿枝"合看，又暗用《陌上桑》中罗敷女拒绝太守引诱的故事，表达了对丈夫爱情的坚贞。李白很擅长用比兴，他在另一首乐府《独漉篇》中说："罗帏舒卷，似有人开。明月直入，无心可猜。"也是神来之笔。

在传统的征人妇之外，李白在《长干行》中还成功地塑造了一个商人妇的形象。商女的形象主要来自于南朝吴声西曲，后者主要写男女恋情，并多剪影式的表现。李白这首诗采用乐府代言体，写出了年轻商妇对爱情的热烈追求与向往，从青梅竹马的幼年到初婚的甜蜜，乃至别后的相思，具有一种纯真之美：

妾发初覆额，折花门前剧。
郎骑竹马来，绕床弄青梅。
同居长干里，两小无嫌猜。
十四为君妇，羞颜未尝开。

低头向暗壁，千唤不一回。
十五始展眉，愿同尘与灰。
常存抱柱信，岂上望夫台。
十六君远行，瞿塘滟滪堆。
五月不可触，猿声天上哀。
门前迟行迹，一一生绿苔。
苔深不能扫，落叶秋风早。
八月蝴蝶黄，双飞西园草。
感此伤妾心，坐愁红颜老！
早晚下三巴，预将书报家。
相迎不道远，直至长风沙。

这首诗前六句纯以儿童口吻出之，写青梅竹马、两小无猜之情，可谓千古至文。接下十二句，叙婚姻生活之来历，"十四""十五""十六"，逐年叙下，用《古诗为焦仲卿妻作》"十三能织素，十四学裁衣。十五弹箜篌，十六诵诗书。十七为君妇，心中常苦悲"句法。但古诗浓厚，其情怨，是叹息之语；而太白此首流丽，其情思，充满了回忆的甜蜜。特别巧妙的是，由"十六君远行"转到写丈夫远行之事，并由思妇想象瞿塘风波险恶之状，这种方法源自《周南·卷耳》，最见相思情深。至"门前迟行迹"两句，又回到妾的一方，仍写日常对丈夫的思念之情状：门前君去时之行迹，已一一生满绿苔。而此处生长绿苔之行迹，正是君当日迟迟不忍别去之印记。此种写法，可谓入神。由"一一生绿苔"而接"苔深不能扫"，又引出"落叶秋风早"，顶真之妙，虽天然风谣，不能过也。此下语语激切，而语语入神。至"早晚下三巴"则空际传情，与远方君子对语，盖思念至极,不觉如在目前。吴声《子夜歌》"夜长不得眠,明月何灼灼。想闻欢唤声,虚应空中诺",正是此种想象如在目前的情状。(钱志熙、刘青海《李白诗选》)

三

张潮是盛、中唐之际的诗人,其《江南行》写游子行踪不定,把闺中少妇的相思之苦表现得尤为动人:

> 茨菰叶烂别西湾,莲子花开犹未还。
> 妾梦不离江水上,人传郎在凤凰山。

这种写法可能从《诗经·小雅·采薇》"我戍未定,靡使归聘"得到启发,但阅读的感受是全新的。茨菰,即茨菇,春天萌芽生叶,夏季叶中抽梗,开白色小花,入秋霜降,茎叶俱萎。茨菇叶"烂"之"烂",马茂元在《唐诗三百首新编》中解为"腐烂"之"烂",认为是秋末冬初之景,可从。"莲子花开"是夏日之景,则游子已经去了半载有余,马茂元解"莲子花开犹未还"为"莲开未还,更觉并蒂无望",能得其言外之意。信息的滞后,会造成很严重的问题。晚唐诗人陈陶《陇西行》:"誓扫匈奴不顾身,五千貂锦丧胡尘。可怜无定河边骨,犹是春闺梦里人。"征夫已经战死于无定河边,化为枯骨,思妇不知,梦中犹盼其早早归来。"可怜无定河边骨,犹是春闺梦里人",将现实与梦境对照着来写,尤为惊心动魄。

中唐诗人李益以长于写边塞七绝著称。其《江南曲》写商妇之怨，亦能得其神理：

> 嫁得瞿塘贾，朝朝误妾期。
> 早知潮有信，嫁与弄潮儿。

诗中"嫁得瞿塘贾"的商妇，因为"商人重利轻别离"，经常误了归期，所以突发奇想，说"早知潮有信，嫁与弄潮儿"，很有民歌风味。

张仲素两首思妇诗都各有特色：

> 袅袅城边柳，青青陌上桑。
> 提笼忘采叶，昨夜梦渔阳。
>
> （《春闺思》）

> 碧窗斜月蔼深晖，愁听寒螀泪湿衣。
> 梦里分明见关塞，不知何路向金微。
>
> （《秋闺思二首》之一）

《春闺思》末二句，"提笼忘采叶"写思妇情思之恍惚，本于《卷耳》"采采卷耳，不盈顷筐"而变化出之；到"昨夜梦渔阳"方揭出本意，较"嗟我怀人"之意又更进一层。《秋闺思》首二句写秋日黄昏之景，碧窗下，斜月深照，屋阶下，寒螀声声，触动愁肠，泪下沾衣。末二句揭出本意：梦中见得关塞分明，却不知哪一条路通向金微山（即阿尔泰山，唐贞观年间置金微都督府）。可见征夫戍守之地在金微山。沈约《别范安成诗》"梦中不识路，何以慰相思"，似为末二句所本。

刘禹锡《望夫石》，可以说是一首特殊的思妇诗：

> 终日望夫夫不归，化为孤石苦相思。
> 望来已是几千载，只似当时初望时。

望夫石所代表的，正是思妇日复一日守望相思的形象。同时王建《望夫石》："望夫处，江悠悠。化为石，不回头。上头日日风复雨，行人归来石应语。""行人归来石应语"，是诗人的奇语。思妇心头，自有千言万语，却再无倾吐之日。

中唐值得一提的思妇诗，还有《啰唝（hǒng）曲六首》：

> 不喜秦淮水，生憎江上船。
> 载儿夫婿去，经岁又经年。
>
> （其一）
>
> 莫作商人妇，金钗当卜钱。
> 朝朝江口望，错认几人船。
>
> （其三）
>
> 那年离别日，只道住桐庐。
> 桐庐人不见，今得广州书。
>
> （其四）

元稹《赠刘采春》："更有恼人肠断处，选词能唱望夫歌。"句下自注说："即《啰唝》之曲也。"范摅《云溪友议》卷下："金陵有啰唝楼，即陈后主所建。采春所唱一百二十首，皆当代才子所作。其词五、六、七言，皆可知矣。"可见啰唝曲是金陵一带流行的曲调，内容和李白《长干行》相似。刘采春擅歌此调，歌词则出于当时文人之手，《全唐诗》录为刘采春诗，误。由此看来，《啰唝曲》歌词当是中唐文人所作。《全唐诗》录贞元时诗人于鹄《江南曲》："偶向江边采白蘋，还随女伴赛江神。众中不敢分明语，暗掷金钱卜远人。"一题作《啰唝曲》，应该正是该诗被奏入管弦之后所题。

"不喜秦淮水"首，含嗔做怒，不过恨别，富于民歌风味。"莫作商人妇"首，前两句，商妇以金钗占卜写相思之情，前人未有，正可与于鹄"暗掷金钱卜远人"（《江南曲》）对读。末二句"朝朝江口望，错认几人船"，错认归船，写商妇之相思，亦颇典型，为晚唐温庭筠《望江南》所本："梳洗罢，独倚望江楼。过尽千帆皆不是，斜晖脉脉水悠悠。肠断白蘋洲。"但一为民歌口吻，一为文人词，各有其至处。"那年离别日"首，写商旅之人行踪不定，和张潮"妾梦不离江水上，人传郎在凤凰山"同一机杼。

四

晚唐思妇诗，佳作寥寥。可举者，如罗邺《秋怨》，是传统的征妇怨：

梦断南窗啼晓乌，新霜昨夜下庭梧。
不知帘外如珪月，还照边城到晓无。

前两句写得很有戏剧性：清晓"梦断"，是因为南窗外乌啼；乌鸦啼于庭梧，又是因为霜降。并且全用逆笔层层揭出，可谓工巧。李商隐"帘钩鹦鹉夜惊霜，唤起南云绕云梦"（《燕台诗四首·秋》），鹦鹉惊霜而语，惊醒闺中之梦，是顺叙，可与此二句对读。盛唐王维

《鸟鸣涧》"月出惊山鸟，时鸣春涧中"，写山鸟因月出而惊啼，与此同一思致；与李商隐、罗邺之句相较，显然有自然与人工之别，也是盛唐和晚唐之别。三四句因"新霜"而及如珪之"边城"，揭出梦中所念，实在边城之征夫。

葛鸦儿《怀良人》是一首女性自作的思妇诗：

> 蓬鬓荆钗世所稀，布裙犹是嫁时衣。
> 胡麻好种无人种，合是归时底不归。

"蓬鬓荆钗"旧"布裙"，可见其境遇之贫困。"胡麻好种无人种，合是归时底不归"，出语直致，却正是民歌风味。胡麻据说要夫妻同种收成才会好，此时良人正该归来，为何还不归来！这是只有劳动人民才能唱出来的思妇词。

后 记

唐诗十讲，原本是我在上海师范大学教书的时候，受邀给教育学院小学教育专业的本科生开设的一门选修课。一学期下来，积累了数万字的讲稿。去年暮春的一天，大学同学徐文宁先生联系我，问有没有兴趣出版"唐诗十讲"。我愉快地答应了。这里要特别感谢他的玉成，让这本小书得以面世。之后选题通过，重理旧稿的事也就摆上了日程。正好研究院动员申报本科生公选课，我也趁此机会，在秋季学期开设"唐诗十讲"课程，这样一边讲一边写，终于在旧历的年前，将全稿交给了出版社，也算是完成了一个承诺。

全书一共十讲，其中宫怨、咏物、送别、边塞、音乐五讲，主要是整齐旧稿，文字相对活泼一些。田园、山水、爱情、悼亡、思妇五讲，差不多是重起炉灶，较多地体现了近年研究的心得。唐诗的主题丰富多样，本书所列十种，是笔者认为比较重要的。每一讲的体例，大抵是先界定特定主题之内涵，次叙其在唐以前的发展，之后再介绍该主题在唐代的代表作家和作品，这当然是出于一个研究者的积习。

因为本书的定位，带有一定的普及性，所以在写法上也做了一些个人的尝试。比如会因阅读所及，附一两首相关的现代诗。也努力不那么"严肃",从诗歌的领地往艺术、文化的广阔天地"探头探脑",例如在讲武则天《如意娘》时探究"石榴红"究竟是一种什么样的红,讲《送元二使西安》时叙述《阳关三叠》曲在唐宋的流传,讲《琵琶行》时也会较多地关注琵琶曲艺在诗歌中的展示并介绍敦煌壁画中所见之琵琶乐等等。

为便阅读,引文的出处,大抵诗文标注篇目,古书标出卷次,未一一出注。若有引述,大多也只出注篇名或书名。这是要特别加以说明的。

两次开设"唐诗十讲"课程,我的研究生安晓宁、王丽丽先后担任助教。在校稿的过程中,黄园园、王丽丽曾助我核对引文。在此一并致谢。我最应该感谢的,当然是我的先生钱志熙教授,他一直支持我,时常在具体的问题上予我有益的启发。

最后,由于笔者水平有限,书中肯定存在不少错误,敬请读者批评指正。

刘青海
2022 年中秋节后